지존 석산 평전

石尊石山
評傳

김대산 新무협 판타지 소설
FANTASTIC ORIENTAL HEROES

지존석산평전 5

김대산 新무협 판타지 소설

초판 1쇄 찍은 날 § 2008년 10월 7일
초판 1쇄 펴낸 날 § 2008년 10월 17일

지은이 § 김대산
펴낸이 § 서경석

편집장 § 문혜영
편집책임 § 이재권
편집 § 서지현 · 문정흠

펴낸곳 § 도서출판 청어람
등록번호 § 제1081-1-89호
등록일자 § 1999. 5. 31
어람번호 § 제2-1590호

주소 § 경기도 부천시 원미구 심곡동 163-2 서경B/D 3F (우) 420-010
전화 § 032-656-4452   팩스 § 032-656-4453
http://www.chungeoram.com
E-mail § eoram99@chollian.net

ISBN 978-89-251-1499-6 04810
ISBN 978-89-251-1076-9 (세트)

지존석산평전
至尊石山評傳
김대산 新무협 판타지 소설
FANTASTIC ORIENTAL HEROES
5
무위이화(無爲而化)
[완결]
도서출판 청람

第一章

새로운 시작

지존
석산평전

"강호에는 신기한 일이 많다네! 기인이사도 참으로 많다
네!"

염동의 노래가 흥얼흥얼 넘어가고 있다.

예의 그 제멋대로의 가락이었다.

자주 듣다 보니 이제는 소산에게도 제법 익숙해지기도 했
다.

"노부는 천하 곳곳을 두루 다녀본 사람입니다. 당장에 가
문으로 돌아갈 것이 아니라면, 몇 군데 흥미롭고 재미있는 곳
들로 안내를 해드릴까 하는데, 가주의 의향은 어떻소?"

처음 염동이 그렇게 말했을 때, 소산은 굳이 이의를 제기하

지 않았다.

　또한 소소와 쌍맹이 아주 반색을 했기에, 지금 일행들은 염동이 이끄는 대로 행로를 정하고 있는 중이었다.

　때로는 홍밋거리와 볼거리를 찾아서.

　또 때로는 천하에서 유명하다는 먹거리를 찾아서.

　그러기에 일행의 행로는 자못 가변적이고도 돌발적인 데가 있었다.

　　　　　*　　　*　　　*

　그것은 마치 심장에 깊이 각인되어 버려서 절대로 지워낼 수 없을 것 같았던 화인(火印)!

　그것은 사랑이었을까?

　아니면 그보다 더 시린 운명이었을까?

　그녀를 위한 것이라면, 그녀가 원하는 일이라면 그 무엇이라도 다 해주리라 했었다. 그랬기에 가슴이 터질 것만 같은 애절함을 삭이고 기꺼이 그녀의 곁을 떠났었다.

　예령과의 작별에 대한 소산의 소회는 그랬다.

　예령에 대한 소산의 열정은 그토록 일방적이었으며, 또한 집착적이었다.

　사실 집착은 소산이 타고난 원래부터의 병이었다.

　그런 점에서 예령과의 이별은 소산에게 있어 다분히 역설적인 데가 있었다.

소산이 그 스스로를 희생함으로써 벗어낸 가장 큰 집착인 것이다.

소산은 그가 가장 원하고 갈구하던 것을 버림으로써 그 견딜 수 없도록 애틋하고도 고통스러웠던 갈등에서 벗어날 수 있었던 것이다.

그럼으로써 소산은 마침내 지금까지 그가 겪어보지 못했던 마음의 자유를 얻게 되었다.

비록 마음을 다 쏟아버리고 난 뒤의 텅 빈 허탈감, 이후로의 삶에 대해 아무런 애착도 가질 수 없을 것만 같은 무기력함, 그리고 애잔한 자유였지만.

그러나 모든 것을 다 잃었다고 여겨졌을 때, 그때에도, 아니, 그때에야 비로소 자신이 또 다른 무엇인가를 가지고 있음을 깨닫게 되는 것이 바로 인간이던가?

소산은 점차로 조금씩 자신이 깊은 슬픔으로부터 안정되어 감을 느끼고 있었다.

그것은 마치 스스로에 대한 관조와도 같았다.

당고의 덕분이었다.

그녀와는 어릴 때부터 함께 쌓아온, 서로가 남들과는 많이 다르다는 데서 출발한 강력한 동질감이 있었다.

그리고 자신에 대한 그녀의 무조건적인 신뢰와 맹목적인 추종과 순종에 대해 소산은 아주 익숙했다. 어릴 때부터 마치 본능인 것처럼.

그런 것은 철든 이후부터의 소산으로 하여금, 당고에 대한 거의 무한이라고 할 만큼의 책임을 느끼도록 만들었다.

그것은 뭐랄까?

동류(同類)로서 느끼는, 아니, 동류이기에 느낄 수 있는 동지적 혹은 동병상련적인 유대감 같은 것이라고 할까?

그리고 쌍맹과 염동의 덕분이었다.

그들에게서 소산은 소박한 편안함, 그리고 의지(依支)를 느껴볼 수 있었다.

결코 자신이 혼자가 아니라는 느낌!

그것은 당고에게서와 같은 동류의 느낌이 아니면서도 누군가 자신과 함께해 주고 있다는 그런 느낌이었다.

문득 느낄 수 있었기에 사뭇 생경한 그 느낌은, 소산에게 지금까지와는 조금 다른 시각들로 주변을 돌아볼 수 있는 여유와 힘을 주는 데가 있었다.

그러나 무엇보다도 소소의 덕분이었다.

소산은 소소에게서 말할 수 없이 따뜻하고도 포근한 위안을 얻고 있었다.

그녀의 맑고 깊은 영혼.

모든 사정과 이유에도 불구하고, 또한 모든 것을 이해해 주고 포용해 줄 것 같은 신뢰.

그리고 은근하고도 따뜻한 배려.

소소의 그런 마음들은 언제부터인지, 혹은 어느 순간부터 인지 갑자기, 그러나 미처 느끼지 못할 만큼 너무도 자연스럽게 소산에게로 다가왔다. 아니, 이미 다가와 있었다.

미처 알아채지 못하다가 어느 순간 확연히 느껴지는 소소의 그런 점들은 소산에게 가슴 뭉클한 감동까지 주는 것이었다.

소산은 문득문득 자신이 사내라는 느낌을 가지곤 했다.

그것이 왜인지, 그리고 구체적으로 어떤 색깔의 감정인지는 아직까지 분명하지 않았지만, 소소의 앞에 설 때마다 소산은 그런 느낌을 받곤 하는 것이었다.

소산에게 소소는 어느 틈에 그런 여인이 되어가고 있었던 것이다.

*   *   *

소산의 유심한 눈길이 자신의 도톰한 왼 가슴 어림에 머물러 있는 데 대해 소소는 얼굴을 붉히고 말았다.

소산이 지금 막 기척도 없이 생겨난 하나의 무늬를 보고 있는 것이란 것을 알면서도 소소의 가슴은 걷잡을 수 없이 쿵쾅대고 있었다.

백아(白兒)였다.

만 년이라는 상상을 절하는 긴 수명을 누린 끝에 마침내 영성(靈性)을 지니게 된 한 마리 기이한 백편복.

그 희대의 영물이 오로지 소소와의 한가닥 교감에 의지하여 지금 막 돌아온 것이다.

그리고 마치 오래전부터 그렇게 하고 있었던 것처럼, 능글맞다 싶을 만큼 태연스럽게 소소의 부끄러운 왼 가슴 옷자락 위에 살포시 하나의 무늬로 화해 있었다.

백아와의 조심스러운 교감 후, 소소는 예령의 신변에 어떤 변화가 생긴 것이 분명하다고 말했다.

당장에 다급하거나 위험한 처지인 것은 아닌 듯하나, 예령 자신의 의지와는 무관하게 속박당해 있고, 그로 인해 깊은 절망을 느끼고 있다는 것이었다.

"그녀가 어떤 처지에 있든 그게 우리와, 아니, 나와 무슨 상관이 있다는 거지?"

가만히 자신과 눈을 맞추는 소소에 대해 마치 궁색한 변명처럼 소산이 뱉은 말이었다.

소소는 잠시간을 더 소산을 바라보고만 있었다.

그러다 이윽고 그녀가 부드럽게 말했다.

"그녀는 오라버니와, 그리고 저와도 결코 무관할 수 없는 사람이에요."

순간 소산의 눈빛이 강해졌다.

그것이 무언으로, 그럼으로써 보다 강한 반발로써 자신에게 해명을 요구하는 의미라는 것을 소소는 잘 알았다.

"후!"

소소는 가만히 짧은 한숨을 내쉬었다.

그러나 그녀는 이내 담담한 안색으로, 그러나 보다 분명한 어조로 입을 열었다.

"오라버니와 예 언니 사이에는 한가닥 끈이 연결되어 있어요. 그 끈은 질기고도 질겨서 누구도 결코 끊어낼 수 없어요. 설사 오라버니와 예 언니라 해도 마찬가지이죠. 왜냐하면 그 끈이 바로 운명이기 때문이에요."

잠시 말을 멈춘 소소가 문득 애잔한 빛이 되며 물었다.

"그런데 저는 또 왜 예 언니와 무관할 수 없느냐고요?"

그러나 그 물음은 소산에게 했다기보다는 그녀 스스로에게 한 것이었다.

소소는 곧바로 자신의 물음에 대해 답했다.

"백아가 제게 돌아왔으니까요. 그럼으로써 그녀는 저와, 또… 어쨌든 저와 예 언니는 지금 이 순간부터 결코 서로를 거부할 수 없는 운명이 되었어요. 그녀와 오라버니가 그런 것처럼요."

가만히 소산의 눈을 응시하는 소소의 눈빛이 촉촉이 젖어들고 있었다.

소산은 가만히 고개를 저었다.

그의 가슴속 깊은 곳에서 문득 시린 슬픔이 가득 차 올라왔기 때문이다.

소산은 선뜻 몸을 일으켰다.

몸을 돌려 천천히 걸어가는 소산의 등에 소소의 눈길이 안타까이 머물렀다.

그러다 소소는 언뜻 옆으로 시선을 돌렸다.

언제 왔는지, 그녀의 곁에는 당고가 서 있었다.

당고의 무심한 눈길은 지금 가만히 소산을 쫓고 있었다.

*   *   *

그 한 그루 소나무는 꽤나 오랫동안 세월의 풍파를 겪은 듯 보였다.

아름드리의 둥치를 가졌음에도 위로 높이 자라지 못하고 중간쯤에서 휘어지며 몇 가닥의 굵은 가지들을 옆으로 뻗어 내었는데, 그 바람에 나지막한 곳에서 마치 커다란 우산과도 같은 무성함을 이루고 있었다.

소나무 아래 의자처럼 놓인 길고 평평한 바위 위에 소산과 당고가 나란히 걸터앉아 있었다, 마치 어린 시절로 되돌아간 것처럼.

"난 그녀에게 커다란 빚을 졌다고 생각했어. 아무리 갚아도 다 못 갚을 빚 말이야."

소산은 당고에게 말하고 있었다.

그러나 대화의 상대가 당고이니만큼 그것은 다만 그 혼자서 하는 독백에 지나지 않았다.

소산은 지금 자신의 가슴속 깊숙한 곳에 켜켜이 접혀 있는 감정들을 하나하나 바깥으로 드러내고 싶을 뿐이었다.

"일곱 살 그때, 그녀가 내 앞에 나타나지 않았고, 또한 그녀가 선뜻 그 오래된 동경을 내게 주지 않았더라면, 난 지금까지도 암흑 속에 갇혀서 살아가야만 했을 거야. 그래서 난 다시 만난 그녀에게 내 진심을 모두 쏟았어."

늘 그래 왔듯이, 그리고 소산에게는 너무나 익숙하게도, 지금도 당고는 무심한 눈길을 분명치 않은 허공의 어느 한 지점에도 멍하니 놓아두고 있었다.

자신의 속마음을 있는 그대로 털어놓을 수 있는 존재.

못됐으면 못된 그대로, 좁으면 좁은 그대로, 또한 어리고 유치하면 어리고 유치한 그대로, 조금의 미화나 다듬을 필요도 없이 있는 그대로 털어놓을 수 있는 그런 존재.

소산에게 당고는 바로 그 유일한 존재였다.

"그런데 오랜 시간이 흐른 뒤 다시 만났을 때, 그녀는 나를 알아보지도 못했어. 이윽고는 내가 그녀의 곁에 머무는 것조차 부담스러워하기 시작했지. 그래서 그녀를 떠나온 거야, 그녀가 원하는 대로. 그리고 그것으로 그녀와 나의 인연은 다한 거야. 그렇지 않아, 당고? 내 말이 틀렸어?"

주절거리고 푸념하는 중에 소산은 괜한 물음을 던졌다.

당연히 당고는 대답하지 않았다.

다만 소산이 짓궂게도 빤히 눈빛을 맞추었을 때, 당고는 그저 가만히 미소를 지어주었다.

백치의 모습이었다.

그러나 그것이야말로 당고의 모습이었다, 언제나 한결같은.

그리고 소산은 다시금 많은 말들을 쏟아놓을 수 있었다.

그런 속에서 소산은 스스로에게 필요한 답들을 찾아가고 있었다.

소소는 잔잔한 웃음을 머금고 있었다.

먼발치로 보이는 당고와 소산의 모습은 소소에게 그런 평화로움을 주는 데가 있었다.

물론 소소로서는 지금 그들 두 사람이 무슨 이야기를 나누는지, 실은 소산 혼자서 하는 그 독백들이 어떤 내용인지 알 수는 없는 일이었다.

그러나 분명한 것은 소산이 지금 자신의 가슴속에 단단하게 맺힌 응어리들을 조금씩 풀어내고 있다는 사실이었다.

참으로 다행스러운 일이었다.

그리고 당고의 덕분이었다.

소소 자신은 할 수 없는, 아니, 그 누구도 할 수 없으되, 오직 당고만이 할 수 있는 일이었다.

만약 당고 외에도 소산에게 그런 종류의 위안을 줄 수 있는 사람이 한 사람이라도 또 있다고 한다면, 참으로 견디기 어려웠을 것이라는 생각까지를 소소는 문득 해보았다.

한편으로 소소는 예령에 대해 소산이 이전에 가지고 있던 집착이 과연 어떤 것이었고, 또한 얼마나 질긴 것이었는지에 대해 새삼 짐작해 보고 있었다.

그리고 지금 그 집착에서 벗어나는 과정에서 소산이 겪고 있는 극심한 갈등, 더하여 지금 이후에 소산에게 필요한 것이 무엇보다도 그 스스로와 주변에 대한 솔직한 인정과 또한 포용이라는 사실을 다시 한 번 확인하고 있었다.

그것은 또한 그녀 자신에 대한 확신이기도 했다.

'그래! 역시 우리들 사이에는 처음부터 어떤 거부할 수 없는 운명 같은 것이 있었던 거야!'

그녀는 이제 자신을 포함한 네 사람, 즉 소산과 예령, 그리고 당고가 모두 결코 평범하지 못한 커다란 천성적, 혹은 운명적인 결점들을 가지고 있다는 사실을 온전히 수긍하기로 했다. 조금의 모호함도 없이.

그럼으로써 그 결점들을 보완하기 위해서는 네 사람이 서로 보완하고 포용하는 존재가 될 수밖에 없다는 자신의 생각에 대해서는 추호의 의심도 하지 않기로 했다.

지금 그녀가 해야 할 가장 당장의 일은 진정으로 예령을 포용하는 일이라고 생각했다.

당고가 소산에게 하듯이.

그리고 또한 소산이 당고를 대하듯이.

무조건으로 감싸 안고 포용하는 것이었다.

피할 수 없는 운명으로 치부하는 것을 넘어서, 진실된 마음으로써.

그럼으로써 그녀 자신이, 예령이, 소산이, 그리고 당고가 모두 각자의 상처와 결함들을 치유할 수 있을 것이며, 궁극적으로는 행복해질 수 있을 것이다.

                    *   *   *

"할아버지! 예령 언니의 소식을 보다 자세히 좀 알아볼 방법이 없을까요?"

단둘이 있을 때를 기다려 소소가 염동에게 한 부탁이다.

염동은 빙그레 웃기부터 했다.

염동에게 과연 소소의 어려운 부탁을 능히 들어줄 역량이 있는지는 알 수 없었다.

그러나 지금 염동에게는 적어도 소소의 부탁을 들어주고 싶은 호의가 있음은 분명했다.

그것은 어쩌면 '할아버지!'라고 불러주는 소소의 살가움 때문일지도 몰랐다.

그리고 그 또한 소소에 대해 그녀의 이름을 따 '작은 소저!'라고 불러주는 정겨움 때문일지도 몰랐다.

　　　　*　　　　*　　　　*

　그는 스스로를 자존광대(自尊廣大)하다 생각하는 사람이었다.

　스스로 마음먹기에 따라 무림을 멸망시킬 수도 있고, 그런 이후 다시 재건시킬 수도 있다고까지 여기는 사람이 바로 그였다.

　그러니 천하에 그보다 더 자존광대 한 이가 또 있겠는가.

　이미 오래전부터 그의 유일한 관심은 오로지 무(武)의 극한(極限)을 보는 것에만 있었다.

　그 스스로 도달하던지, 혹은 또 다른 누가 도달하는 것을 보던지.

　얼마 전까지만 해도 참으로 오랜 세월 동안을 그는 후자(後者)의 가능성에 대해 조금도 믿지 않았다.

　무공에 관한 한 그보다 높은 경지에 오른 이가 없고, 또한 앞으로도 그럴 것이라고 생각했으니까.

　그런데 지금은 생각을 바꿨다.

　아니, 바꾸지 않을 수가 없었다.

　비록 여전히 후자(後者)의 가능성에 대해서는 부정적인 견해를 가지고 있었지만, 전자(前者)의 경우가 아예 불가능하다는 결론을 내린 뒤였으니까.

　물론 그가 무의 극한이 존재한다는 전제 자체를 버릴 수는 없는 일이었다.

그것이야말로 그가 지금 생명을 이어가고 있는 유일한 이유이자 목표가 되고 있는 것이니까.

그는 염동이다.

적어도 지금의 이름은 그랬다.

그가 갑자기 염동으로 화(化)하게 된 데는 사실 몇 가지의 우여곡절이 있었다.

그러나 그가 만약 지금의 일행들에게 호기심을 가지지 않았고, 결정적으로는 소산이라는 이름의 한 청년에 대해 지극한 관심을 가지게 되지 않았다면, 그는 그저 잠시간 염동의 흉내만 내고 사라졌을 것이다.

그러나 소산의 잠재된 일면을 보았을 때, 그는 정말로 도저히 참을 수 없이 강렬한 흥분으로 전율하지 않을 수 없었다.

그것은 뭐랄까?

그야말로 그의 백팔십 년 일생을 통틀어서도 그때와 비교될 만큼 짜릿한 흥분을 느낀 경우는 아마도 없었을 것이다.

물론 까마득한 세월이긴 하지만 말이다.

최소한 짐짓 세사를 초월한 채 살아온 지난 백여 년 동안에는 처음으로 가져 보는, 그래서 지금도 문득문득 가슴을 설레게 하는 흥분이었다.

물론 그러한 호기심과 관심들은 그가 오래전부터 가져온 유일한 목표, 바로 무의 극한을 보고자 하는 그 희소(稀少)의 가능성과 조금도 무관하지 않았다.

염동은 일단 소산과 일행들을 세상의 이목으로부터 떼어 놓고자 했다.

그래서 강호의 진기한 볼거리와 먹을거리 등을 미끼(?) 삼아서 그들을 이리저리 이끈 것이었다.

염동이 그렇게 한 데에는 한편으로, 그들 모두에게 각자를 완성시킬 시간과 기회를 주고자 함이었다.

그것은 어쩌면 그들이 그와 인연을 맺은 데 대한 대가일 수도 있을 것이다.

물론 그 대가가 복이 될지, 화가 될지 하는 것은 오로지 그들 각자의 운과 의지에 달린 것이겠지만.

또한 그들이 그것을 원하든 원하지 않든, 그가 한 번 품은 호기심의 끝을 보기 위해서는 다소 억지스럽더라도 그렇게 하지 않을 수는 없다는 생각이었다.

그는 염동이었다.

적어도 지금의 이름으로는.

第二章
중독(中毒)

지존
석산평전

그것은 참으로 느닷없는 일이었다.

뚜렷한 증상은 무기력증과 갈증이었다.

쌍맹과 소소와 염동이 거의 동시에 그런 증상을 나타내기 시작한 것이다.

그러한 증상들은 이내 심해져서 이윽고는 철골강근의 쌍맹마저도 가벼운 움직임을 힘겨워하며 타는 듯한 갈증에 괴로움을 호소하기에 이르렀다.

중독(中毒)이었다.

언제 어떤 종류의 독에 그리된 것인지, 그리고 당고가 괜찮은 것은 그렇다 해도 소산은 왜 또 멀쩡한 것인지는 알 수 없어도, 어쨌든 나머지 일행이 지금 미상의 독에 중독이 되었다는 사실에는 조금도 의심의 여지가 없어 보였다.

"안 되겠어요. 더 이상 가는 것은 아무래도 무리예요. 이건 아무래도 보통 독이 아니어서 당장에 무슨 방법이라도 강구해 봐야지, 더 무리하여 움직이다가는 큰일을 당하고 말겠어요."

이동 중에도 차분히 자신의 증상을 관조하고 있던 소소가 힘없는 목소리로 일행의 걸음을 멈추게 했다.

그리하여 일행은 일단 인근의 소도(小都)로 가서 약재를 구하려던 처음의 계획을 포기하고, 우선 증상을 완화시킬 방법이라도 강구해 보기로 했다.

일행은 커다란 바위 아래 그늘에다 자리를 잡았다.

소소는 곧바로 몇 가지 약재들을 배합해 가며 스스로의 증상을 다스려 보는 듯했다.

그러나 내내 찌푸려진 그녀의 얼굴로 볼 때, 쉽사리 처방에 접근하지 못하고 있는 듯했다.

그런 중에 맹호는 계속해서 이리저리 몸을 뒤틀고 있었다.

아마도 스스로의 몸조차 가누기 어려울 정도로 점점 더 심해져 가는 무기력증과 연신 물을 들이켜 대도 조금도 가시지 않는 지독한 갈증을 진득이 참아내기가 어려운 모양이었다.

"좀 참아보세요! 자꾸 움직이면 독의 확산이 더 빨라져서 위험해져요!"

보다 못한 소소가 몇 차례 주의를 주었으나, 그때뿐 맹호는 자꾸만 몸을 뒤틀어댔다.

그러더니 기어코는 사단이 생기고 말았다.

맹호가 복부쯤에 갑작스러운 극통을 느끼는 모양으로 격렬하게 허리를 뒤튼 것이다.

그러더니 이윽고는 한 무더기의 검붉은 핏줄기를 토해내고 말았다.

"우웩!"

안타까운 빛으로 그 광경을 보던 소소의 표정이 일시 더욱 어두워졌다.

맹호가 땅바닥에 토해놓은 핏덩이에 닿은 풀줄기들이 금방 생기를 잃고 누렇게 말라 버렸던 것이다.

그런데 바로 다음 순간이었다.

소소의 눈빛에 문득 놀람과 당황이 서렸다.

당고의 돌발적 행위 때문이었다.

어느 틈엔지 당고는 맹호의 곁으로 다가서 있었는데, 지금 그녀는 쪼그리고 맹호가 토해놓은 핏덩이를 손가락으로 헤집고 있었던 것이다.

그리고 곧바로 기이한 광경이 이어졌다.

치이익!

당고의 손가락이 닿은 곳에서 파르스름한 연기가 피어오르는가 했더니, 잇달아 몇 번의 가벼운 폭발이 일어나며 마치 폭죽이 터지듯이 예쁜 불꽃들이 생겨나는 것이었다.

핏! 피싯!

그러나 그 같은 광경은 잠깐이었다.

파란 연기는 이내 김처럼 하얗게 변해서 허공중으로 날아가 버렸고, 이어 약한 폭발로 생겨난 불꽃들도 깨끗하게 사라져 버렸다.

그때 소소는 묘한 표정이 되어 있었다.

놀란 기색 중에도 그녀의 표정에서는 묘하게도 극도의 흥미 내지는 희열 같은 것이 동시에 느껴졌다.

마치 귀한 보물이라도 발견한 듯이 말이다.

이어 애써 흥분을 누르는 듯한 얼굴로 소소가 조심스럽게 중얼거렸다.

"설마 무상진독(無上眞毒)……?"

그때 조금 떨어진 곳에 있던 염동이 침중한 어조로 그 말을 받았다.

"허? 무상진독이라니? 하면 우리가 지금 중독된 독이, 독에 관한 한은 무림 사상 최고의 경지에 올랐으며, 그리하여 팔종(八宗)의 반열에 오른, 바로 독제(毒帝)의 절독이란 말인가?"

염동은 새삼 솟구치는 경악을 추스르려는 듯 잠시 틈을 두었다가 다시 말을 이었다.

"노부가 듣기에 무상진독은 독제가 자신의 위엄을 드러내고자 할 때 신물처럼 사용하곤 하는 독이라고 하던데… 그렇다면 모르는 사이에 독제가 우리 주변에 나타나기라도 했다는 말인가? 허! 그러나 독제와 같은 인물이 우리와 언제 원한을 맺은 적이 있으며, 대체 무슨 악감정이 있다고……?"

그새 마음의 안정을 찾았는지, 소소가 담담한 투로 염동의 말을 받았다.

"그건 알 수 없는 일이겠지요."

그리고 소소는 언뜻 약간의 밝은 안색으로 되며 덧붙였다.

"하지만 당고 언니 덕분에 방금 한 가지의 생각을 떠올릴 수 있었어요. 어쩌면 우리의 중독 증상을 완화시킬 방법을 찾아낼 수 있을지도 모르겠고요. 비록 한시적인 효과만을 기대할 수밖에 없는 임시적인 방법이 될 것 같지만."

그러자 당장에 맹씨 형제의 얼굴이 활짝 펴졌다.

소소가 생각해 낸 것은 이른바 이독치독(以毒治毒)의 이치라고 할 수 있었다.

맹호가 토해낸 피에 섞여 배출된 무상진독에 끌린 당고가 무의식적으로 자신의 독으로써 그것을 중화시켜 내는 것을 보고서 언뜻 강구해 낸 방법이다.

그런데 그런 방법을 다른 사람에게 곧바로 적용하기는 어려운 일이었다.

독을 중화하는 과정에서 일어날 것이 분명한 강력한 화학작용과 당해보기 전에는 알 수 없는 갖가지 부작용들이 충분히 있을 수 있기 때문이었다.

그러한 화학작용과 부작용들을 통제하기 위한 보완책으로 소소는 지금 자신의 약기(藥氣)와 당고의 독기(毒氣)의 합일을 시도하려 하고 있었다.

물론 소소가 자신의 그러한 시도에 대해 그 성공 가능성을 크게 잡고 있는 것은 아니었다.

그녀는 오히려 불안한 심정이었다.

상극일 수밖에 없는 약기와 독기의 합일은 예로부터 약문(藥門)과 독문(毒門)을 막론하고 절대금기(絶對禁忌)로 치부해 왔던 일이다.

그럼에도 소소가 그러한 금기를 깨려고 시도하는 것은, 지금으로서는 사실상 그것 외에 다른 방법이 전혀 없기 때문이었다.

가만히 앉아서 죽음을 기다리지 않으려면 말이다.

소소가 그나마 기대해 보는 것이 있다면, 바로 자신의 성약기(聖藥氣)였다.

사실 약기와 독기의 합일이라는 금기는 성약기의 궁극인

심약(心藥)을 대성(大成)하기 위해서는 반드시 거쳐야만 하는 과정이기도 했다.

물론 소소에게 그러한 경지는 아직 요원하였으며, 그녀 이전에 누구도 그러한 시도를 해본 바도 없었다.

그렇기에 자신이 지금까지 그것에 관해 정립해 온 이론과 이치들이 과연 올바른 것들인지에 대해서도 소소는 감히 확신할 수 없는 처지인 것이다.

당장에 가장 걱정이 되는 것은, 그녀의 성약기에 대한 성취도가 당고의 독공 경지에 비해 상대적으로 많이 차이가 나는 까닭에 과연 그 불균형에 의한 역작용을 그녀가 능히 감당할 수 있을까 하는 것이었다.

그러나 역시 지금으로서는 다른 방법이 없었기에 소소는 일단 중상이 가장 심각한 맹호부터 시도를 해보기로 했다.

맹호는 허리를 곧게 펴고 정좌한 자세였다.

그 등 뒤에는 당고와 소소가 나란히 앉아 있었다.

소소가 잔잔한 눈빛으로 당고를 바라보고 있었다.

아무런 말도 하지 않았지만, 그렇게 눈빛을 주고받는 것으로 두 사람 간에는 어떤 소통이 되는 모양이었다.

당고가 문득 한 손을 내밀어 맹호의 널찍한 등판 한가운데에다 가볍게 밀착시켰다.

그리고 소소는 지그시 두 눈을 감았다.

한순간 당고의 손이 아주 엷은 녹광을 띠었다.

그리고 맹호가 흠칫 몸통을 비틀며 고통스러운 신음을 뱉
었다.

"크윽!"

소소가 눈을 감은 채로 급하게 외쳤다.

"움직이면 안 돼요!"

그러자 소소의 그 한마디가 마치 절대명령이라도 된다는
듯, 맹호는 이를 악물며 신음을 삼켰다.

그때 그들의 주변으로 한가닥의 맑고 은은한 향기가 맴돌
았다.

염동은 가만히 고개를 끄덕였다.

이어 그의 표정으로 엷은 감탄과 함께 잔잔한 기꺼움이 떠
올랐다.

소소가 감고 있던 눈을 뜬 것은 대략 일각(一刻)여가 지난
후였다.

지친 기색이 역력했으나 소소는 미소를 떠올리며 밝게 말
했다.

"축하드려요!"

그 말이 자신에게 하는 것이란 걸 맹호는 조금 뒤늦게 알아
챈 듯했다.

얼떨떨한 기색이었지만 다분히 기대 섞인 투로 맹호가 반
문했다.

"예?"

"기대했던 것 이상의 효과가 있었어요. 아직 약간의 여독이 남아 있긴 하지만, 본래 독에 대해 강한 면역이 있었으니 곧 완전히 치유가 될 거예요. 그리고 이번 일로 더욱 강력한 내성이 만들어질 것이니, 앞으로는 적어도 독으로 인해 고생하실 일은 거의 없을 거예요."

"아!"

"호호호! 물론 무상진독보다 더한 독을 만난다면 감히 장담할 수 없겠지만, 아마 일부러 찾아다녀도 천하에서 그보다 더 지독한 독을 만나기란 쉽지 않을걸요?"

밝게 웃으며 하는 소소의 말에 맹호가 앉은자리에서 벌떡 몸을 일으켰다.

그리고는 목을 돌려보고, 허리를 펴보고, 또 손발을 뻗쳐보고 하더니 이내 얼굴 가득 싱글벙글한 웃음기를 떠올렸다.

다음은 맹룡의 차례였다.

맹호와 다를 것이 없는 과정이었으나 맹룡은 다만 몇 차례 지그시 미간을 찡그렸을 뿐, 조금도 자세를 흩뜨리지 않는 의젓함을 보였다.

그런데 이윽고 맹룡이 정좌를 풀고 일어섰을 때, 소소의 안색은 더욱 창백하게 변해 있었다.

그러나 그녀는 곧바로 염동의 치료를 서둘렀다.

"많이 힘들어 보이니 작은 소저는 먼저 휴식을 좀 취하이게. 그리고 노부의 증세는 가벼워서 그런 대로 버틸 만하니 소저 스스로부터 먼저 돌보고 나서, 노부의 차례는 그다음으로 해도 충분할 듯싶네."

그런데도 소소는 굳이 고집을 부렸다.

"아니에요. 중독 상태를 잠시라도 더 오래 두어서 좋을 일이 조금도 없거니와, 제 몸을 돌볼 방도는 따로 생각해 두고 있으니 일단은 할아버지의 치료를 마저 끝내는 것이 좋겠어요."

그에 염동이 마지못한 듯 소소와 당고의 앞에 등을 보이고 앉았다.

그런데 염동의 치료는 의외로 간단히 끝나서 소소는 사뭇 의외라는 표정을 보였다.

"말씀하신 대로 할아버지의 증상은 그리 심하지 않군요."

"허허!"

염동이 조금은 겸연쩍게 웃으며 몸을 일으켰다.

그런데 그때 소소의 얼굴은 백지장같이 창백해져 있었고, 이마에는 식은땀까지 송송 맺혀 있었다.

그리고 염동을 따라 막 몸을 일으키던 소소가 순간 다리를 휘청하더니 다시 주저앉고 마는 것이었다.

아찔하고도 아득하게 의식이 멀어지는 바로 그 순간.

소소는 문득 어떤 기이한 기운이 자신의 몸 전체를 포근히 감싸 안는다는 것을 느꼈다.

그것은 지극히 부드럽고도 편안한 기운이었다.

순간 소소는 가만히 말했다, 마치 꿈꾸듯이.

"고마워요, 오라버니!"

고작 혼잣말로만 중얼거려 보는 말이었다.

그러나 그것은 그녀의 행복한 진심이었다.

또한 그것은 그녀의 확신이기도 했다.

지금 자신을 감싸 안고 있는 한 무리의 기이한 기운이 바로 소산으로부터 비롯되고 있다는 것에 대한.

그 기이한 기운이 내공에 의한 것인지, 혹은 다른 무엇에 의한 것인지 그녀로서는 알 수 없었다.

그러나 그녀에게 너무도 분명한 사실은 그 기운이 그녀에게 너무도 익숙하다는 사실이었다.

바로 그녀가 운명으로 받아들인 존재의 느낌인 것이다.

염동의 눈빛에 일시 약간의 의혹과 호기심을 담은 이채가 스쳤다.

그러나 그때 문득 다가선 소산이 두 손으로 가만히 소소를 부축하는 것을 보고, 염동은 눈빛에다 이채 대신 가만한 미소를 떠올렸다.

이어 염동은 짐짓 걱정스러운 표정을 만들며 소산의 품에 기대어 있는 소소에게 물었다.

"우리는 좋아졌으되, 작은 소저는 오히려 많이 안 좋아 보이니, 어찌 된 일인가?"

소소가 창백한 채로, 그러나 사뭇 들뜬 목소리로 자그맣게
대답했다.

"세 분의 중독을 푸는 과정에서 저도 미처 예상하지 못한
상황 하나가 생겼어요. 저의 증상에 관한 것이에요."

염동의 표정이 금세 무거워졌다.

"음… 좀 자세히 말해보시게!"

"그것이… 지금 단계에서는 저 또한 어떻게 정의하기가 어
려워서… 다만 저의 증상은 갑작스럽게 지금까지와는 전혀
다른 단계로 변질내지는 진전이 되어버렸어요. 그럼으로써
세 분께 적용했던 것과 동일한 방법으로는 효과를 볼 수 없게
된 것이죠."

염동이 탄식해 마지않았다.

"허! 그러기에 노부가 뭐랬누? 소저 스스로부터 돌보라고
하지 않았누?"

그러나 소소는 오히려 엷은 미소를 떠올렸다.

"다 저의 공부가 부족한 탓이에요. 약을 공부한다고 하면
서도 막상 제 자신의 몸에 생기는 이런 정도의 상황조차도 미
리 짐작하지 못했으니……."

"쯧쯧!"

염동이 짐짓 못마땅하다는 듯 혀를 찼다.

그러나 그에게서는 지금 소소에 대한 미안함과 함께 짙은

안타까움이 배어 있었다.

그런 염동을 오히려 안심시키려는 듯이 소소가 곱게 웃으며 말했다.

"호호호! 너무 걱정하지 않으셔도 돼요. 다행히 증상이 더 이상 악화되는 것은 막아놓아서 당장에 어떻게 되는 것은 아니니까요."

"쯧쯧!"

염동이 다시금 혀를 찼다.

그리고 그가 이어서 뭐라고 막 걱정의 말을 꺼내려고 할 때였다.

"어떻게 하면 되는 것이오?"

소소에게 가슴을 빌려준 채 묵묵히 듣고만 있던 소산이 불쑥 끼어든 것이었다.

그때 소소가 문득 그녀의 머리 위에서 내려다보고 있는 소산의 눈을 짐짓 장난스럽게 마주 올려다보면서 되물었다.

"뭘요?"

묘한 질문이었다.

그리고 그때 소소는 너무도 또렷하게 그의 눈을 들여다보고 있었기에 소산은 언뜻 당혹스러워지고 말았다.

그때 염동은 슬쩍 고개를 돌려 두 남녀를 외면했다.

소산을 바라보는 소소의 눈빛에서 살포시 반짝이는 어떤

기대를 보았기 때문이다.

비록 염동에게는 이미 오래전에 퇴색되어 버린 희미한 기억의 흔적으로만 남아 있을 뿐이지만, 사랑이란 본래 그런 것이었다.

때론 확인해 보고 싶은 그런 것. 비록 그것이 유치함에 불과하다고 할지라도.

소산은 천천히 대답했다.

"소 매를 치료할 방법을 묻고 있는 것이오."

순간 소소는 얼굴에 방긋한 미소를 떠올렸다.

소산이 걱정스러운 얼굴로 물었으되, 지금 그녀의 미소 속에는 오히려 기쁨이 비치고 있었다.

"그 말씀, 저를 걱정해서 하시는 말씀인가요?"

그 말을 하고 난 다음에 소소는 이내 온 얼굴을 엷은 홍조로 물들이고 말았다.

소소가 겨우 그 갑작스러운 수줍음을 추스른 것은 잠시가 지난 후였다.

"이독치독의 이치로 이미 효과를 본 바 있으니, 제 경우에도 가장 가능성이 큰 방법은 역시 그러한 이치예요."

"하지만 소 매의 증상이 변하여 그 방법은 이제 효과가 없다지 않았소?"

"그래요. 하지만 당고 언니의 독보다도 월등히 강하여 무상진독을 완전하게 누를 수 있는 절대지독을 구할 수만 있다면, 이독치독의 이치는 여전히 유효하다는 것이죠."

그때 염동이 슬며시 끼어들며 물었다.

"허! 그런 독은 필시 몹시도 희귀하겠군?"

소소가 마치 남의 말을 하듯이 덤덤히 대답했다

"그렇지요. 아마도 그럴 거예요."

그래 놓고서 소소는 이어 짐짓 밝게 소리 내어 웃으며 말을 이어냈다.

"호호호! 그렇지 않아도 그러한 독을 반드시 구해야만 하였는데, 이제 당장에 그것을 얻지 않으면 안 될 처지가 되었으니 차라리 잘되었다고도 할 수 있겠네요."

"허! 그건 또 무슨 소리인고?"

"사실 절대지독은 저의 해독을 위해서도 필요하지만, 또한 당고 언니의 오랜 병증을 치유할 수 있는 유일한 가능성이기도 하지요."

두 사람의 대화를 듣고 있던 소산이 언뜻 놀라며, 그러나 조심스럽게 물었다.

"소 매, 그게 무슨 얘기요?"

그때 소소는 기대어 있던 소산의 품에서 가만히 빠져나왔다. 그리고 잠시 머릿결을 매만진 다음에 차분하게 말했다.

"당고 언니는 독인이에요. 그것도 이미 지고의 경지로 접어들었지요. 그것은 곧 당고 언니에게 다른 선택의 여지가 전혀 없다는 의미예요. 오로지 앞으로 나아가는 수밖에는 결코 돌이킬 수가 없다는 것이지요. 그래서 저는 차라리 당고 언니를 독인으로서 완성시켜 보려는 생각을 하고 있던 중이에요."

염동이 설핏 놀라며 나직이 중얼거렸다.

"하면 독성지체(毒中之聖)를……?"

소소가 담담히 미소 지으며 하던 말을 이었다.

"그러기 위해서 필요한 독들, 그야말로 천지간에서 가장 강력한 절대지독들은 독문에서도 전설로만 전해지고 있는 것들이에요. 그런 까닭에 그러한 독들이 어디에 있는지, 나아가 과연 실제로 존재하기는 하는지에 대해서는 어느 누구도 확신하지 못하는 것이죠."

"음……."

이번의 그 나직한 침음성은 소산이 뱉은 것이었다.

소소의 말이 문득 단호함을 띠었다.

"하지만 제게는 절대지독을 얻기 위한 좀 더 가능성있는 방도가 있어요."

소산이 무겁게 물었다.

"그 방도가 무엇이오?"

그에 소소가 잠시 소산을 바라보고 있다가 문득 물었다.

"독천지(毒天池)라고 들어보셨나요?"

"독천지……?"

"그래요! 영물의 경지에 이른 독물들이 최후를 맞이하기 위해 생명의 마지막 순간에 찾아간다는 전설의 장소이지요. 독을 다루는 사람들이 꿈에도 그리는 독의 성지(聖地)이지만, 지금껏 그 누구도 가보지 못했을 뿐 아니라, 설령 그 장소를 찾았어도 살아 있는 한 결코 진입이 허락되지 않는다는 그야말로 죽음의 장소예요. 그러나 우리가 필요로 하는 절대지독들이 반드시 존재할 천지간의 유일한 장소이기도 하지요."

"그러나 그곳이 지금까지 누구도 가보지 못한 전설의 장소라면, 우린들 어떻게……?"

소산의 무거운 물음에 대해 소소는 문득 표정을 가볍게 만들었다.

그리고 사뭇 들뜬 목소리로 답했다.

"그래요! 하지만 우리에겐 백아가 있죠. 그리고 그곳은 백아 또한 언젠가는 가야 할 안식처가 되는 곳이죠."

*   *   *

쌍맹이 뚝딱거리며 이인교(二人轎) 하나를 만드는 데는 이각(刻)이 채 걸리지 않았다.

투박하지만 튼튼한 이인교였다.

바로 소소를 태울 물건이었다.

"백아! 가자!"

백아에게 말한 것은 소소가 아니라 소산이었다.

그러나 소산의 나직한 그 한마디에 백아는 곧바로 소소의 머리 위 허공으로 높이 날아올랐다.

그리고 팔랑팔랑 날갯짓하며 천천히 날아갔다.

소산은 어디로 가자는 말을 하지는 않았다.

설혹 소산이 독천지로 가자는 말을 덧붙였다고 하더라도, 과연 백아가 그 말을 좇아 방향을 잡을 거라고는 아무도 생각하지 않을 것이었다.

사람들은 한가닥 기대를 걸고 있는 것은 어디까지나 소소와 백아 간의 교통일 뿐이었다.

그리하여 좀 전 소산의 한마디에 백아가 지체없이 소소의 가슴에서 날아오른 것에 대해 사람들은 다만 우연이었을 뿐이라고 생각하는 것이었다.

그러나 누구도 알지 못했지만, 소산이 백아에게 말한 그 한마디에는 천고절금(千古絶今)의 절대음공(絶對音功)이 가미되어 있는 것이다.

바로 절대삼음이었다.

그중 첫 번째 음인 춘추화음(春秋和音)으로, 대성 시 능히 만물의 희로애락 지배한다는 절대의 음공인 것이다.

그처럼 소산의 절대삼음은 이제 경지에 오르고 있었다.

그것은 또한 무위이화(無爲而化), 어떻게 해서 그렇게 이루
어지는 것인지는 알 수 없으나 그저 저절로 되는 이치, 바로
조화결(造化訣)의 상승 경지이기도 했다.

第三章
암왕조우(暗王遭遇)

지존

석산평전

　장엄한 산봉(山峰)들이 첩첩으로 하늘을 가리고, 큰 강이
그 속을 꿰뚫어 신비의 무협(巫峽)을 이루고 있었다.

　바로 무산(巫山)이었다.

　줄곧 백아의 뒤를 따라 일행들은 어느덧 무산의 산중으로
접어들어 있었다.

　발밑으로 줄기줄기 아득하게 뻗어 내려가는 삼협(三峽)을
바라보며 그들은 절봉(絶峰)의 험로를 오르고 있는 중이었다.

　날씨는 흐렸다 개였다 변덕이 참으로 심하였다.

　온천지가 자욱한 운무 속에 갇혔다가 문득 시계가 트이면,
이인교 위에서 소소는 발아래로 펼쳐지는 천하절경에 연신

감탄을 터뜨리곤 하였다.

그러나 다른 사람들은 소소의 감탄에 아주 공감할 여유를 가지지는 못하였다.

소소는 눈에 띄게 초췌해져 있었다.

점점 심해지는 중독의 후유증을 견디기 힘든 때문이리라.

그러기에 지난 열흘여 동안 쌍맹은 스스로 쉬기를 거부하고, 잠자고 밥 먹는 시간까지 아껴가며 내내 이곳 무산까지 달려온 것이었다.

물론 그들은 지금 독천지로 가는 길이었다.

사실 누구도 그것을 확신하기는 어려웠다.

그러나 그들은 자신들이 가고 있는 길이 독천지로 가는 길임을 믿었다.

아니, 소원했다.

소소가 그렇게 말했고, 백아가 그들에 앞서 꾸준한 속도로 날아가고 있었으므로.

무엇보다도 소소를 위해 지금 그들이 해줄 수 있는 일이 달리 없었으므로.

백아는 점점 더 깊은 산중으로 날아갔다.

일행이 헤쳐 나가야 할 길 또한 갈수록 험해졌다.

울창한 숲은 어느새 사라졌고, 키 작은 나무와 거친 풀들만 보인다 싶더니, 다시 온통 크고 작은 바위투성이의 지형이 나타났다.

그리고 이윽고 일행들 앞에 나타난 것은 구름을 뚫고 까마 득히 솟아오른 거대한 바위산이었다.

쌍맹이 비록 오랜 기간 험한 대파산중을 주름잡고 다닌 사 람들이라 해도, 그리고 소소의 안전을 위해서라도 더 이상은 이인교를 멘 채로 이동하기는 어려웠다.

맹룡이 기꺼이 소소를 업겠다고 했을 때 소소는 괜찮으니 걷겠다고 고집을 피웠다.

그러나 그때쯤 소소는 얼굴이 몹시도 창백하고 혼자서는 제대로 몸도 가누지 못할 정도여서, 누구라도 그녀의 그 말이 결코 가능하지 않다는 것을 알 수 있었다.

그때 염동이 소산을 향해 가만히 눈짓을 해 보였다.

그런데 염동은 굳이 그럴 필요가 없었다.

그렇지 않아도 소산이 지금 막 소소에게 등을 내밀고 있는 중이었기 때문이다.

말은 필요없었다.

소소는 그저 얌전히 소산의 등에 업히면 되었다.

그의 어깨 위에 다소곳이 올려놓은 두 손에, 그리고 가슴 에, 이윽고는 온몸으로 그의 체온이 전해져 왔다. 따뜻하게.

부끄러워 얼굴을 기댄 소산의 등에서 익숙한 채취가 느껴 지자 소소의 두 뺨은 마침내 붉어지고 말았다.

그러나 그녀의 복사빛 두 뺨에는 이내 수줍은 미소가 살포시 번졌다.

은은한 행복의 느낌이 담긴 미소였다.

길은 이제 더 이상 길이라 할 수 없었다.

사람의 자취가 끊어진 지는 진작부터였지만, 이제는 짐승들의 흔적조차 찾아볼 수 없게 되었다.

태고 때부터의 모습 그대로인 미지의 대지가 펼쳐지고 있는 것이다.

백아가 이끄는 대로 그들은 그야말로 미지의 땅에 최초로 사람의 흔적을 만들어가고 있는 중이었다.

거대한 협곡이었다.

일행은 하늘 높이 치솟은 절벽의 가파른 경사면을 따라 나 있는 좁은 길, 아니, 원숭이나 겨우 다닐 수 있을 듯한, 그나마도 끊어졌다 이어지길 반복하며 위태롭게 이어지는, 절벽 중간에 얇게 돌아 오른 돌출 턱을 따라 앞으로 나아가고 있었다.

발아래로는 까마득한 천 길 낭떠러지요, 위로는 금세라도 와르르 덮쳐 내릴 듯 수직으로 치솟은 장대한 절벽이었다.

절벽에 가려 하늘은 보였다 안 보였다 하는데, 날씨마저도 변화무쌍하기 이를 데 없어서 수시로 예고도 없이 자욱한 안개가 덮쳤다.

그럴 때면 바로 앞에 선 사람의 모습조차도 보이지를 않았다.

거기에다 갑자기 몰아쳐 온몸에 부딪쳐 오는 세찬 비바람은 실로 위협적이지 않을 수 없었다.

잡을 곳이라곤 절벽의 돌출된 작은 돌조각들뿐인데, 그마저도 세게 움켜잡기라도 하면 그대로 우수수 부서져 버리고 말아서, 아차 하는 순간에 천 길 낭떠러지 아래로 날려가 버릴 듯하였다.

소소는 소산의 등에 업힌 채 두 손을 그의 목에 두르고 있었다.

그런 소소의 두 팔에는 거의 힘이 들어가 있지 못했다.

하지만 그녀는 조금도 불안하지 않았다.

오히려 편안하였고, 세상에 두려울 것 없이 든든하였다.

어떤 세찬 비바람에도 소산은 흔들리지 않았다.

그의 등은 한없이 따뜻하였고, 부끄럽게도 그녀의 둔부를 단단히 떠받친 그의 두 손은 그 어떤 상황에서도 그녀를 놓치지 않을 듯하였다.

소소는 가만히 두 눈을 감았다.

하지만 그녀는 알지 못했고, 미처 상상조차 하지 못했다.

그녀의 느낌에서뿐만이 아니라, 실제로도 절벽의 세찬 비바람이 그녀와 소산에게만큼은 가까이 접근하지 못하고 한옆으로 슬쩍슬쩍 비켜가고 있다는 것을.

백아는 방향을 종잡을 수 없이 세차게 몰아치는 협곡의 거친 바람 속을 내내 여유있게 유영해 갔다.

그런데 어느 한순간 백아의 모습이 갑자기 사라졌다.

알고 보니 백아는 마침 나타난 절벽 중간의 제법 커다란 틈새 속으로 날아들어 간 것이었다.

비록 위쪽 방향이 길게 트여 있긴 했지만, 위쪽 끝에 가서는 결국 가로막혀 버린 그 기묘하게 생긴 틈새는 처음에는 그 폭이 한 사람이 겨우 통과할 정도로 좁았다.

그러나 대략 오 장여를 들어가자 서너 사람이 어깨를 맞대고 지날 정도로 넓어졌다.

그리고도 틈새는 대략 이각(二刻)여 동안을 이어졌는데, 다시 좁아지고 또 넓어지기를 몇 번이나 반복하고 있었다.

만약 백아가 앞에서 적당히 속도를 맞추어주지 않았다면, 일행들은 결코 그 미지의 틈새 속을 계속해서 걸어 들어갈 수는 없었을 것이다.

마침내 틈새가 끝난 곳.

그곳에는 하나의 자그마한 분지가 자리하고 있었다.

마치 커다란 항아리 같은 형상으로 얼마나 높은지 짐작하기 어려운 까마득한 허공 끝에는 파란 하늘이 손바닥만 하게 열려 있었다.

그런데 분지의 바닥에는 생각지 못하게도 초지가 깔려 있었다.

비록 키 큰 나무는 자라지 않고 있었지만, 이름 모를 풀들과 무릎 아래 크기의 키 작은 나무들이 무성히 자라고 있었다.

초지 아래의 땅은 특이하게도 누런빛이 강하게 비치는 흙이었다.

흔히 볼 수 있는 흙이 아니었고, 몹시도 기름져 보였다.

사방으로 둘러싸인 절벽 면에는 줄기식물들로 무성히 뒤덮였고, 그 덩굴들이 끝없이 위쪽으로 뻗어 있어서 사방은 온통 싱그러운 녹색으로 가득했다.

참으로 절묘하고도 오묘한 자연의 조화였다.

천장단애 한가운데에 이런 기이한 분지가 존재하리라고 그 누가 상상이나 할 것인가.

"백아를 따라가요!"

일행들이 잠시 분지의 기이한 광경에 눈길을 주고 있는 사이 백아의 모습이 사라지자 소소가 분지 안쪽으로 가리키며 말했다.

분지의 안쪽 절벽.

그곳에는 다시 하나의 작은 동굴이 뚫려 있었다.

이번에 동굴은 그다지 길지 않았다.

채 오 장여를 들어가지 않아 그 끝이 막혀 있었던 것이다.

그러나 그 끝에는 밑으로 뚫린 반경 일 장여의 커다란 수직굴 하나가 휑하니 섬뜩한 아가리를 벌리고 있었다.

그 끝에 무엇이 있을지 알 수 없는, 아니, 아예 그 끝이 없을 듯한 암흑의 무저갱(無低坑)이었다.

위잉! 위이이잉!

무저갱의 아래쪽으로부터 울려오는 소리였다.

만약 정말로 지옥이 있다면, 그 소리는 분명 지옥의 밑바닥으로부터 울려 나오는 소리임에 분명할 것이었다.

휘이이이이!

간간이 차고 음습한 바람이 조용하고도 긴 회오리를 일으키며 불어왔다.

백아는 무저갱의 위를 천천히 맴돌고 있었다.

그런 중에 백아는 특유의 나직하면서도 날카로운 단음의 소리를 흘렸다.

춧! 츠춧!

백아는 지금 어떤 강렬한 욕구 내지는 유혹을 느끼고 있는 듯했다. 마치 당장에라도 무저갱 속으로 날아 내려가고 싶다는 듯이.

"치이잇!"

당고 또한 특유의 투정부리는 듯한 소리를 흘리고 있었다.

무엇인가 그녀로 하여금 본능적 긴장과 흥분을 불러일으키도록 만들고 있다는 의미이리라.

하지만 백아도, 당고도 더 이상 행위로는 나아가지 못하고 있었다.

그런 둘의 모습은 마치 누군가의 눈치를 보는 듯도 보였다.

그 눈치의 대상이 소산인지 혹은 소소인지는 분명치 않았지만.

그때 소산은 등에서 소소를 내려 가슴 앞으로 돌려 안고는, 동굴의 한쪽 평평한 곳에다 내려서 편안히 벽면에 기대게 해 주었다.

힘겨워 보이던 소소의 얼굴에 그제야 문득 한가닥의 화사한 활기가 돌았다.

비록 미약한 화사함에 불과했지만, 그것은 지금 그녀의 눈 바로 가까이에서 가만히 눈을 마주 대고 부드럽게 자신을 들여다보고 있는 한 사람 때문이리라.

소소가 희미하게, 그러나 화사하게 웃었다.

그녀의 앞, 허리를 숙여 부드럽게 미소를 떠올리고 있는 소산의 눈빛에 마주하여.

소소는 무저갱의 아래쪽이 바로 전설의 독천지일 것이라고 했다.

백아가 그렇게 말하고 있다는 것이었다.

일행은 일단 잠시간의 휴식을 취한 후 아래로 내려갈 방도를 강구해 보기로 했다.

그런데 일행들이 간만의 휴식을 취한 지 채 일각이 지나기도 전이었다.

"이런 곳에서 손님들을 맞이할 줄은 미처 몰랐군!"

염동이 문득 나직이 중얼거렸다.

그 말에 쌍맹이 언뜻 의아해하다가는, 이내 바짝 긴장하는 표정이 되었다.

소산은 자신 또한 미리 알고 있었다는 듯 담담한 기색이었다.

다만 당고의 눈빛에는 연한 녹색이 감돌고 있었다.

그것은 아마도 그녀가 지금 염동이 말한 손님들에 대해 적개심을 보이고 있다는 것일 텐데, 그러한 일은 당고에게 드문 일이었다.

소소가 걱정스러운 얼굴로 소산을 향해 말했다.

"누구일까요? 이런 절지까지 왔다면, 그 자체만으로도 보통의 인물들은 아닐 터인데……!"

소산이 부드럽게 말했다.

"걱정하지 마시오!"

그러자 소산의 그 간단한 한마디에 소소는 정말로 모든 걱정이 사라진 듯 금방 방그레 웃는 얼굴이 되고 말았다.

소소의 그런 모습을 보며 염동이 덩달아서 희미한 웃음기를 떠올렸다.

그러나 그는 이내 정색으로 되며 소산을 향해 말했다.

"가주! 무언지 모를 기이한 사기(邪氣)가 이토록이나 강하게 느껴지는 것으로 보아, 아무래도 좋은 뜻으로 온 손님 같지는 않소!"

소산이 담담히 웃으며 대답했다.

"그렇군요. 그러나 저들이 이곳까지 온 것은 어쨌든 우리

에게 볼일이 있어서일 것이니, 우리는 일단 밖으로 나가봐야 하지 않겠습니까?'

그리고 소산은 천천히 몸을 일으켰다.

뒤따라서 염동이 또한 몸을 일으켜 세우는데, 소소가 문득 말했다.

"저도 데려가 주세요."

소산이 곧바로 고개를 저었다.

"공봉의 말씀대로 좋은 의도로 온 손님들은 아닌 듯하니, 아무래도 소 매는 쌍맹과 함께 이곳에 그대로 있는 것이 좋겠소."

"저도 느낄 수 있어요. 바깥에서 심상치 않은 독기(毒氣)가 느껴지는걸요. 그러니 저도 그들이 누구인지 보고 싶어요."

소산이 가볍게 이마를 찡그렸다.

그러나 그는 이내 빙그레 웃는 얼굴이 되며 말했다.

"좋소! 그렇지만 동굴 입구까지만이요?"

"예!"

소산이 조심스럽게 소소를 안아 올려 품에 안고는 천천히 걸어나갔다.

그 뒤를 따르며 염동이 가만히 고개를 끄덕였는데, 사뭇 기꺼운 듯 보였다.

소산 등이 들어올 때만 해도 전인미답(前人未踏)이었던 분지에는 지금 일단의 무리들이 다시금 들어서 있었다.

그 열 명은 분지를 가로지르듯이 일렬로 죽 늘어서 있었다. 마치 분지로 들고나는 유일한 입구를 차단하기라도 하듯이.

흑의 장삼을 걸친 장한들이었다.

그런데 그들을 두고 '열 명'이라고 하기에는 아무래도 애매한 데가 있어 보였다.

뭐랄까?

하나같이 인피면구를 뒤집어쓴 듯이 표정없이 딱딱한 얼굴인데다가 초점없이 흐릿한 눈을 가진 자들이었다.

그들에게서는 한마디로 생기가 느껴지지 않았다.

동굴 입구에 서서 흑의장한들을 살피던 염동이 나직하게 중얼거렸다.

"사람의 형상을 하고 있으되, 막상 생기가 없으니 사람이 아니로군!"

소산의 품에 안긴 채로 소소가 그 말을 받았다.

"그렇군요. 강시 종류일 텐데, 이런 정도의 지독한 독기라면… 저들은 바로 독으로 제련된 독강시들이에요. 다만 아직 완성되지는 않은 듯 보이니, 굳이 분류하자면 반강시쯤 된다고 하겠군요."

그때였다.

삑!

분지의 바깥으로 통하는 틈새 쪽에서 한가닥의 날카로운 소성이 울리며 일시 분지의 대기를 우르르 울리게 만들었다.

소성에는 심후한 공력이 실려 있었다.

순간 늘어서 있던 열 명의, 아니, 열 구의 반강시가 좌우로 벌려 서며 앞을 틔웠다.

그리고 그 뒤로 세 사람이 새롭게 모습을 드러냈다.

짧게 하얀 턱수염을 기른 청삼노인 하나와 흑의 장삼을 걸친데다 얼굴까지 유난히 검어 보이는 사내 둘이었다.

그때 소소가 문득 놀라고 감탄하며 나직이 외쳤다.

"아! 저들 둘은 거의 완성된 형태의 독강시들이에요. 그들의 얼굴이며 손등에 흐르는 오광(烏光)을 보면 알 수 있어요. 아아! 저처럼 완성된 형태의 독강시가 세상에 출현했다는 얘기는 지금껏 들어본 적이 없는데, 오늘 이런 오지에서 그 실체를 보게 되다니 정말 놀랍군요."

그 말에 소산이 새삼스레 그 두 명의 흑의사내를 살펴보니, 과연 그들의 얼굴과 목, 그리고 손등 등 바깥으로 드러난 부위들은 몹시도 검었고, 그런 중에 다시 반지르르하니 기이한 광채가 흐르고 있었다.

그때 당고가 문득 날카로운 소리를 뱉어냈다.

"치잇!"

그 소리에는 지극히 노골적인 경계와 짙은 적대감이 녹아 있었다.

그리고 어느새 소소의 가슴에 하나의 무늬로 돌아가 있던 백아 또한 나직하면서도 날카로운 단음의 경고음을 흘려내고 있었다.

춧! 츠웃!

그러자 두 사내, 아니, 두 구의 독강시가 문득 거칠게 반응
했다.

카악!

크아!

거칠고 표독스러운 소리였다.

그리고 무언가 스멀거리며 기어오르는 듯 소름이 끼치는
소리이기도 했다.

그런데 그 순간 두 구의 독강시가 서 있는 주변 바닥에서는
놀라운 현상들이 생기고 있었다.

피시시싯!

돌연 독강시 주변의 풀들이 누렇게 시들더니, 금세 시커멓
게 타 들어가고 있었던 것이다.

독기였다. 지독히도 극렬한 독기.

풀들뿐만이 아니었다.

그 아래 땅바닥까지 타 들어가고 있었다.

그로 인해 원래 누런색이었던 흙은 지금 아주 선명한 검붉
은빛으로 변하고 있었다.

그런 현상은 삽시간에 독강시들의 주변으로 확산되고 있
어서, 그대로라면 이윽고는 분지 전체가 지독한 독기로 뒤덮
이고 말 듯하였다.

소산은 가만히 품에서 소소를 내려 동굴 입구 벽면에 기대 앉도록 하였다.

그러자 쌍맹이 마치 명령이라도 받은 것처럼 얼른 소소의 앞쪽 좌우로 벌려 서며 그녀는 호위하는 형태를 취했다.

소산이 동굴 바깥으로 걸어나가자 기다렸다는 듯이 당고가 냉큼 그 뒤를 따라나섰다.

그러나 소소는 그런 당고를 굳이 불러 세우지 않았다.

당고 또한 독인인 것이다.

그러니 또한 독으로 제련된 독강시들에게 저절로 끌리는 바가 어찌 없겠는가.

물론 그것은 호의가 아니라 적의(敵意)이겠지만.

그리고 독인으로서 당고가 이른 독의 경지가 독강시에 비해 결코 못하지는 않으리라고 소소는 짐작하고 있는 것이었다.

그때 소소의 바로 곁으로 다가서며 염동이 물었다.

"노부가 들은 바로, 독강시는 독문의 기물로 그 독공의 위력이 상상을 불허하며, 더욱이 철골상피의 단단한 신체에다 전신이 갈가리 찢기거나 부서지지 않으면 죽지 않는, 가히 불사지체라고 하던데… 그런 독강시를 완성하고, 또한 능히 다루는 자라면, 과연 누구이겠는가?"

염동의 시선은 청삼노인에게로 향해 있었다.

그에 눈길을 여전히 소산의 뒷모습에다 둔 채로 소소가 여린 목소리로 대답했다.

"예! 아마도 할아버지께서 짐작하시는 그 인물이 맞을 거라고 저 또한 생각해요."

"그렇군. 작은 소저 또한 저자가 바로 팔왕 중의 암왕일 것이라는 생각을 하고 있었군!"

그렇게 말하는 염동은 마치 청의노인이 암왕이라는 사실보다는, 오히려 소소와 자신의 짐작이 일치하였다는 데 더한 의미를 부여하는 듯이 보였다.

염동이 다시 물었다.

"그런데 작은 소저는 가주가 걱정되지 않는가?"

그러자 소소가 엷게 웃음기를 떠올리며 대답했다.

"그렇네요. 이상하게도 걱정이 되지 않네요."

염동이 짐짓 두 눈을 크게 떠 보였다.

"독강시에다 천하의 암왕을 마주하고 있는데도 가주가 걱정이 되지 않는다? 허허! 우리 작은 소저의 그러한 대담함은 과연 어디에서 나오는 것일까?"

염동이 짐짓 과장스러운 얼굴 표정을 지어 보이는 바람에, 소소가 이윽고는 '픽!' 하고 실소를 내뱉었다.

비록 힘에 부쳐 하는 기색이 완연했지만, 소소의 그런 모습은 참으로 보기에 좋았다.

그 바람에 내내 소소와 염동의 얼굴을 번갈아 보고 있던 쌍맹이, 또한 아무 생각도 없는 무작정의 미소를 슬며시 만면에다 떠올려 놓고 있었다.

가만히 미소를 거두며 소소가 말했다.

"저도 모르겠어요. 그냥 마음이 편안해요. 이제 제게 그다지 많은 시간이 남지 않았다는 사실도 두렵지가 않고, 그가 지금 커다란 위험을 대하고 있다는 사실도……."

그러다 소소는 문득 길게 탄식하며 말을 이었다.

"아아! 저는 지금 마치 꿈을 꾸고 있는 듯해요. 너무도 아름다운 꿈! 그리고 아무리 위험한 일을 겪고, 설혹 죽는다 하더라도, 그것은 다만 꿈일 뿐이어서 깨고 나면 다시 멀쩡해지리라는 것을 알기에, 편안한 마음으로 지켜만 보면 되는 그런 꿈!"

"으음……!"

염동이 또한 나직이 탄식했다.

그러나 그는 이내 온화하게 웃으며 말했다.

"그럴 것이네. 우리 작은 소저는 천하에서 가장 착하고 아름다우니, 당연히 세상 누구보다 아름다운 꿈을 꾸어야만 하는 것이지. 또한 저리도 듬직한 우리 가주가 총애를 하니, 세상 누구보다도 편안할 수밖에 없지를 않겠는가? 허허허!"

그 말에 소소가 보일 듯 말 듯 엷은 미소를 살짝 떠올렸다.

은근하고도 수줍은 미소였다.

"그대들은 혹시 독제(毒帝) 어르신과 무슨 관련이 있는가?"

청삼노인은 첫마디로 그렇게 물었다.

그의 말은 나직하였으며, 높낮이가 없어 마치 감정이 없는 듯이 무미건조하였다.

그러나 또한 기이한 힘이 있어 그 목소리가 멀리까지 또렷이 뻗어나가는 것이었다.

그리고 노인의 그 질문에서 소소는 자신이 짐작한 바대로 노인이 바로 암왕이라는 확신을 굳힐 수 있었다.

암왕(暗王)!

사천당가와 더불어 천하이대독문이자 그 역사나 정통성에 있어서는 가히 천하독맥(天下毒脈)의 종가(宗家)로 일컬어지는 독벌(毒閥)의 당대 벌주(當代閥主)가 되는 인물이다.

그런 대단한 배경에다, 그가 또한 독으로써 팔왕에 들었으니 그는 사실 독왕(毒王)으로 불려야 마땅했다.

그러나 그는 자신의 별호에 감히 독(毒) 자를 쓰지 못하겠다고 하며, 스스로 암왕(暗王)이라 불리기를 원하였다는 강호의 소문이 있었다.

바로 팔종 중 독제(毒帝)를 경외하여 그랬다는 것이다.

"아닙니다. 우리는 그와 아무 관련이 없습니다."

소산의 대답은 담담하였다.

그에 청의노인 암왕이 설핏 소산 곁의 당고와 뒤쪽 동굴 입구의 소소에게로 한번씩 눈길을 주고 난 다음에, 다시 소산을 향하며 다시 물었다.

"한데 자네들은 어떤 연유로 무상진독을 가지게 되었나?"

소산이 이번에는 가볍게 미간을 좁히며 대답했다.

"우리는 그 독을 가진 것이 아니라, 그 독에 중독당한 것입니다."

"그러니까 언제, 어떻게 해서, 왜 중독이 되었는지를 묻고 있는 것이네."

"거기에 대해서는 우리도 알지 못합니다. 한데 노인께서는 어찌하여 이처럼 자세하게 묻는 것입니까?"

소산이 오히려 반문하자 암왕은 잠시 소산의 눈을 뚫어질 듯 직시하였다.

그러다 암왕이 다시 말했다.

"노부가 무상진독의 흔적을 발견하고 자네들을 뒤쫓아온 것이 벌써 열흘째일세. 한데 일단 무상진독에 중독이 된 이상, 만약 독제 어르신의 독문해약(獨門解藥)이 없다면 천하의 그 어떤 사람이라 해도 결코 한 시진을 견딜 수 없을 터. 한데 지금 자네들은 무상진독에 중독이 되었다고 하면서도 막상 열흘여가 지난 지금까지도 멀쩡하게 살아 있으니, 그 안에 어떤 연유가 있는 것인지 알아보고자 함이네. 그러니 자네는 노부에게 상세히 말해주기를 바라네."

그에 소산이 다소간 차가워진 어조로 말을 받았다.

"소생에게 노인께 상세한 말씀을 드려야 할 연유가 없거니와, 지금 저희들의 사정이 그럴 만큼 여유가 있지도 못합니다."

소산이 여전히 정중했으나, 분명한 거절의 의사를 밝힌 셈이었다.

그러자 암왕은 언뜻 차가운 눈빛이 되었다.

그러더니 문득 눈짓으로 흘깃 당고와 소소 쪽을 가리키며 말했다.

그런데 그때 암왕의 목소리는 사뭇 음험하고도 날카롭게 변해 있었다.

"아이야, 노부는 굳이 네게서 대답을 듣지 않아도 될 것 같구나. 저 두 명의 여인으로도 노부의 궁금증은 충분히 풀릴 듯하니 말이다."

이어 암왕이 가볍게 입술을 오므리더니 짧은 소성을 발했다.

"삐!"

그러자 그의 좌우에 서 있던 두 명의 검은 사내, 독강시들이 두 걸음 앞으로 걸어나왔다.

무릎 관절이 제대로 굽혀지지 않는 듯 뻣뻣해 보이는 특이한 걸음걸이였다.

소산의 미간이 확연히 좁혀졌다.

그러나 바로 그 순간이었다.

"칫!"

당고 특유의 경고음이었다.

소산이 언뜻 돌아보니, 그때 당고는 이미 기이하게 번들거리는 검은 동체의 완전한 나신(裸身)이 되어 있었다.

독인 본연의 모습으로 화한 것이다.

"호?"

암왕이 저절로 터져 나오는 짧은 탄성을 뱉었다.

이어 그가 감탄의 기색을 감추지 못하며 말했다.

"과연 독인이었군! 그런데 전신 흑광이라⋯⋯? 하면 이미 섭독(攝毒)의 단계를 지나 내독(內毒)의 단계로 접어들어 능히 만독체를 이루었다는 것인데? 허허! 그러면서도 생기를 온전히 보존하고 있으며 신지(神智) 또한 완전히는 잃지 않은 듯하니, 참으로 놀랍지 않을 수 없구나!"

그러다 암왕은 다시 흔쾌함을 참을 수 없다는 듯이 크게 소리 내어 웃었다.

"으하하하! 좋다. 노부 또한 한때 독인을 탄생시키기 위해 각고의 노력을 매진하던 시절이 있었다. 그러나 수없이 실패만 거듭한 끝에 결국은 독인 대신 독강시 제련 쪽으로 목표를 바꾼 바, 최근에 이르러서야 이윽고 두 구를 완성시킬 수 있었다. 그런데 오늘 마침 뜻밖에도 만독체의 경지에 도달한 독인을 만났으니, 이런 기회에 노부가 어찌 독인과 독강시 중, 과연 어느 쪽이 진정으로 독의 완성에 가까이 닿아 있는 존재인지를 명확히 확인해 보지 않을 수 있겠느냐?"

이어 암왕은 다시 날카로운 소성을 불어냈다.

삐익!

그러자 두 구의 독강시가 돌연 앞쪽을 향해 뛰었다.

경중거리는 걸음걸이였으나, 예상을 벗어나는 놀라운 빠르기였다.

그때 검은 동체의 당고는 미끄러지는 듯한 기이한 움직임으로 소산의 앞으로 나아가더니 이어 조금의 주저함도 없이 독강시들을 맞아 걸어나갔다.

소산이 언뜻 당고를 제지하려 하다가는 문득 그대로 놓아두었다.

그 순간 소산은 당고에게서 한가닥 뚜렷한 의지를 교감한 것 같았는데, 그것은 어떤 강력한 갈망과도 같은 것이었다.

당고로부터 한 무더기의 검은 기류가 앞으로 확 번져 나가며 달려들던 두 구의 독강시를 덮쳤다.

칙!

치이익!

두 구의 독강시는 조금도 피하지 않았으므로, 그들이 걸치고 있던 흑의 장삼이 대번에 가루로 화해 흩어져 버렸다.

그러나 막상 독강시들은 멀쩡하여 우람한 상체를 드러낸 채 두 손을 마구 휘저으며 당고의 검게 굴곡진 늘씬한 동체를 움켜잡으려고 했다.

그런 중에 당고의 움직임은 실로 놀라운 데가 있었다.

부드럽고도 느릿한 움직임으로 보였으나 실제로는 놀랍도록 빠른 속도여서, 두 독강시의 사이를 미끄러지듯이 헤쳐 다니고 있는 것이다.

거칠게 날뛰면서도 좀체 당고의 신형을 따라잡지 못하자 두 독강시는 연신 거칠고도 괴이한 부르짖음을 토해냈다.

크아아악!

카아아아!

그리고 얼마 지나지 않아, 독강시들은 돌연 전신으로부터 짙은 적갈색의 기류를 뿜어내기 시작했다.

당고의 검은 기류와 독강시들의 적갈색 기류는 이내 주변 사방을 완전히 뒤덮고 말았다.

소산 등은 그 두 가지 선명히 대비되는 기류들이 뒤엉키는 괴이한 광경 속에서 언뜻언뜻 드러나는 검은 동체들의 윤곽들만을 볼 수 있을 뿐이었다.

전대미문의 독의 대격돌이었다.

검고 붉은 기류들에 닿는 주변의 모든 것들은 그것이 풀이든지, 나무이든지, 혹은 바위이든지, 혹은 그 무엇이라도 타고 녹아버렸다.

그로 인해 분지는 순식간에 온통 매캐한 독향(毒香)으로 뒤덮이고 말았다.

연신 터져 나오는 경천동지의 괴음과 기음은 분지의 사방

절벽을 금방이라도 무너뜨리고 말듯이 우르르 진동시키고 있었다.

크아아아!

츠츠츠춧!

그런데 다시 얼마간의 시간이 흐른 후였다.

독강시들의 흉포한 괴성은 더욱 커져만 가는데, 반면에 당고의 소리는 아주 간간이, 그것도 점차로 다급하게 울려 나오는 것이었다.

당고가 독강시들에게 밀리고 있음에 분명하였다.

핏!

희미한 파공성과 함께 한줄기 백색 반투명한 빛줄기 하나가 허공을 가로지른 것은 바로 그때였다.

그 백색의 빛줄기는 곧바로 검은 기류와 적갈색 기류가 뒤엉킨 한가운데로 쏘아져 갔다.

그리고 바로 다음 순간,

크아아아아악!

기류 속에서 일대의 대기를 발기발기 찢어놓을 듯한 처절하고도 날카로운 괴성 한가닥이 길게 울려 퍼졌다.

분명히 비명이었다.

그때 뒤엉킨 기류들이 언뜻 엷어지고 있었다.

그 사이로 당고와 독강시들의 모습이 보였다.

그런데 어찌 된 일인지, 한 구의 독강시가 바닥에 쓰러진 채 시커먼 두 손으로 제 가슴을 마구 쥐어뜯고 있었다.

끄아아아!

실로 끔찍하고도 지독한 몸부림이었다.

그때 한결 자유롭게 된 당고는 남은 한 구의 독강시의 뒤로 미끄러져 돌아가서는 두 팔로 독강시의 목을 제압하고 있었다.

캬아악!

독강시가 울부짖으며 마구 몸을 뒤틀었다.

그러나 당고는 독강시의 뒤쪽에 찰싹 달라붙은 채로 목을 휘감은 팔을 풀지 않았다.

그리고 둘의 주위로는 다시금 적갈색의 기류와 검은 기류가 짙게 뿜어져 나오며 격렬하게 뒤엉켰다.

독강시 하나가 바닥에 쓰러져 몸부림치고, 다른 하나의 독강시가 당고에게 목을 제압당한 일들은 그야말로 순식간에 벌어진 일이었다.

삐이익!

당황한 암왕이 급하게 소성을 불러냈다.

그러자 치열한 격전의 와중에도 나무토막처럼 꼼짝없이 한쪽에 무리 지어 서 있기만 하던 열 구의 반강시가 일제히 앞으로 달려나왔다.

그것들의 움직임은 독강시보다도 훨씬 더 뻣뻣하게 경중거리는 것이어서 더욱 기괴스러웠다.

더더욱 기괴한 일은 바로 다음에 일어났다.

포악스러운 기세로 달려들던 반강시들이 당고의 삼 장여 앞에서 돌연 일제히 멈추어 버린 것이다.

그런데 그것이 암왕의 명령에 의해 멈춘 것이 아니라, 마치 그들의 앞에 어떤 무형의 거대한 벽이 생겨 갑자기 가로막히기라도 한 듯이 보이는 것이었다.

컥!

커어억!

반강시들이 포악하게 흉성을 지르며 보이지 않는 장애물에 대해 마구 부딪치고 있었지만, 그것들은 단 한 치도 앞으로 나아가지 못하고 있었다.

그리고 다음 순간,

퍽!

퍼퍽!

퍼퍼퍽!

퍼퍼퍼퍽!

그 장면은 마치 수박이 터지는 듯하였다.

반강시들의 두부가 차례로 터져 나가며 사방으로 검붉은 뇌수들이 비산하고 있었다.

그 끔찍한 광경에 소소는 두 손으로 눈을 가렸다.

염동의 두 눈에서는 반짝하고 한가닥의 밝은 광채가 스쳤다.

그것은 일종의 희열 같은 것이었다.

오랜 세월 갈구해 오던 것을 마침내 확연히 발견한 자의 희열 같은 것.

그때 소소가 눈을 가렸던 손을 떼며 놀라움이 그대로 남아 있는 얼굴로 염동에게 물었다.

"염 할아버지! 어떻게 된 일인가요?"

염동이 그녀를 달래듯이 담담하게 웃어주었다.

그리고 나서 자상한 어조로 천천히 대답했다.

"자연의 순리대로 된 것이지! 사기와 독기로 가득 채워진 저들 반강시들은 자연의 순리를 거스른 일종의 극단적 불균형의 존재인 것인데, 지금 어떤 절대력이 그 불균형의 극단을 이끌어서 스스로 폭발하도록 만들었고, 그럼으로써 원래의 균형 상태로 되돌린 것이지."

"누가 그렇게 한 것이죠?"

소소가 살짝 고개를 갸웃해 본 다음에 다시 묻는 말이었다.

그러나 소소의 그 질문에는 은근한 기쁨과 기대가 있기에 염동은 빙그레 미소 짓지 않을 수 없었다.

"허허허! 글쎄! 과연 누구일까? 우리 작은 소저가 생각하는 그 사람 이외에?"

한편 당고와 독강시가 엉켜 있는 곳에서는 적갈색의 기류가 점차로 옅어지며 대신 검은 기류가 더욱 선명해지고 있었다.

그리고 다시 잠깐 사이에 적갈색 기류는 완전히 사라지고 말았고, 이어 검은 기류는 급속히 당고에게로 흡수가 되었다.

당고에게 목을 잡혀 있던 독강시는 검었던 몸이 퇴색된 잿빛으로 변해 있었다.

그때 당고가 단단히 죄고 있던 팔을 풀며 슬쩍 뒤로 물러서자 독강시는 힘없이 스르르 바닥으로 허물어지고 마는 것이었다.

그리고 바닥에 널브러진 독강시는 더 이상 미동조차 하지 않았다.

당고는 두어 걸음 떨어진 채 무언가를 음미하듯이 가만히 서 있었다.

새카만 오광(烏光)에 빛나며 탐스럽도록 자르르 윤기 흐르는 당고의 미끈한 동체는 마치 흑옥(黑玉)으로 만든 검은 여신상(女神像)과도 같았다.

한편 바닥에 쓰러져 몸부림치던 다른 한 구의 독강시는 벌써부터 움직임을 보이지 않고 있었다.

그 독강시 또한 당고에게 당한 독강시와 같이 퇴색된 잿빛을 띠고 있었다.

그런데 한순간 독강시의 가슴에서 한줄기 엷은 백색 광채가 솟아 나오는 것이었다.

바로 백아였다.

그런데 백아의 전신에서 비치는 백색 광채는 이전보다 훨씬 더 투명하게 변해 있었다.

그때 백아가 빠져나온 가슴의 구멍으로부터 회백색의 연기가 솟아올랐다.

그리고 독강시의 동체는 급속히 녹기 시작했다.

피시식!

뒤이어 당고에게 당한 독강시의 동체 또한 마찬가지로 녹아내리기 시작했다.

피시시식!

삽시간에 주변으로 역겨운 냄새들이 진동했다.

한순간 오광이 사라지며 드러난 당고의 나신이 눈부셨다.

하늘거리며 서 있는 우윳빛 광택의 늘씬한 나신은 참으로 눈부셨다.

소산이 얼른 자신의 장삼을 벗어 당고의 몸에 걸쳐 주었다.

그러자 당고는 문득 배시시 눈웃음을 치며 소산에게 몸을 기대왔다.

그 농염한 자태는 천하의 어떤 사내라도 뇌쇄시키고야 말지독히도 색정적인 것이었다.

소산이 가만히 당고의 어깨를 감싸 안았다.

그러자 그때까지도 약간의 녹광이 남아 있던 당고의 눈빛이 마침내 차분하게 가라앉았다.

그리고 그녀의 눈빛은 무심하도록 맑고 천진하기만 한 원래의 빛으로 돌아갔다.

스스스슷!

파스스스!

그것은 기이한 소리였다.

마치 약하게 옷깃이 스치는 소리 같기도 하고, 멀리서 누군
가 나직이 속삭이는 소리 같기도 하였다.

그것은 무수히 많은 침(針)들이었다.

눈에 잘 보이지 않을 정도로 가늘어, 빛에 반사되어 명멸하
는 반짝임으로 겨우 그 형체를 알아볼 수 있는 미세한 침들.

한순간 분지의 사방 공간을 온통 뒤덮어 버린 침들은 파르
스름한 독광을 품고 있었다.

그로 인해 분지에는 돌연 푸른색의 엷은 안개가 드리운 듯
하였다.

수없이 많은 독침으로 이루어진 안개였다.

스스스스!

푸른 독침의 안개는 바람에 안개가 일렁이듯이 서서히 움
직였다.

그때 소소의 앞을 가로막으며 쌍맹이 양손을 세차게 떨쳤
다.

촤르륵!

촤라라라락!

신패(神牌)였다.

쌍맹의 양손에서 활짝 펼쳐진 신패들은 그들 자신과 소소,

그리고 염동까지를 감당하는 보호막을 형성했다.

그러나 쌍맹의 신패는 굳이 활약하지 않아도 좋았다.

바로 다음 순간 그 푸른 독침의 안개는 흔적도 없이 사라져 버렸으니까.

"어떻게 한 것이냐?!"

암왕이 부르짖었다.

경악에 찬 목소리였으나, 또한 그 목소리에는 극렬한 고통과 미지의 공포가 진득하게 녹아 있었다.

소산이 담담하게 대답했다.

"무위이화(無爲而化)! 나 또한 아직까지 확연히는 그 이치를 알지 못하니 자세히 말해주기 어렵소. 다만 귀하가 만들어 낸 살의(殺意)가 고스란히 귀하에게 되돌아간 것이오."

그러나 암왕은 소산의 말을 다 듣지 못하였다.

어느 순간 그의 몸이 스르르 무너졌기 때문이다.

동시에 그의 전신에서는 노랗고 푸른 연기가 뿜어져 나왔다.

푸스스스!

그리고 바닥에 쓰러지기도 전에 그의 온몸은 그대로 한 줌의 독수로 화하고 말았다.

소소는 고개를 숙여 버렸다, 그 참혹한 모습을 차마 볼 수 없었기에.

소소가 다시 고개를 들었을 때, 어느 틈에 다가왔는지 바로 앞에서 소산이 그녀를 보고 있었다.

담담하였으나, 딱딱하거나 무심하지 않고 부드러운 여유가 느껴지는 미소를 머금고서.

소소 또한 가만히 미소를 떠올렸다.

쌍맹은 사방의 절벽을 뒤덮은 덩굴들을 걷어와 길게 밧줄을 꼬았다.

무저갱에는 소산과 당고, 그리고 소소만 내려가기로 하고, 염동과 쌍맹은 위에서 기다리기로 했다.

사실 소소를 데리고 무저갱을 내려간다는 것은 가능해 보이지 않았다.

그러나 소산이 굳이 업고 가겠다고 했고, 소소 또한 그 말에 대해 창백한 얼굴에 방긋 고운 미소를 지었다.

소소의 그 미소가 참으로 편안해 보였으므로, 염동은 말릴 생각을 하지 못했다.

사실은 염동도 그다지 걱정을 하는 기색은 아니었다.

언제부터인지 그는 소산에 대해서라면 마치 어떤 무조건적인 믿음을 가지게 된 듯 보였다.

말 그대로 그 끝을 알 수 없는 무저갱이니 얼마나 긴 밧줄이 소요될지 짐작할 수 없었다.

그러나 쌍맹은 절벽의 덩굴들이 무진장하니 언제까지라도 계속해서 밧줄을 만들겠다고 장담했다.

그러나 밧줄이 무한정으로 길게 내려갈 수는 없는 일이었
다.

결국에는 밧줄이 제 스스로의 무게를 견디지 못하게 될 것
이니 말이다.

등에 업은 소소와 자신의 몸을 천으로 단단히 동여맨 소산
이 먼저 밧줄을 타고 아래로 내려갔다.

그리고 그 뒤를 당고가 따랐다.

그런데 소산 등의 모습이 암흑 속으로 사라진 지 대략 일각
쯤 지났을 때였다.

"당숙 어른!"

맹룡이 흠칫 놀란 기색이 되어 염동을 불렀다.

그의 눈은 내내 밧줄에 고정되어 있었는데, 지금 그 밧줄은
더 이상 팽팽하지 않고 그저 축 늘어져 있었다.

염동이 찬찬한 어조로 말했다.

"걱정하지 말고, 차분히 기다려 보도록 하세!"

第四章
집착의 질긴 굴레

지존
석산평전

그가 스스로의 이름을 잊은 지는 이미 오래다.
그러나 무림은 그를 잊지 않았다.
아니, 결코 잊지 못했다.
강호에 회자되는 노래.

　팔종 중의 최고는 단연 천공이다. 그는 능히 고금제일을 다
툴 만하다. 그 아래로는 지백과 인극을 나란히 꼽을 수 있는
데, 그들 둘 각자로는 천공을 당할 수 없되, 그들 둘이 합치면
능히 천공을 감당할 정도이다.

그는 바로 그 두 번째의 이름 지백(地佰)이었다.

그는 한때 천하제일인이었다.

또한 멸망한 전대 황조(皇朝)의 황족이었다.

그는 거역할 수 없는 시대의 흐름에 밀려 무너지는 황조를 힘으로 일시 떠받치기보다는, 차라리 순리를 기다려 후일에 다시는 무너지지 않을 새로운 황조를 건설하려는 포부를 세운 바 있었다.

그러나 도중에 도저히 넘을 수 없는 벽 하나를 만났다.

그가 바로 노래의 첫 번째 이름, 천공(天公)이란 고금제일인이다.

천공과의 승부에서 패한 후, 그는 보이지 않는 곳에서 천공을 대적할 방도를 찾는 동시에, 신황조 건설에 필요한 대계를 다시금 세웠다.

그의 후손이 황후가 되도록 하였고, 그럼으로써 황태자라는 절대적 명분을 확보할 수 있었다.

황숙들이 황권쟁투에 나서리라는 것은 이미 그의 예측하에 있던 일이었다.

그러나 그는 방관 내지는 오히려 방조하는 입장이었다.

황태자가 가지는 대의명분으로 구파일방과 무림맹이라는 가장 강대한 세력을 결집시킬 요량이었기 때문이다.

사실 구파일방과 그들의 속가를 아우르는 것만으로도 능히 무림 전체의 절반 이상을 점하는 것이나 마찬가지였다.

그러니 구파일방의 힘이야말로 가히 천하제일세력이라고
할 수 있는 것이다.

물론 천공의 존재는 그에게 여전히 두려움이었다.

살아 있다면 그 나이가 벌써 삼 갑자는 족히 넘었을 것이니,
천공이 아직까지 살아 있을 확률은 사실 희박한 것이었다.

그러나 천공의 죽음을 그의 두 눈으로 직접 확인하지 않은
이상, 그가 생존해 있을 일말의 가능성 또한 남겨두지 않을
수 없는 일이었다.

그리하여 그는 황숙들의 황권쟁투를 조장하고, 동시에 구
파일방과 무림맹의 결집을 도모한 것이다.

그 자신의 존재를 드러내지 않고서도 황실의 정적들을 상
잔(相殘)시키고, 나아가 무림을 결집시켜 추후 신(新)황조의
지배하에 두기 위한 장기적 포석이었다.

만약 천공에 대한 두려움이 없었다면, 그는 처음부터 그토
록이나 장기적이고도 우회적인 계산을 하지 않았을 것이다.

곧바로 정적들과 반대 세력에 대한 회유나 제거부터 시작
했을 것이다.

팔종과 팔왕들을 포함해서 말이다.

바로 얼마 전까지만 해도, 그는 사뭇 느긋하게 순리를 따른
다는 입장이었다.

황제의 붕어에 이어 그의 피붙이인 황태자가 등극할 것이
고, 그 후엔 황후의 섭정(攝政)을 통해 단계적으로 기틀을 정

립하고, 마침내는 무혈회천(無血回天)으로 새로운 황조를 세우기만 하면 되는 일이었다.

그야말로 순리를 따르기만 하면 되는 일이었던 것이다.

그런데 어느 순간 돌연하게도 그로서는 전혀 예기치 못했던 변괴가 생겼다.

염두에는 두었으되, 크게 경계는 하지 않았던 삼황숙 주치의 아주 간단한, 그러나 차라리 무모하도록 과감한 성동격서의 전술에 치명타를 당하고 만 것이다.

참으로 어이없는 일이었다.

결정적 패인은, 주치와 그의 모사인 안문이 팔종들 중의 상당수를 규합하였다는 사실에 대해 그가 까맣게 알지 못했다는 것이다.

황제의 석연치 않은 붕어에 이어, 황태자가 졸지에 죽임을 당했다.

불행 중 다행인 것은 황망 중에도 황후와 그녀의 또 다른 소생들의 목숨은 구할 수 있었다는 것이다.

역시 관건은 주치였다.

속수무책으로 일이 벌어졌으되, 주치만 제거한다면 모든 일은 빠르게 되돌려놓을 수 있을 것이다.

그러나 신중에 신중을 거듭해야만 했다.

어쨌든 모든 가시적인 힘은 어쨌든 주치의 손아귀에 들어가 있는 상태였다.

더욱이 그의 주위에는 팔종의 인물들이 포진해 있는 것이다.

"인극(人克)과 검신(劍神)에다 화혼(火魂)까지라……! 허허! 천공(天公)은 그 실존 여부를 알 수 없고, 독제(毒帝)는 어차피 세상과 어울릴 수 없는 처지이니, 그렇다면 사실상 팔종의 전부가 다시 세상으로 나온 셈인가? 허허허! 순리를 따랐다고 여겼거늘, 결국은 이렇게 되는 것이 순리였던가? 그러나 아직 늦은 것은 아니다! 다만 한 가지……."

대청에 서서 어두운 밤하늘을 올려다보며 나직이 탄식하던 지백이 문득 누군가에게 물었다.

"어찌 되었느냐?"

그때 느끼지 못하는 사이에 대청 아래에는 인영(人影) 하나가 깊숙이 부복하고 있었다.

바로 눈앞에 있는 데도 불구하고 인영의 모습은 왠지 흐릿해 보였다.

마치 어스름한 어둠 속에서 그의 주위는 다시금 무언지 모를 묘한 모호함으로 감싸여 있는 듯했다.

인영이 지독히도 건조한 목소리로 복명했다.

"심문하던 중에 그자가 미처 예측치 못한 방법으로 자결해 버리고 말았습니다."

"음……!"

"초혼밀법(招魂密法)으로 그자의 영(靈)을 소환해서 살펴보았는데, 말씀하신 그자에 대해 상당히 강한 인상을 가지고 있음이 확인되었습니다."

순간 지백은 흠칫 눈빛을 굳히며 깊게 가라앉은 침음성을 흘렸다.

"으음!"

잠시 후, 지백이 무겁게 입을 열었다.

"무영(無影)! 안문이라는 자를 만나볼 것이니 잠시간 그의 주변을 물려라. 차 한 잔 마실 시간이면 넉넉할 것이니 금괴를 대동하되, 저들의 이목을 돌리는 정도면 좋을 것이다."

"존명!"

짧고도 분명한 복명 소리가 어둠 속을 울렸다.

동시에 대청 아래의 인영은 흔적도 없이 사라져 버렸다. 언제 어떻게 사라졌는지도 모르게.

*   *   *

그것은 안문으로서는 불가항력의 일이었다.

그는 소리 질러 자신의 위험을 주위에 알릴 엄두조차도 감히 내지 못하였다.

다만 그의 호위가 왜 발동하지 않았는지 하는 것이 그 순간에도 궁금하기는 했다.

그 호위가 다름 아닌 팔종 중의 한 사람인 검신이었기에.

"너는 노부가 누군지 알겠느냐?"

불가항력의 능력으로 그를 제압한 암중의 인물이 가만히 물었다.

웅혼한 위엄이 가득한 중에 사방 벽을 타고 웡웡거리는 기이한 목소리였다.

순간 안문은 언뜻 어떤 존재를 생각했다.

왜 그런 생각이 갑자기 떠올랐는지 모르겠으나, 순간 그것은 어떤 확신과도 같았다.

"혹시 팔종에 속하는 분이십니까?"

암중 인물은 바로 대답하는 대신에 잠시간 침묵했다.

그리고 잠시 후 그가 다시 물었다.

"음… 그중에서 누구일 것 같으냐?"

안문은 한결 여유를 되찾은 듯 차분히 대답했다.

"지백이십니다."

그러자 암중 인물, 지백이 가볍게 감탄한다는 투로 말했다.

"과연 하룻밤 새에 천하패권의 향방을 도둑질할 만한 배포와 머리를 지닌 놈이로구나."

이어지는 지백의 어조가 사뭇 신랄한 투로 변했다.

"그러나 노부가 누구인 줄 알았다면, 또한 노부에게 너와 주치가 망쳐 놓은 모든 것을 다시 한순간에 되돌려놓을 힘과 더불어 여전히 명분을 가졌다는 사실 또한 잘 알 것이며, 그리하여 너와 주치가 지난 며칠 동안 이루어놓은 것들이 그야 말로 사상누각에 불과한 줄도 알겠구나?"

그러나 안문은 오히려 가볍게 소리 내어 웃으며 지백의 말을 받았다.

"하하하! 어르신께서 마음만 먹는다면 천하에 못하실 것이 무엇이겠습니까? 어쩌면 지금쯤 황상의 안위 또한 위협받고 있을지도 모르겠군요. 아마도 팔종 중의 금괴와 무영귀가 황상의 안위를 노리고 있을 테니 말입니다."

지백이 문득 눈빛을 가라앉혔다.

"너는 여유가 있구나. 역시 팔종 중의 셋이 너의 편에 있다는 것을 믿기 때문이냐?"

그에 안문이 또한 담담하게 반문했다.

"이미 알고 계셨군요?"

"허허! 노부가 어찌하여 주치에 대한 경계를 소홀히 하였고, 더욱이 너 같은 인재가 주치의 곁에 있다는 것을 미처 알지 못하였는지 모르겠구나."

그러다 지백은 문득 눈빛에 번뜩이는 정광을 띠며 차갑게 물었다.

"너는 대체 누구냐?"

안문이 다시 엷은 미소를 떠올리며 대답했다.

"기껏 저의 졸명(卒名) 따위를 알고자 하시는 것은 아닐 터이니, 귀곡(鬼谷)의 전인이라고 하면 원하시는 답이 될지."

지백이 문득 놀란 기색을 감추지 않으며 나직한 침음성을 뱉었다.

"으음! 그랬었더냐?"

그러나 지백은 이내 고개를 끄덕이며 말했다.

"좋다. 하면 얘기를 길게 할 필요는 없겠구나. 노부는 두 가지를 먼저 묻겠다. 우선은 팔종에 관한 것이다. 너는 왜, 그리고 어떻게 팔종의 몇몇을 수하로 둘 수 있었느냐?"

안문이 잠시 생각을 정리한다는 듯이 묵묵히 있다가 이윽고 담담한 얼굴로 대답했다.

"먼저 왜냐고 물으신 데 대해서는… 사실 저와 황상은 대세를 보는 방향에 있어 몇 가지 큰 줄기의 전제를 한 바가 있는데, 그중에는 어르신께서 태자의 배경으로 계실 수도 있다는 전제도 포함되어 있었습니다."

"흠! 처음부터 노부를 염두에 두었다?"

안문이 지백의 그 말에는 따로 대답을 하지 않은 채 다시 자신의 말을 이었다.

"그리고 어떻게 하였느냐고 물으신 데 대해서는, 제가 귀곡의 전인이라는 사실로 또한 대답이 될 것 같습니다만?"

순간 지백이 나직이 호통을 쳤다.

"놈! 네가 지금 감히 노부 앞에서 돼먹지 않은 농지거리를 하는 것이냐?"

그 노도 같은 서슬에 안문이 급히 해명을 했다.

"어찌 제게 감히 그런 간담이 있을 리야 있겠습니까? 저는 다만, 제가 귀곡의 오랜 안배를 빌리지 않았더라면 결코 강호의 전설인 팔종들의 도움을 받을 수는 없었을 것이라는 말씀을 드리려는 것입니다."

그제야 지백의 표정이 약간 풀어졌다.

그 틈에 안문이 얼른 말을 덧붙였다.

"저희 귀곡의 선대와 그들 팔종 중 세 분의 선대 간에 얽힌 은원을 푸는 것으로 그분들께 얼마간의 도움을 받기로 일종의 계약을 맺은 것이지요."

"계약?"

그때 안문이 슬그머니 말머리를 돌렸다.

"이번에는 제가 질문을 좀 드려도 괜찮겠습니까?"

지백이 가만히 미간을 좁혔다.

그러나 안문은 조심스러운 기색이면서도 내처 자신의 말을 꺼내고 있었다.

"만약 저였다면 일도양단의 계(計)로 단번에 상황을 되돌리려는 시도를 했을 것입니다. 비록 팔종 중의 셋이 황상의 편에 있다지만, 지백께서도 다른 둘을 수하에 두고 계시니. 거기에다 조금의 기계(奇計)를 보탠다면, 능히 승산을 점쳐 볼 수 있을 것인데 어찌하여……."

안문은 은근히 말끝을 흐려놓았다.

그러자 이마에다 한가닥의 고랑을 만든 채 듣고 있던 지백이 가만히 고개를 끄덕였다.

"음, 아마도 그럴 것이다. 물론 너와 주치에게도 어떤 방비가 있을 것이긴 하지만, 분명 승산은 노부 쪽에 좀 더 있었다고 해야 할 것이다."

"한데 어찌하여 스스로의 세와 패를 노출시키는 우를 범하면서까지 일개 하찮은 모사일 뿐인 저를 직접 만나러 오신 것입니까?"

지백이 곧바로 대답하지 않고 잠시간 안문의 눈을 직시하였다.

그러다 그는 문득 가벼운 탄식과 함께 천천히 입을 열었다.

"한 가지 확인할 것이 있어서이다."

그리고 지백은 지긋한 눈빛으로 안문을 응시하며 불쑥 물었다.

"혹시 염동이라는 자를 아느냐?"

안문으로서는 일시 의아해지지 않을 수 없는 질문이었다.

더욱이 지금 지백에게서는 한가닥의 은근한 긴장마저 보이는 듯했다.

"예! 압니다만……!"

"노부는 지난 며칠 동안 너희들의 최근 행적에 대해 알아보았다. 소림과 무당에까지 사람을 급파하여 알아보았으니, 그 시간 동안에 알아볼 수 있는 것은 다 알아본 셈이지. 그 결과 노부가 가장 흥미를 가진 것은 바로 염동이라는 자의 존재에 대해서다. 그러나 노부는 그자에 대해 충분히 파악할 수가 없었다. 하여 너에게 묻는 것이다. 그자는 누구인가?"

"그는……."

그러다 안문은 그만 말문이 콱 막히는 심정이 되고 말았다.

안다고 생각했거늘 막상 아는 것이 없었다.

그가 알고 있는 바, 염동은 소산 가문에 속한 다섯 공봉 중 하나였다.

그러나 소산의 가문에 대해서는 다만 상가(商家)라는 사실 이외에는 전혀 아는 것이 없었다.

그러니 결과적으로 염동에 대해서도, 그리고 또 소산에 대해서 그가 아는 것은 거의 없는 것이나 마찬가지였다.

물론 안문은 한때 소산과 그의 가문에 대해 상세히 알아봐야겠다는 생각을 한 적이 있긴 하였다.

그러나 그동안의 일대거사들을 치르느라 그 같은 생각은 그야말로 까맣게 잊어버리고 있었던 것이다.

그때 지백이 문득 말했다.

"그가 바로 천공일 수도 있다는 생각은 해보지 않았더냐?"

순간 안문은 쇠망치로 뒷머리를 한 대 맞은 듯이, 일시 머릿속이 하얗게 탈색되는 느낌을 맛보아야만 했다.

"천공……!"

안문의 경악한 채로 넋이 나간 듯 중얼거리는 모습에 지백은 오히려 허탈한 표정이 되고 말았다.

"허허허! 너와 같이 기민하고도 치밀한 자가, 더욱이 네가 자부하듯이 귀곡의 전인이라는 자가 진정 그런 것에 대해 짐작조차도 해보지 않았더란 말이냐?"

지백의 그 말은 마치 안문을 질책하는 듯하였다.

그리고 이내 지백은 가라앉은 눈빛이 되어 다시 물었다.

"네가 본 그는 어떤 인물이었느냐?"

그에 안문이 빠르게 경악을 추스르고 난 다음에 머릿속의 생각들을 정리해 가면서 천천히 말했다.

"그는 지극히 평범하였는데… 지금 돌이켜 생각해 보니 그는 그 어떤 위급한 상황에서도, 그리고 그 어떤 강한 위엄과 기세에도 결코 위압당하지 않았습니다. 황상의 타고난 위엄마저도 쉽게 포용해 버리는… 그에게는 그런 자연스러운 여유가 있었던 것 같습니다. 그리고 제가 감히 비견해 보건대… 그의 그러한 여유는 그를 지금 이 자리에 데려다 놓는다 하더라도 마찬가지일 거라는 생각이 듭니다."

그에 지백이 깊은 침음성을 흘리며 말했다.

"음, 사실 방금 전에 노부는 염동이 바로 천공일 가능성이 크다는 취조 결과를 보고받고 오는 길이다. 더하여 이제 너의 말을 듣고 보니, 아아! 그자는 필시 천공일 것이다."

"아!"

안문이 짧은 탄성을 토해내고 나서 다시 조심스럽게 물었다.

"그런데 취조라면… 누구를……?"

그러나 지백은 선선히 대답했다.

"하오밀문의 인물이다."

그 말에 안문은 다시금 나직한 침음성을 흘리지 않을 수 없었다.

"음……!"

그때 개봉에서 염동이 하오밀문을 언급하였던 것이 문득 생각난 때문이었다.

잠시 후, 사뭇 차분함을 되찾은 기색의 안문이 담담히 물었다.

"황상께서 거사를 일으켰음에도 지백께서 아직까지 대응을 하지 않고 계신 이유가 바로 그런 데에 있었던 것이로군요?"

지백은 아직까지도 약간의 허탈함이 남아 있는 듯한 기색이었다.

"몇 가지의 정황에도 불구하고, 천공이 너희의 편에 섰다고는 도무지 믿기가 어려웠다. 노부가 그를 모르지 않는데, 그 같은 인물이 황권 다툼 따위에 조금이라도 개입할 리 없기 때문이다. 그러나 한편으로, 주활도 아닌 주치가 이런 엉뚱하고도 무모한 일을 벌인 데는 분명 어떤 믿는 바가 있기 때문일 것이라는 생각을 해보지 않을 수 없었다. 내가 알고 있는 주치는 아무리 급박하고 궁핍한 상황에서도 결코 계산없이 무턱대고 일을 저지르고 볼 인사는 아니었으니까. 허허허! 그런데 정작으로 너희는 그의 정체에 대해 짐작조차 못하고 있었을 줄이야!"

안문은 문득 심각한 위협을 느끼게 되었다.

사실 그 또한 한때 천공의 실존 여부에 대해 고민을 해보지 않은 바는 아니었다.

그러나 여러 측면에서의 신빙성있는 근거들과 정황들을 수집하여 분석한 결과, 그가 이미 실존하지 않으리라는 확신을 가지게 되었던 것이다.

그러나 지금 지백과의 몇 마디 대화는 안문의 그러한 기존의 확신을 완전히 뒤집어놓았다.

그럼으로써 그의 앞에는, 그가 지금까지 염두에 두고 있던 그 어떤 변수들보다도 더욱 두렵고 위험한 변수가 갑자기 대두된 것이다.

천공이 누구인가.

그가 최후의 안전 장치로 안배해 두고 있는 인극 등 팔종 중의 셋을 합치더라도 능히 감당할 수 있으리라고는 결코 장담할 수 없는 가히 절대의 존재인 것이다.

안문의 눈빛이 깊숙이 침잠되었다.

"제가 팔종 중의 세 분과 계약을 맺었다고 말씀드렸습니다만, 그 계약의 유효기간은 아직까지 제법 남아 있습니다."

잠시의 숙고 끝에 안문은 문득 그렇게 말을 꺼냈다.

지백이 가만히 미간을 좁히며 물었다.

"무슨 뜻으로 하는 말인가?"

"어르신께서는 그 잔여 계약 기간을 담보로 하여 저와, 아니, 새 황상과 한 가지 거래를 해보실 의향이 없으십니까?"

순간 지백의 눈에서 번쩍하고 시리도록 맑은 한가닥의 광채가 떠올랐다.

* * *

황제의 침전.

안문은 황제와 독대하고 있었다.

그는 황제에게 지백의 존재와 또한 염동의 정체가 실은 천공일 가능성이 크다는 얘기를 하였다.

그리고 천공의 존재가 얼마나 거대하며 가공할 존재인지에 대해서, 그 존재 자체만으로도 아직까지 완전히 안정되지 않은 새 황실과 조정에 심각한 위협이 될 수 있음에 대해서도 아울러 말하였다.

황제가 불쑥 물었다.

"지백이라는 자는 믿을 만한가?"

안문이 사뭇 조심스럽게 대답하였다.

"적어도 천공의 위협이 완전히 제거될 때까지는 믿을 수 있을 것입니다."

"흠?"

"지백에게 천공이라는 존재는 어쩌면 천하를 포기하고서라도 넘어서야만 하는 존재입니다. 그것은 그 또한 불세출의 무인이기 때문이고, 그럼으로써 자신의 위에 서 있는 그 누구도 용납할 수 없다는 욕심이 있기 때문입니다."

수긍할 만하다는 듯이 가만히 고개를 끄덕이며 황제가 다시 물었다.

"승산은 과연 누구에게 있겠는가?"

"팔종 간의 무공 비교에 대해서는 강호에 여러 가지의 풍문들이 있습니다. 그러나 그중 그래도 신빙성이 있다고 알려진 것은 하나의 노래입니다."

"노래?"

"그렇습니다. 아마 폐하께서도 지난번 강호를 행도하시는 중에 한 번쯤 접해보신 적이 있을지도 모르겠습니다."

"흠?"

"팔종 중의 최고는 단연 천공인데, 그는 능히 고금제일을 다툴 만하다. 지백과 인극이 나란히 그 아래에 있는데, 그들 둘 각자로는 천공을 당할 수 없되, 그들 둘이 합치면 능히 천공을 감당할 정도이다. 독제, 화혼, 검신, 금괴, 무영귀의 다섯은 서로 우열을 논하기 어렵되, 그들 중 둘이 합치면 능히 지백과 인극 중의 하나를 감당할 정도이다."

"그렇군. 자세한 기억은 없지만 아주 낯설지는 않은 걸 보니 분명 어디선가 들어본 적이 있는 것 같군."

그리고 황제는 짐짓 흥미롭다는 듯한 표정으로 안문에게 물었다.

"한데, 그 노래대로라면… 짐이 만약 지백이라는 자의 전죄를 묻지 않고 포용할 경우, 결국은 팔종의 여섯이 천공 하나를 노리는 형국이 될 것이 아닌가? 하하하! 당연히 천공의 필패(必敗)가 되겠군?"

황제가 이윽고 가벼운 얼굴로 웃었으나, 안문은 여전히 조심스러운 기색을 풀지 않았다.

"계산상으로는 그리될 것입니다."

황제의 미간이 언뜻 좁아졌다.

그러나 황제는 여전히 웃음기를 지우지 않은 채 다시 물었다.

"후후! 계산상이라는 단서를 붙이는 걸 보니, 반드시 그렇게만 볼 수는 없다는 말이겠군?"

"그렇습니다. 본래 강호에서의 승부라는 것은 객관적인 평가나 계산만으로는 예측할 수 없는 측면이 다분히 있는데, 더욱이 천공은 일인강호(一人江湖)라 불릴 만큼 절대(絶對) 그 이상의 존재이니만큼, 역시 그 승부를 예측하기는 실로 어렵다고 해야 할 것입니다."

"흠! 일인강호라……!"

그리고 잠시 생각에 잠기는 듯하던 황제가 문득 불쑥하니 물었다.

"역시 가장 바람직한 결과는 동패공사(同敗公死)이겠지?"

돌발적인 물음이었으나 안문은 그다지 동요하지 않았다.

그것은 안문 그 자신도 또한 생각하고 있던 결국의 방향이기 때문이었다.

안문이 다른 설명을 붙이지 않고서 간단히 대답했다.

"그렇습니다."

황제가 깊숙한 시선으로 다시 물었다.

"남는 자가 있다면… 어떻게 할 것인가?"

안문이 가만히 한 호흡을 쉬고 나서 대답했다.

"상잔(相殘)하여 그 신비감을 잃어버린 팔종은 더 이상 신화도, 전설도 될 수 없습니다. 그리고 폐하의 천하에는 그들 말고도 마치 바닷가의 모래알과도 같이 무수한 기인고수와 협성괴걸들이 있으니, 어찌 그중에 능히 팔종에 근접하는 자들이 또한 없을 것입니까? 그들 모두가 폐하의 백성들입니다. 이제 곧 천하가 안정되고 나면, 폐하의 일성(一聲)에 무림천하가 한뜻으로 폐하의 뜻을 받들 것이니, 조금이라도 근심

할 만한 일이 무엇이 있겠습니까?"

딱! 딱! 딱!

엷은 웃음기를 머금고서 황제는 손가락으로 가볍게 팔걸이를 두드리고 있었다.

안문은 문득 조심스러운 기색이 되었다.

비록 웃는 모습이지만, 황제의 지금 모습이 뭔가 심각한 감정의 갈등을 겪고 있다는 의미임을 아는 때문이었다.

그리고 이런 경우에 황제는 때때로 안문의 짐작을 벗어나 전혀 엉뚱한 방향을 제시하곤 했었다.

그때 황제가 나직하게 가라앉은 목소리로 입을 열었다.

"염동이라… 그가 곧 천공이고, 천공이 일인강호라 불릴 정도의 절대자라면, 그것은 곧 무림천하가 소산의 수중에 있다는 얘기가 아닌가?"

순간 안문이 흠칫하며 반문했다.

"어인 말씀이신지……?"

안문의 당황과는 별개로 황제는 담담하기만 하였다.

황제가 묘한 빛이 도는 눈으로 안문의 눈을 깊숙이 응시하며 다시 말했다.

"그렇지 않은가? 짐이 분명히 기억하고 있는바, 염동은 소산의 가문에 속한 다섯 공봉 중 하나라고 하지 않았던가? 그러니 천공은 곧 소산의 수하가 되지 않는가 말이지."

"폐하! 강호에서는 필요에 따라 잠시 신분을 속이거나 위

장하는 일이 드물지 않습니다. 그러니 그때의 염동 또
한……."

그러나 황제는 간단히 안문의 말을 잘랐다.

"어쨌든 짐과 그대가 직접 보고 들은 바는 분명히 그랬지
않은가?"

안문은 황제의 억측에 대해 더 이상 이의를 제기하거나 설
명하기를 포기하였다.

황제는 지금 자신의 억측을 사실로 만들고 싶어하고 있는
것이다.

황제가 말을 이었다.

"그렇다면 말이야, 일은 제법 흥미롭게 되지 않겠는가? 팔
종들 간의 승부임과 동시에, 또한 그들을 각자의 대리인들로
내세워 벌이는 짐과 소산의 일대승부가 되지 않겠는가 말이
야? 하하하하!"

짐짓 통쾌하다는 듯 크게 소리 내어 웃고 난 뒤, 황제는 문
득 정색을 하였다.

"천하를 다스리는 데 있어 무력이란, 일시지간 필요하나
결국은 필요가 없게 되니, 말하자면 필요악 같은 것일 터이
다. 팔종이니 팔왕들이니 하는 자들 또한 마찬가지이다. 그들
이 비록 세상에 드문 재주를 지녔다고는 하나, 앞으로의 짐의
천하는 태평성대일 것이니, 그들의 재주가 더 이상 쓰일 일은
없을 것이다. 그러나 낭중지추(囊中之錐)라고 하지 않았던가!

그들이 지닌 무력은 주머니 속의 송곳과 같아서 언제라도 민심을 혼란시키고, 나아가 짐의 천하를 위협할 소지가 있다고 할 것이다. 그렇다면 차라리 적절한 기회에 그들이 지닌 무력을 제거함으로써 천하의 우환거리를 미연에 방지함이 실로 마땅할 것이다."

이어 황제는 문득 목소리에 위엄을 갖춰 안문을 불렀다.

"안문!"

안문이 급히 허리를 숙이며 복명하였다.

"예! 폐하! 하명하시옵소서!"

"짐의 뜻이 그러하니, 그대는 마땅히 훌륭한 지략과 방책을 내어 천하의 안녕을 도모토록 하라!"

"신, 안문! 신명을 다하여 황명을 받들겠나이다!"

안문이 다시금 부복하며 복명하였다.

황제의 뜻은 분명했다.

무림까지를 포함하여 천하를 완전히 지배하겠다는 포부의 표명인 것이다.

그리고 그것은 결국 안문 자신이 뜻하고 있는 바와도 일치하는 것이었다.

사실 무림의 완전한 지배는 지금껏 역대 어느 황제도 이루지 못하였던 것이다.

그러니 지금 황제가 뜻하고 있는 바야말로 명실상부한 제황으로서의 포부라고 할 수 있지 않겠는가.

한편 안문은 극도로 조심스러운 심정이 되어 있었다.

자신의 포부를 사뭇 장황하게 말하는 중에 황제는 그것과는 완연히 거리가 있는 또 다른 조그만 의중 하나를 슬며시 내비쳤다는 것을 능히 짐작하기 때문이었다.

그리고 어쩌면 황제의 그 조그만 의중이야말로 더욱 강하고도 큰 의미를 가지는지도 몰랐다.

황제에게 자신이 굳이 자세한 얘기를 하지 않아도 수하가 알아서 자신의 의중을 능히 짐작하고, 또 알아서 움직이도록 은근히 종용하고 방관하기를 즐겨 하는 습성이 있다는 것을 안문이 모르는 바는 결코 아니었다.

그러나 이 문제에 대해서만큼 안문은 황제의 의중을 한번 더 확인해 두지 않을 수 없었다.

그것이 비록 어리석고 쓸데없는 행동이 될지라도 말이다.

그것은 지금의 이 문제가 바로 황제에게 한때나마 어떤 의미가 되었던 적이 있으며, 혹은 지금도 결코 무시해 버릴 수 없는 의미일지도 모르는 몇몇 사람들의 안위 내지는, 나아가 생사까지를 결정짓는 중대한 문제가 될 수 있기 때문이었다.

"폐하! 소산 공자의 일에 대해서도 신이 임의로 조치하여도 되겠습니까?"

안문의 말에 황제는 찡긋하고 미간을 좁혔다.

그리고 짐짓 소리를 낮추어 물었다.

"그대는 짐이 그를 어찌하려 한다고 여기는가?"

안문이 흠칫 머리를 조아리며 고했다.

"신이 어찌 폐하의 의중을 감히 짐작하려 하겠습니까? 다만 하명을 여쭐 뿐입니다."

황제가 잠시 물끄러미 안문을 바라보았다.

그러다 그는 문득 소리 내어 웃으며 말했다.

"하하하! 그대가 누구이던가? 천하의 안문이 아니던가? 지금까지 거침없이 짐의 우둔함을 질타하고 과감히 나아갈 바를 제시하여 온 그대이거늘, 이제 와서는 어찌하여 갑자기 그토록 소심해졌는가?"

안문이 더할 수 없이 조심스럽게 대답했다.

"이전의 폐하께서는 신에게 다만 주군이셨을 뿐이나 이제는 만천하의 주인이 되셨으니, 아무리 조그만 것이라 할지라도 신이 어찌 감히 예전과 같이 행하겠습니까?"

그에 황제가 아무 말도 하지 않고 빙그레 웃으며 가만히 안문의 얼굴을 바라보기만 하였다.

딱! 딱! 딱!

침전에는 잠시간 황제가 손가락으로 용상의 팔걸이를 두드리는 소리만이 들렸다.

잠시 후, 황제가 문득 나직하게 말했다.

"짐의 뜻은 이미 그대가 생각하고 있는 그대로이다. 그러니 한 치의 차질도 없이 시행토록 하라!"

그것이 다였다.

그리고 황제는 문득 다른 사람이라도 된 것처럼 완전한 무
표정으로 돌아갔다.

　안문이 머리를 조아리고 나서 다시 깊숙이 읍하며 낭랑하
게 복명하였다.

　"신(臣), 안문! 삼가 어명을 받드옵니다!"

　결국 황제는 소산에게 분노를 품고 있었던 것이다.

　그리고 그 분노의 시발점은 황제가 아닌 한 사내로서, 예령
을 사이에 두고서 소산에 대해 어쩔 수 없이 가지게 된 질투
일 터였다.

　그러나 황제로서, 그리고 또한 한 사내로서 그가 지닌 정신
적 가치관과 명분들 때문에라도 차마 직접적으로는 분노를
드러내지 못하고 있다가, 이제 적당한 명분을 만나 마침내 그
분노를 행사하려고 하는 것이리라.

　안문은 그렇게 황제의 의중을 정리했다.

　　　　　＊　　　　＊　　　　＊

　무림천하에 일대폭풍이 몰아쳤다.

　조정으로부터 비롯된 폭풍이었다.

　가장 먼저 철퇴를 맞은 곳은 오대세가였다.

　남궁단과 모용추 등 오대세가의 가주들이 체포되어 투옥
되었고, 각 세가에는 일괄적으로 해산명령이 내려졌다.

가주의 직계를 제외한 모든 가솔들은 즉시 각 세가에서 천리 바깥으로 흩어지라는 추상같은 명령이었다.

만약 순응하지 않으면 즉시 황군이 동원될 기세였기에, 오대세가로서는 감히 반항할 엄두조차 내지 못하였다.

그로 인해 각기 수백 년의 역사를 이어오던 오대세가들은 하루아침에 무너지고 말았다.

그러한 조치들이 곧 지난번 정쟁(政爭)에서 오황숙 주활의 편에 섰던 것에 대한 응징일 것이라는 데 대해서 이견을 가지는 사람은 없었다.

과연 오대세가에 이어 황태자의 편에 섰던 구파일방에 대해서도 일련의 조치들이 취해졌다.

공개리에 엄중한 경고와 근신의 황명이 전해진 것인데, 그것은 곧 구파일방에 대해 사실상 당분간의 봉문(封門)을 명한 것이었다.

뿐만 아니라 각 문파의 장문인과 차기를 이어갈 후기지수들에게는 황궁으로 들라는 명이 내려졌다.

각 문파를 대표하여 황제에게 충성을 서약하라는 것이었다.

구파일방이 유구한 지난 역사 동안 숱한 명멸의 순간들을 맞았으나, 황제에 의해 그 같은 핍박으로 당하는 것은 그야말로 유래가 없는 초유의 사태였다.

　　　　　*　　　　　*　　　　　*

　별궁.

　황제는 예령을 대하고 있었다.

　그는 예령에게 자신이 무림 정화를 위해 취하고 있는 일련
의 조치들에 대해 말하고 있는 중이었다.

　그리고 그러한 일련의 조치들이 시행되는 과정에서 황제
자신이 결코 원하지 않는 희생들이 생길 수도 있음을 넌지시
암시하였다.

　그것은 그의 복수였다.

　감히 황제인 그를 거부하고 다른 사내를 선택한 여인에 대
한 그다운 방식의 복수였다.

　그 여인에게 자신이 바로 황제임을 확인시켜 주려는 것이
었다.

　자신에게 무소불위의 권능이 있으며, 그럼으로써 그녀가
선택한 사내 하나쯤 죽이고 살리는 일은 그야말로 표정 한 번
찡그리고 펴는 것보다도 더욱 가볍게 행할 수 있음을 알려주
고 싶은 것이었다.

　물론 황제는 자신이 어쩌면 진실로 예령을 열망하는 것은
아닐지도 모른다는 생각을 벌써부터 해본 바가 있었다.

　예령에 대한 자신의 열정이 사실은 다만 한 사내로서의 부
끄러운 질투심이자 유치한 집착에 불과할 수도 있다는 사실

을 아주 부정하지는 않았다.

그럼에도 그가 결국에는 이러한 복수까지를 꾀하게 된 것은, 그가 받았던 상처들 때문이었다.

굴욕감과 열등감, 그리고 그것들로 인해 받은 자존심의 상처들.

그 상처들의 누구의 잘못 때문이며, 어쩌면 그 스스로가 만들어낸 상처일 수도 있다는 따위는, 지금에 와서 그에게 그리 중요한 문제가 아니었다.

가장 중요한 것은 그 상처들이 그에게 점점 더 치명적으로 작용하고 있다는 것이었다.

그리고 그는 이미 무소불위의 힘을 지닌 황제임에도 불구하고, 다른 방법으로는 도저히 그 상처들을 치유할 수가 없다는 점이었다.

그 상처들의 봉합과 회복은 오로지 그 상처의 근원이 된 두 사람을 통해서만 가능했다.

소산과 예령.

그중 하나를 죽이던지, 혹은 또 다른 하나가 스스로의 의지로 자신이 황제의 여자임을 인정하도록 만들던지.

경악과 참담한 좌절, 그리고 다시 깊은 절망과 슬픔이 예령의 얼굴과 눈빛, 이윽고는 그녀의 모든 것으로부터 절절히 우러나고 있었다.

그것은 황제가 꾀하였던 복수의 시작으로는 그다지 부족

하지 않았다.

그러나 황제는 시원함이나 통쾌함을 느끼지는 못했다.

왠지 무언가가 허전하고 부족했다.

그때 예령이 돌연 분연한 모습으로 자리에서 일어나며 외쳤다.

"운명! 그래요. 이 모든 것은 제게 운명이에요. 처음부터 그렇게 만나도록 정해져 있었고, 또한 지금 이렇게 될 수밖에 없도록 미리 정해져 있는 운명! 저도, 소산도, 폐하도, 그리고 천하의 그 누구도 결코 바꾸어놓을 수 없는 운명! 저는 얼마 전에야 그것을 온전히 깨달았어요."

이어 예령은 문득 결연한 모습으로 되며 다시 말했다.

"지난 보름여간의 시간으로 폐하께서 선조부(先祖父)와 제게 베풀어주신 은혜에 대해서는 미흡하나마 저의 최소한의 성의를 보인 것으로 치겠어요. 그러니 저는 이제야말로 그 어떤 처지와 사정에도 불구하고 그에게로 가야만 하겠어요!"

순간 황제의 얼굴은 확연히 일그러지고 말았다.

황제가 격렬한 분노를 그대로 드러내며 크게 외쳤다.

"네가 감히 네 마음대로 갈 수 있다고 생각하느냐? 네가 제법 고강한 무공을 지녀 무림인들 사이에서 검후(劍后)라 불린다고는 하나, 네가 과연 팔종 중의 검신과 인극을 대적할 수 있겠느냐? 좋다. 네가 그럴 만한 재주가 있다면, 짐은 더 이상 네 길을 막지 않을 것이다!"

순간 예령의 안색은 곧바로 창백하게 굳어졌다.

그리고 그녀는 그제야 황제의 뒷쪽에 조용히 시립하고 선, 그래서 지금까지는 그저 환관이려니 하고만 여겼던 백발홍안의 노인을 다시 보았다.

순간 노인에게서 한가닥 무형의 기세가 예령을 향해 뻗어 왔다.

그러나 예령이 미처 어떤 반응을 하기도 전에 그 무형의 기세는 저절로 소멸되고 말았다.

그리고 예령은 보았다.

자신을 바라보는 노인의 입가에 온화하게 맺힌 한가닥 엷은 미소를.

순간 예령은 알 수 있었다.

방금의 그것이 바로 검의 궁극 중 하나인 무형검(無形劍)이었다는 것을.

노인은 과연 검의 신, 검신 본인이었던 것이다.

또한 예령은 알았다.

이곳 어딘가에, 비록 그녀가 느끼지 못한다고 해도 인극이라는 절대의 고수가 또한 존재하고 있음을.

황제의 말은 결코 허언이 아닐 것이므로.

그때 황제가 다시 입을 열었다.

분노를 가라앉히고 한결 담담해진 어조였다.

"짐은 황제다. 천하만인의 생사여탈이 짐의 한마디에 달려 있는 것이다. 짐은 이제 네게 마지막으로 선택할 수 있는 기회를 주겠다. 네가 굳이 가고자 한다면 짐은 기필코 그를 죽이고야 말 것이요, 네가 이제라도 짐의 곁에 남겠다고 약조한다면 그를 살릴 것이다. 자, 너는 선택하여라! 그를 죽일 것인지, 아니면 살릴 것인지!"

예령의 갈등은 치열했으나, 그 갈등은 몹시도 짧았다.

곧바로 한 가지 결심을 굳힌 듯, 예령은 차분한 얼굴로 입을 열었다.

"제가 폐하의 곁에 남는다면 그를 살리겠다는 약조를 다시 한 번 해주시겠습니까?"

순간 황제의 입가에는 빙그레 흡족한 미소가 떠올랐다.

이어 황제는 가볍게 소리 내어 웃으며 말했다.

"하하하! 네가 짐의 곁에 남는다면 그를 살릴 뿐 아니라 지금부터 그의 존재 자체를 아예 잊을 것이다!"

그때 예령이 문득 처연한 얼굴로 말했다.

"폐하의 약조를 들었으니, 저는 이제 폐하의 곁에 남겠습니다. 그러나 그것은 저의 육신에 한하는 것일 뿐, 저의 마음이 그에게로 가는 것은 아무리 폐하라 하더라도 결코 막지 못할 것입니다."

그러나 이번에 황제는 노하기보다는 언뜻 안쓰러운 기색이 되며 예령을 위로하며, 또한 부드럽게 회유하고자 했다.

"네가 이처럼 하는 것에서 그를 생각하는 마음이 과연 어떠하다는 것을 능히 알고도 남음이 있겠다. 그러나 사람의 마음이란 한때 아무리 치열하더라도 결코 오래가지 못하는 법이어서 몸이 한곳에 오래 머물다 보면 결국에는 마음 또한 그곳에 머물 수밖에 없는 것이 이치가 아니겠느냐?'

그런데 그 순간이었다.

예령이 스르르 쓰러졌고, 동시에 번뜩 신형을 날려 다가선 검신이 그녀의 몸을 부축하였다.

황제가 놀라 물었다.

"어떻게 된 것인가?"

그때 예령은 두 눈을 뜨고는 있었으나 창백하게 변한 그녀의 얼굴에는 아무런 표정이 없었다.

검신이 잠시 예령의 맥을 짚어본 연후에 난감한 얼굴이 되어 대답했다.

"그녀는 스스로의 의지를 봉해 버렸습니다."

"의지를 봉하다니? 깨울 수 없다는 말인가?"

"그것은 불가합니다. 누군가 그녀를 깨우기 위해서는 그녀의 세 배에 달하는 내력을 지녀야만 하는데, 그녀 자신의 내력 경지가 이미 화경에 들어섰으니 곧 천하에서 그녀를 깨울 인물은 없다고 해야 할 것입니다."

"불가하다? 무공의 극한에 도달했다는 그대들 팔종의 능력으로도 그렇다는 말인가? 그대도? 지백도? 고금제일인이라는 천공도?"

검신이 천천히 고개를 저으며 대답했다.

"사람이 보유할 수 있는 내력에는 결국 한계가 있을 수밖에 없는 법입니다."

황제가 딱딱하게 얼굴을 굳힌 채로 다시 물었다.

"그녀 스스로도?"

"그렇습니다. 그녀 스스로 자신을 봉하였으므로, 외부에서 깨우지 않는 이상 그 또한 불가합니다."

"으음……!"

황제가 이윽고는 깊은 침음성을 흘리고 말았다.

그리고 그는 이내 분노했다.

아니, 그것은 걷잡을 수 없는 증오였다.

"네가 결국에는 이처럼 나를 능멸하는구나. 오냐! 네가 이토록이나 간절하게 그를 원하니, 나는 반드시 그를 네 눈앞에 데려다 놓을 것이다! 그러나 네가 볼 수 있는 것은 네가 그토록이나 간절히 그리워하며 보기를 소원하던 그의 모습이 결코 아닐 것이다."

第五章
대기연(大奇緣)

지존
석산평전

소산과 소소, 그리고 당고는 오로지 한가닥 밧줄에 의지하여 수직의 갱도(坑道)를 내려가고 있었다.

사방은 온통 칠흑 같은 암흑 속이었다.

소소는 아무것도 볼 수 없었다.

그러나 그녀는 조금도 불안하지 않았다.

그녀에게는 지금 이 순간 가슴으로 전해져 오는 소산의 따뜻한 체온이면 더 이상 바랄 게 없었다.

차라리 이 순간이 영원히 끝나지 않기를 바라는 마음이 되기도 했다.

얼마나 내려갔을까?

갱도는 갑자기 서너 개의 크고 작은 동굴로 분화(分化)되고 있었다.

그러나 소산은 어디 동굴을 택해야 할지에 대해 고민하지 않아도 좋았다.

백아가 그중 하나의 동굴로 주저없이 날아들어 갔기 때문이다.

그 동굴은 아주 완만한 측면 경사를 이루고 있었다.

그럼으로써 소산과 당고는 더 이상 밧줄에 의지하지 않아도 되었다.

완만한 경사의 동굴을 따라가기를 다시 한참.

어느 순간 바닥이 갑자기 급하고 미끄러운 경사지로 변하며 아래로 이어졌다.

그렇게 미끄러져 내려가기를 다시 얼마나 더 했을까.

알지 못하는 사이에 사방은 은은한 자색으로 빛나고 있었다.

그리고 보니 동굴의 벽면과 바닥은 더 이상 바위와 암반이라고 보기 어렵도록 변해 있었다.

마치 사방이 거대한 자수정(紫水晶)의 벽으로 이루어진 것 같았다.

반들거리는 표면에서는 흘러나오는 그 자색의 빛은 무어라 형언할 수 없으리 만큼 참으로 신비스러운 광경을 만들어내고 있었다.

동굴은 이미 천 장(千丈) 지하일 텐데, 공기는 습하지 않고 적당히 건조하여 청결하면서도 상쾌한 느낌마저 들었다.

그러나 여전히 사방 그 어디에서도 한 점의 생기나 온기도 발견할 수는 없었다.

그때 소산의 등 뒤에서 소소가 문득 자그마한 탄성을 흘렸다.

"아!"

오 장여 앞쪽이었다.

그곳에서 짙은 백색의 운무가 자욱이 피어나고 있었다.

운무는 마치 살아 있는 듯했다.

마치 거대하게 똬리를 틀고 있는 한 마리의 백룡(白龍)처럼 이리저리 꿈틀거리는 위용이 웅장했으며, 또한 신령스럽게 보이는 데가 있었다.

그런데 잠시 지켜보는 사이에 운무는 돌연히 흑색으로 바뀌었다.

그리고 다시 청색, 황색, 적색으로 잇달아 바뀌더니, 이윽고는 다시 백색으로 돌아왔다.

운무의 색깔이 바뀔 때마다 그 잠깐의 시간 동안 운무 속의 모습이 어슴푸레하게 보였다.

운무의 안쪽. 그곳에 방원 삼 장여의 커다란 연못 하나가 있었다.

소소가 문득 감탄해 마지않으며 나직이 외쳤다.

"아아! 오색용무(五色龍霧)예요! 바로 저곳이에요. 저곳이 바로 전설의 독천지(毒天池)임에 틀림없어요."

그때였다.

"당고!"

소산의 짧은 외침이 동굴을 웅 하니 울렸다.

당고가 갑자기 연못을 향해 걸어가고 있었던 것이다.

그러나 평상시와는 달리 당고는 소산의 외침에 전혀 반응하지 않았다.

그녀는 마치 무엇에 홀린 것 같은 모습이었다.

그때 소소가 차분한 목소리로 말했다.

"아마 당 언니를 말릴 수는 없을 거예요. 언니가 독인인 이상, 독천지가 품고 있는 지고무상의 절대독기가 끌어들이는 흡인력에 저항할 수는 없기 때문이죠. 그런 것은 백아 또한 마찬가지일 것인데, 다만 백아는 제게 의존하여 아직까지는 겨우 버텨내고 있는 것 같아요."

소산이 당황을 감추지 못하며 물었다.

"어찌하면 좋겠소? 당고를 저대로 둬서는 안 되는 것 아니오?"

"어차피 예상했던 일이에요. 그리고 당 언니에게 이 일은 최고의 기연, 아니면 최악의 악연이 될 것이고요."

"음!"

"그러나 분명한 것은, 만약 당 언니가 지금 스스로 판단할 수 있는 입장이었더라도 여전히 지금처럼 독천지로 향했을 것이라는 점이에요. 조금의 망설임도 없이 말이죠. 설혹 한 줌의 독물로 녹아내린다고 하더라도 기꺼이."

그때 소산이 급하게 당고를 향해 걸음을 떼며 단호한 어조로 말했다.

"안 될 말! 그 어떤 경우에도 그녀가 위험한 지경에 빠지도록 놓아둘 수는 없소!"

소소의 목소리가 또한 단호해졌다.

"언니는 독인이에요. 독인의 최후가 어떤 건지 아세요? 그것은 차마 말로 표현할 수 없으리 만큼 비참하고도 참혹한 것이에요. 그리고 당 언니 또한 사실은 그러한 최후를 그다지 멀리 두고 있지 않은 처지라고요."

그에 소산이 언뜻 걸음을 멈추었다.

그리고 이어지는 소소의 목소리에는 일말의 비장함이 서려 있었다.

"그런 점에서 독의 성지이자 최후의 무덤이기도 한 이곳 독천지야말로 언니가 독인의 운명에서 벗어날 수 있는 마지막 기회라고 할 수 있어요. 만약 언니가 독천지의 절대독기를 받아들이고 그 독기를 이겨낸다면, 그리하여 마침내는 독의 궁극인 성독(聖毒)을 이루어낸다면, 또한 그리하여 독문 사상 전무후무한 독성지체의 경지로 접어들게 된다면… 그럴 가능성이 천분지 일이라도 된다면, 당 언니는, 아니, 독인의 길로 들어선 그 누구라도 결코 그 기회를 놓치려 하지 않을 거예요."

소산이 크게 망설였으나, 그는 결국 다시 걸음을 떼놓지 못했다.

그리고 그사이에 당고는 이미 연못 속으로 한 발을 들여놓고 있었다.

츠츠츠츳!

연못의 수면이 돌연 요동치며 출렁거렸다.

그리고 이윽고 당고의 몸이 허리까지 연못 속에 잠겼을 때 연못은 끓어오르기 시작했다.

부그르르!

이어 오색용무가 당고에게로 몰려들었다.

그리고 어느 틈엔지 당고의 몸에 걸쳐져 있던 옷가지는 흔적도 없이 녹아버렸고, 그녀는 전라(全裸)의 몸이 되었다.

잘 깎아놓은 백옥상과도 같은 당고의 나신은 마침 적색으로 변하는 운무의 색을 따라 함께 적색으로 물들었다.

그럼으로써 그녀는 순간 연못과 완전한 일체가 되어버린 듯했다.

츠츠츠츳! 부그르르!

독천지는 점차 더욱 거세게 요동치며 끓어올랐다.

소산이 참지 못하고 당고에게로 좀 더 가까이 다가가려 하자 소소가 그의 목에 두른 팔에 가볍게 힘을 주어서 제지하며 침착한 어조로 말했다.

"당 언니는 이미 독천지의 독을 흡수하기 시작했어요. 그러니 이제는 어떻게 할 수 없어요. 이제는 결코 멈출 수 없게 되었다고요."

내내 침착한 체하였으나, 그때 소소의 목소리 또한 어쩔 수 없이 가늘게 떨려 나오고 있었다.

오색용무의 색을 따라 당고의 몸은 쉼없이 오색으로 변하고 있었다.

그렇게 얼마나 시간이 지났을까.

당고의 몸은 점차 오색용무의 색 변화와는 다른 모습을 보이기 시작했다.

서서히 오색 모두를 동시에 띠기 시작한 것이다.

"아아!"

소소가 저도 모르게 경이로움의 탄성을 불러냈다.

바로 그때였다.

"흐으으으!"

당고가 갑자기 흐느끼는 듯한 소리를 흘려내는 것이었다.

그것은 분명 신음이었다, 처절한 고통이 배어 있는.

이어 당고는 갑자기 연못에서 빠져나오려는 몸짓을 하기 시작했다.

그러나 안타까운 몸짓일 뿐, 막상 당고는 단 한 발도 움직이지를 못했다.

마치 연못에 어떤 절대의 흡인력이 있어 그녀를 강력하게 끌어당기고 있는 듯했다.

그때 오색용무의 다섯 가지 운무는 색색의 띠를 이루며 당고의 몸을 휘감아 돌았다.

휘류류류류!

기묘한 소음이 이는 가운데, 그 오색 운무의 띠는 마치 다섯 마리의 뱀이 되어 당고의 몸을 휘감아 옥죄고 있는 것처럼 보였다.

그때 소소의 얼굴은 창백하게 질려 있었다.

"아아! 안 돼! 언니는 결국 독천지의 독을 감당해 내지 못하고 있어요. 아아! 안 돼! 안 돼!"

소소의 다급한 목소리가 이윽고는 절규로 변했다.

그때였다.

잔뜩 굳은 얼굴로 있던 소산이 돌연히 한 손을 앞으로 뻗어냈다.

그런데 그의 손은 다만 가볍게 허공을 잡아끌어 올리는 모양을 취했을 뿐이었는데, 그 손짓을 따라 놀랍게도 당고의 몸이 둥실 연못의 수면 위로 떠오르는 것이었다.

그러나 당고는 여전히 오색의 띠에 휘감겨 있는 채였다.

그 오색의 띠는 당고를 바깥으로 이끌어내려는 어떤 힘에 맞서 거세게 반발하며 요동쳤다.

휘류류류류류!

그때 소소의 안색이 다시 급변하였는데, 창백하다 못해 차라리 푸르스름하게 변해 버렸다.

소소가 다시 부르짖었다.

"아아! 안 돼! 안 돼! 독천지에 남아 있어도 한 줌 독수로 녹아버릴 테지만, 설령 독천지를 벗어난다 해도 이미 체내로 받아들인 독의 역류를 막을 수는 없어요. 아아! 모든 게 다 제 욕심 때문이에요. 애초부터 천분지 일의 가능성조차도 없는 일이었던 것을……!"

절규하다 못해 이윽고는 반혼절한 듯이 혼잣말로 중얼거리고 마는 그녀의 목소리에는 당황과 공포, 그리고 자책 등등의 심정들이 안타까이 녹아 있었다.

그러나 그때 소산의 모습은 차라리 차분하기만 하였다.

그가 허공을 잡고 있던 손을 천천히 끌어당기자, 그에 따라 연못 위에 둥실 떠 있던 당고의 몸이 천천히 연못 바깥으로 딸려 나왔다.

그에 따라 그녀를 휘감고 있던 오색의 띠는 마치 고무줄처럼 쭉 늘어났다.

그리고 오색 띠의 끝이 뿌리박은 독천지는 금방이라도 폭발하고 말듯이 거세게 출렁였다.

콰우우우우!

바로 그때였다.

당고를 휘감고 있던 오색 띠의 끝이 쭉 늘어나며 돌연 소산을 향해 폭사되는 것이었다.

그리고 순식간에 그 띠는 소산을 휘감고 말았다.

그것은 그야말로 찰나지간에 벌어진 일이었으므로, 소산은 미처 피할 엄두를 내지 못했다.

더욱이 당고와, 그리고 등에 업힌 소소 때문에라도 소산으로서는 함부로 움직일 수 없는 처지였다.

"안 돼!"

한발 뒤늦은 소소의 절규가 울렸다.

그리고 뒤이어 소소는 차라리 애원하고 있었다.

"안 돼요! 그만! 그만 포기하고 뒤로 물러서요!"

그때 오색의 띠에 휘감긴 채 소산은 굳건히 두 다리로 버티고 서 있는 중이었다.

그런데 한순간 소소는 문득 거짓말처럼 담담해지는 느낌을 가지게 되었다.

안타까움과 불안, 공포와 슬픔… 그녀를 온통 지배하고 있던 그러한 모든 감정들이 일순간에 가라앉았다.

그 모든 것들은 다만 애잔한 느낌으로만 남았다.

소산이 전혀 놀라거나 당황해하지 않고 있다는 사실도, 그런 중에 당고가 여전히 공중에 떠 있는 채로 함께 오색의 띠에 휘감겨 있다는 사실도, 더욱이 그녀 자신이 지금 소산의 등에 업혀 있지 않고 소산에게서 조금 떨어진 허공에 둥실 떠 있다는 사실도, 그 어느 것도 지금 그녀의 담담한 느낌을 방해하지는 못했다.

소소는 문득 그런 생각을 떠올렸다.

'차라리 이런 마지막도 괜찮겠다. 우리 세 사람이 첫발을 들였으며, 앞으로도 영원히 그 누구도 오지 못할 이곳 독천지에서 함께 맞는 이런 마지막도!'

그것은 절망이되, 참으로 담담한 절망이었다.

그러나 동시에 차라리 순수한 원(願)이었다.

어차피 그녀는 당고와 함께함으로써 소산과도 영원히 운명의 끈을 묶어버리겠다고 결심한 바 있는 것이다.

그런데 동시와도 같은 또 하나의 순간, 소소의 절망은 다시금 거짓말 같게도 안도의 느낌으로 변하고 있었다.

"아아!"

소소는 부지불식간에 안도의 탄식을 불어냈다.

그러한 안도가 무엇으로부터 오는 것인지는 알 수 없었다.

다만 그 순간 그녀가 느낄 수 있는 사방이 온통 어떤 익숙함으로 충만한 듯했다.

너무도 그 익숙한 느낌!

그것은 바로 소산의 느낌이었다.

그리고 다음 순간 소소는 두 눈을 부릅떴다, 결코 놀라지 않은 모습으로.

그때 소산을 둘러싼 오색의 띠는 한 덩어리로 뒤섞여 반투명한 오색 광채로 화해 있었다.

그런데 그 오색 광채의 덩어리는 지금 소산을 중심에다 두고 빠르게 커지고 있는 중이었다.

그것은 거대한 독기(毒氣)였다.

마치 해일과도 같고 장강대하(長江大河)와도 같은 거대한 독기가 거칠게 격랑(激浪) 치며 소산에게로 마구 밀려들고 있는 것이었다.

그런데 믿을 수 없게도 지금 그 거대한 독기는 소산에게로 거침없이 빨려들고 있었다.

아아! 굳이 독기가 아니어도 그 엄청난 양의 기(氣)는 결코 사람의 육신으로 받아들일 수 있는 정도가 아니었다.

사실 그 오색 광채의 독기가 직접적으로 소산의 몸으로 흘러들고 있는 것은 아니었다.

보다 정확히 말하자면, 소산의 신체 외부에 형성된 무한중첩의 거대한 기공간으로 흘러들고 있는 것이다.

무한중첩 삼재심법의 불가해한 운기 방식으로 인해 생겨난, 지금도 끊임없이 생겨나고 있는 상상초월의 그 엄청난 기가, 이윽고는 소산의 신체 범위를 벗어나 외부 공간으로 확대되면서 생겨난 기상천외의 기공간.

그러나 엄연히 소산의 의지가 지배하는, 바로 그 무형의 기공간 말이다.

평상시 그 기공간은 지극히 안정되고 잔잔하게, 다만 존재만 하고 있는 까닭에 소산 자신조차도 가끔씩은 그 존재를 잊고 지낼 때가 있을 정도였다.

그러나 지금 그 기공간은 소산이 이전에 결코 한 번도 경험해 보지 못한 거대한 조짐을 보이고 있었다.

바로 오색 광채로부터 밀려들어 오고 있는 엄청난 양의 독기에 자극받아 초유의 반응을 시작하고 있는 것이었다.

독황지로부터 비롯된 독기의 흐름은 그야말로 무비하였다. 또한 무한하여 그 끝이 없을 듯하였다.

소산은 자신에게로 밀려들고 있는 독기를 차라리 적극적으로 흡수하고 있었다.

거부할 경우에 독기가 당고 쪽으로 역류할 것을 염려하여 시작한 것이지만, 사실 그에게는 근래에 와서 보다 뚜렷해진 하나의 확신이 있기도 했다.

그의 외부 기공간이 그 스스로도 그 끝을 알 수 없도록 광대하며, 또한 무한히 중첩됨으로써 결국은 끝없이 확장될 수 있다는 확신이었다.

누구도 상상하지 못할 전대미문의 기사는, 또한 그들 셋을 제외한 세상의 누구도 알지 못하는 곳에서 그렇게 이루어지고 있었다.

절대독물들의 영면 장소로 헤아릴 수 없이 오랜 세월 동안 비지(秘地)로 존재해 오던 천하만독(天下萬毒)의 성지 독천지.

그곳의 막대한 독기가 지금 오롯이 한 인간에게로 흡수되고 있는 것이다.

그 거대하고도 방대하며, 또한 더 이상 지독할 수 없는 절대의 독기는 그야말로 끊임없이 밀려들어 와 소산의 기공간을 온통 들쑤시고 뒤흔들었다.

소산의 기공간 내에서는 격렬한 충돌과 한편으로의 흡수가 수없이 반복되고 있었다.

어느 순간부터 소산의 기공간에서는 은은한 벽력 소리가 울려 나오고 있었다.

우르릉! 우르르릉!

그리고 마침내 소산의 기공간 안에서는 천지를 일순간에 무너뜨리고 말 듯한 격렬한 대폭발이 연쇄적으로 일어났다.

쿠우웅! 쿠콰콰콰쾅!

순간 소산은 자신도 모르게 회열의 탄성을 흘리고 말았다.

"아아!"

그 순간 그는 하나의 깨달음을 얻었다.

사실은 그가 이미 통하고 있었던 깨달음이었으나, 지금 문득 더욱 맑고도 청량한 확연함으로 다가온 대오각성의 깨달음이었다.

무위이화(無爲而化)!

그리고 소산의 기공간은 한순간 하나의 우주로 되었다.

그 끝을 알 수 없는 무한의 우주였다.

전대미문의 광경을 목격하는 유일한 관람자인 소소는 그

저 두 눈만 부릅뜨고 있었다.

그러던 중 소소가 경악의 탄성을 토해냈다.

"아아!"

오색 용무가 사라지고 있었다.

잇달아 독천지의 물색 또한 급격히 맑아지고 있었다.

독천지의 독은 결국 무한하지 않았던 것이다.

독천지의 독기는 이윽고 소산에게 완전히 흡수되어 버린 것이다.

아직까지 남은 것은 당고와 소산을 연결한 오색의 띠뿐이었다.

그러나 그것 또한 서서히 엷어지며 사라져 가고 있는 중이었다.

허공에 떠 있던 당고는 사뿐히 바닥으로 내려앉은 채 혼절한 듯 두 눈을 꼭 감고 있었다.

그런 그녀의 농염한 나신에서는 지금 기이한 광택이 떠돌고 있어 자못 신비로운 느낌을 들게 하였다.

그때였다.

소소가 놀라 외쳤다.

"백아!"

백아가 갑자기 날아오르더니 이제 막 사라지고 있는 오색 광채 속으로 들어간 것이었다.

그리고 오색 광채는 이내 완전히 사라지고 말았다.

그것은 마치 그 오색 광채의 마지막 잔영을 백아가 흡수한 것처럼 보였다.

그리고 문득 백아가 울었다.

호로롱!

그 울음소리는 듣는 것만으로도 마음을 상쾌하게 만들어 주는 듯 맑고 청아하였다.

소소로서도 처음으로 들어보는 소리였다.

어쩌면 백아 자신 또한 만 년에 이르는 수명 동안 처음으로 그런 소리로 울어본 것인지도 모를 일이었다.

"아!"

그때 소소가 문득 짧은 탄성을 토해냈다.

지금 크게 한 바퀴 주변의 허공을 천천히 날고 있는 백아에게서 기이한 변화가 일어나고 있었다.

백아의 몸이 서서히 커지고 있었다.

그러더니 활짝 펼친 양쪽 날개의 길이가 근 일 장여에 달할 정도로 몸집이 커지는 것이었다.

그때 백색 반투명한 백아의 몸에서는 은은한 광채가 뿜어지고 있었다.

그때 백아가 길게 울었다.

호로로로로롱!

그것은 마치 환희를 노래하는 것 같았다.

그리고 백아는 한순간 다시 작아졌다.

다시 원래의 크기로 돌아온 백아는 한층 더 투명해져 있었다.

그리하여 이제 언뜻 봐서는 그 형체를 잘 식별하기 어려울 정도였다.

"아아! 백아!"

자신의 왼 가슴에 하나의 투명한 무늬로 내려앉는 백아를 맞이하며 소소는 다시금 기쁨의 탄성을 흘리지 않을 수 없었다.

방금 전 백아가 커다란 기연을 얻었으며, 그 덕분으로 마침내 완전히 영통(靈通)하게 되었음을 교감하였기 때문이다.

이어 소소는 지금껏 그녀를 짓누르고 있던 무상진독의 독기가 어느 틈에 해소되었다는 것을 알 수 있었다.

그러나 그것이 이제는 완전한 영물이 되어버린 백아가 부린 어떤 조화에 의한 것인지, 아니면 또 다른 이유에 의해 그리된 것인지는 명확하지 않았다.

물론 그러한 것이 굳이 명확해야 할 이유가 있어야 하는 것은 또 아니었다.

소소가 자신의 겉옷을 벗어 당고의 나신을 가려주며 소산을 향해 물었다.

"어떻게 된 거죠?"

소산이 싱긋 웃으며 간단히 대답했다.

"저절로!"

그러자 소소는 귀엽게 미간을 모았다가는 이내 핏, 하고 웃으며 말했다.

"훗! 오라버니는 괴물이에요. 어떻게 한 것인지는 모르겠지만, 만독성지인 독천지를 한낱 맑은 물의 연못으로 만들어 버렸으니, 그것이 어찌 사람으로서 할 수 있는 일이겠어요? 아마 천하의 누구도 이 사실을 믿지 못할 거예요."

그러다 소소는 다시 까르르 소리 내어 웃고 말았다.

"호호호! 하긴 우리가 독천지에 들어왔다는 사실과 다시 살아서 나갔다는 사실을 믿을 사람 자체가 아예 없겠지만 말이에요!"

잠시 후, 당고가 혼절에서 깨어났다.

잠시 놀라고 당황스러워하는 기색이던 그녀는 이내 몹시 우울한 모습이 되었다.

그런데 당고가 그처럼 짧은 시간에 그처럼 다양한 표정을 짓는 것도, 또한 그처럼 뚜렷한 감정을 표시하는 것도 소산으로서는 처음으로 보는 일이었다.

*　　　　*　　　　*

그녀는 흐릿하게 하나의 이름을 떠올렸다.

'당서서(唐瑞瑞)……!'

그 이름은 몹시도 낯설었다.

그러나 금방 익숙해졌다.

이어 그녀의 뇌리 속으로는 빠르게 일련의 기억들이 이어졌다.

그동안 어디쯤에서 정체되어 막혀 있던 일련의 기억들이 마치 둑 터진 강물처럼 세차게 흘러 지나갔다.

고통스럽고 혼란스럽게.

혹은 아련하고도 아릿하게.

사천당가(四川唐家)… 독제(毒帝)… 참화(慘禍)… 최후의 안배… 만독대법(萬毒大法)…….

그러다 그녀는 문득 신음과도 같은 깊은 탄식을 삼키고 말았다.

'으음!'

흐릿하게 스쳐 지나가는 한 소년과 함께했던 십수 년의 기억들 때문이었다.

그때였다.

그녀는 흠칫 놀라며 전신의 긴장을 곤두세우고 말았다.

누군가 불쑥 그녀의 손을 잡아챘던 것이다.

동시에 그녀는 찰나적으로 내부의 독기가 맹렬하게 반응하려는 것을 겨우 누를 수 있었다.

왠지 모르게 그대로 독기가 작용하도록 두어서는 안 될 것 같은 묘한 예감 같은 것 때문이었다.

그런데 바로 그 순간 그녀는 그만 참지 못하고 입 밖으로 한가닥 탄성을 내뱉을 뻔하였다.

'아아! 지독지경(至毒之境)이라니……!'

지독의 경지.

그것은 독인으로서 이를 수 있는 사실상의 최고의 단계로 알려져 있는 경지였다.

그런데 방금 그녀 내부의 즉각적이면서도 물 흐르듯 자연스러운 독기의 흐름은 곧 그녀가 이미 독인으로서의 궁극이라 할 수 있는 독성(毒聖)의 입문 단계에 이르러 있음을 말해 주는 것이었다.

어떻게 해서 그렇게 되었는지에 대해서는 그녀로서는 알 수 없는 일이었다.

그러나 지금 그녀에게 분명해 보이는 것은, 그녀가 당장에 기억으로 떠올리지 못하는 어떤 과거들이 존재한다는 것이었다.

'어쩌면… 어쩌면 나는 상상할 수 없을 만큼의 긴 세월을 훌쩍 뛰어넘어 버렸는지도 모른다.'

그때 그녀로 하여금 흠칫 긴장하게 만들었던 그 손의 임자가 말하고 있었다.

"가요, 당고!"

부드러운 목소리였다.

그런데 뜻밖에도 익숙한 목소리였다.

'당고?'

청년이 부른 그 이름은 그녀에게 몹시도 낯설었다.

청년도 낯설었다.

서슴없이, 너무도 당연한 듯이 그녀의 손을 잡고 있는 그는 평범하고도 차분해 보이는 인상을 지닌 청년이었다.

그러나 신기하게도 청년은 금방 몹시도 익숙한 인상으로 그녀에게 다가왔다.

단 한 점의 경계도, 가식도 없이 따뜻하게 자신을 바라보고 있는 청년의 눈빛 때문이었을까?

'당고! 그것이 잃어버린 내 과거의 일부인가?'

그런 생각을 하는 순간 그녀, 당고는 묘하게도 마음이 편안해지는 것을 느꼈다.

주변의 모든 것이 다 낯설었지만, 그리고 미지의 상황들에 대한 경계와 의문들에도 불구하고, 청년에게만큼은 왠지 모르게 문득 신뢰와 호감이 생기는 것이었다.

그것은 그녀의 의지를 뛰어넘는 본능적인 신뢰와 무조건적인 호감이었다.

당고는 손에서 힘을 뺐다.

민감하게 곤두선 내기(內氣)도 가만히 가라앉혔다.

그리고 차라리 온전히 그 손을 청년에게 맡겼다.

그녀가 처한 주변의 상황들이 좀 더 분명하게 파악될 때까지 일단은 주변에서 이끄는 대로 순응하는 것이 최선이라는 판단이 섰기 때문이다.

그리고 무엇보다도 그녀에게는 지금 절대적으로 시간이 필요했다.

독성(毒聖)!

감히 바라보지 못했던 그 지고무상의 경지에 그녀는 지금 한발을 들여놓고 있었다.

그러나 지금 이상의 단계로 나아가는 데는 보다 강력한 독을, 혹은 무한정으로 축적시킨다고 해서 이루어지는 것은 아니었다.

사실상 그녀가 이미 섭취한 독천지의 절대독기를 능가하는 독은 더 이상 이 세상에 존재하지 않을 것이었다.

이제부터 그녀에게 필요한 것은 오로지 깨달음이었다, 지금까지 그 누구도 가보지 못한 독의 궁극에 대한.

'아아! 이 아이는 도대체……!'

당고는 잇달아서 내심의 놀라움을 금치 못하고 있었다.

이유도 없이 무작정으로 친숙하게 다가온 청년은 이제 갓 약관이나 되어 보였다.

그녀에게 흐릿한 기억과 짐작으로만 남아 있는 세월을 굳이 생각하지 않더라도, 그 옛날 이미 서른 중반의 나이였던 그녀에게 청년은 그저 앳된 어린아이일 수밖에 없었다.

그런데 지금 그 청년이 아무렇지도 않게 보여주는 능력은 참으로 기이하고도 놀라웠다.

그들은 지금 수직 동굴을 거슬러 위로 올라가고 있는 중이었는데, 청년은 아예 밧줄을 잡지 않고 있었다.

그는 그냥 허공에 떠서 부유하듯이 천천히 위로 솟아오르고 있었던 것이다.

더욱이 품에는 그녀를 안고, 또한 등에는 그녀에게 스스럼없이 언니라고 부르는 또 다른 소녀 하나를 업고서 말이다.

순한 아이처럼 얌전히 청년에게 안겨 있다는 것.

그것은 당고에게 참으로 묘한 느낌을 주었다.

그리고 신기하였다.

어떻게 민망스럽지 않고, 오히려 안온한 느낌을 받을 수 있는지.

청년의 등에 업힌 소녀는 가만히 두 눈을 감고 있었다.

소녀는 지금의 상황에 대해 전혀 의문이 없는 듯 보였다.

그러기에 청년에게 한마디도 묻지 않는 것이리라.

지금 그들이 어떻게 해서 아무것에도 의지하지 않고서도 끝없이 허공으로 솟아오를 수 있는지에 대해.

그리고 청년이 어떻게 그것을 가능하게 하는지에 대해.

소녀는 그저 행복한 표정이었다.

아마도 청년과 함께 있다는 자체만으로 그런 것이리라.

그때 당고는 문득 하나의 바람을 가져 보았다.

지금 소녀가 향유하고 있는 행복의 이유 중에 청년과 함께

하고 있다는 이유뿐만이 아니라, 그녀 자신과 함께하고 있다
는 이유도 아주 조금쯤은 포함되어 있기를.

　다만… 그저 잠깐 스쳐 지나가 버리는 실바람 같은 바람이
었다.

第六章
심약(心藥), 그리고 독성(毒聖)

지존
석산평전

소산과 일행은 독천지를 나와 무산의 어느 협곡을 지나고
있는 중이었다.

얼마 전에 그들이 이 길을 거슬러 지날 때와는 달리, 지금
은 모두가 사뭇 느긋하니 여유있는 모습들이었다.

독천지를 나오면서부터 당고에게는 커다란 변화가 생겼
다.

소산이 지난 십수 년간 한결같이 보아왔던 백치로서의 모
습에 비하자면 그것은 참으로 엄청난 변화였다.

이전의 언제나 맑은 눈빛의 무표정한 표정에서, 당고는 이
제 대개는 과묵한 표정으로 변했다.

더욱 놀라운 것은 그녀가 필요한 부분에 대해 의사 표현을 하고 다른 사람과 소통을 한다는 점이었다.

비록 아직까지는 그 표현과 소통의 대상이 거의 소소에게 만 한정되어 있긴 했지만.

하긴 소소와 당고는 대개의 경우 굳이 말하지 않고도 눈빛 과 간단한 몸짓만으로도 웬만한 의사소통은 거의 다 되는 듯 했다.

어쨌든 그런 당고의 변화된 모습에 소산은 감동하지 않을 수 없었다.

언제고 그녀가 완전한 이지를 되찾도록 해주겠다는 것은 그가 당고에게 느껴온 의무 같은 것이었다.

조금씩 기억들을 되찾아가면서 당고는 처음에 극심한 혼 란에 빠지지 않을 수 없었다.

그때 따뜻한 미소로 그녀에게 다가온 이가 바로 소소였다.

기껏 스물도 안 되었을 어린 소녀의 따뜻한 눈빛과 또 진정 에서 우러나오는 배려는 당고의 가슴으로 여과없이 고스란히 전해졌다.

그것은 아마도 두 사람 간에만 존재할 수 있는 묘한 공감대 같은 것이었다. 다만 눈빛을 마주치는 것만으로도 소통할 수 있는 교감 같은 것.

그것에 대해 소소는 서슴없이, 그러나 자연스럽게 운명이 라는 표현을 썼다. 이미 그렇게 되도록 정해져 있는 운명.

이윽고 당고가 더듬더듬 조각난 단어들로 말을 만들어내기 시작했을 때, 소소는 진정으로 기뻐했다.

처음에 아주 거북한 쇳소리였던 당고의 목소리는 곧 맑고도 깊이있는, 이제 막 중년으로 접어드는 성숙한 여인의 목소리로 변했다.

그리고 당고의 눈빛과 말을 통해 소소는, 본래의 당고에 대해 하나하나 알아가고 있었다.

당고, 그녀는 사천당가의 후예였다.

백여 년 전 그녀는 서른여섯 나이의 독신으로 곧 당가의 가주 위를 물려받도록 되어 있었다.

그런데 당가에 누구도 예상치 못했던 참화가 생겼고, 최후의 순간에 그녀는 스스로의 선택과 가문 원로들의 안배로 가문의 비전 대법에 자신을 던지게 된다.

만독대법(萬毒大法)!

그것은 당가에 이론적으로만 전해 내려오던 비전의 대법이었다.

당가가 수백 년 세월 동안 심혈을 기울여 채집한 절대독물들이 모조리 그녀에게 투여되었다.

그리고 그녀는 곧바로 가사(假死) 상태로 접어들었다.

가사 상태로 있어야 할 기간이 얼마나 될지는 아무도 알지 못했고 기약할 수조차 없었다.

그렇게 끊어져 버린 당고의 기억이 희미하게나마 다시 이어진 것은 소산과의 만남 이후부터였다.

몇 가지 사실로 추정해 본 결과, 믿을 수 없게도 그녀는 근 백여 년의 세월을 가사 상태로 보낸 것이 되었다.

그러니 그 회한과 착잡함이란 말로는 다 할 수 없는 것이었다.

소산과의 기존 관계, 그리고 그 관계의 재설정에 대해 당고는 몹시 당혹스럽지 않을 수 없었다.

보통의 경우 상실되기 이전의 기억이 돌아오면, 상실된 이후에 생긴 새로운 기억들은 반대로 까맣게 잃는 경우가 많다고 한다.

그러나 당고의 경우는 소산과 함께하였던 지난 십수 년의 기억들이 처음에는 주마간산의 풍경처럼, 그리고 이윽고는 선명하게 떠오르고 있는 것이었다.

소산이 그녀에 대해 얼마나 살갑게 대하였으며, 얼마나 진심으로 보살펴 주었는지.

그리고 소산이 그녀에게서 얼마나 큰 위안을 얻곤 했는지.

그러고 보면 그녀는 소산이 아주 어린아이였을 때부터 지금 약관의 청년이 될 때까지의 그 성장 과정을 누구보다도 가까이에서 지켜보았던 것이다.

소산이 어떤 생각과 가치관을 가지고 자랐는지, 그리고 어떤 고민들을 하면서 자랐는지, 자신의 정신적 장애를 극복하기 위해 얼마나 많은 고뇌를 하였는지.

소산은 그녀에게 숱한 고민들을 토로하였었다.

물론 그때의 그녀는 백치였으므로, 소산의 토로는 다만 독백일 뿐이었을 것이다.

그런데 그때는 그녀가 다만 무심히 지켜보고만 있었던 그 독백들이, 지금에 이르러 뒤늦게 생생한 의미를 담고서 되살아나는 것이었다.

그것은 참으로 놀랍고도 기이한 현상이었다.

그리고 그럼으로써 그 기억들은 그녀로 하여금 소산에 대해 이루 표현할 수 없는 지극한 공감대와 친밀감, 그리고 일체감 같은 것들을 느끼게 만들었다.

새록새록 되새겨지는 소산의 아픔과 기쁨, 그리고 분노와 좌절의 모든 감정들 하나하나에 새삼 공감하며, 어느 순간 당고는 자신도 모르게 주르르 눈물을 흘리고 말았다.

"어? 당고! 지금 울어?"

마침 그녀를 바라보고 있었는지 소산이 문득 놀라 물었다.

당고가 흠칫 놀라 그를 바라보자 소산은 오히려 반색하는 기색이 되었다.

그리고는,

"와!"

하고 짐짓 과장스럽게 환호했다.

마치 옛날 열 살 무렵의 소년으로 되돌아간 것처럼.

그러다 소산은 이내 다시 담담한 기색으로 그녀와 눈빛을 맞추었다.

"소 매의 얘기가 맞는가 보군."

그 말에 당고가 마침 가까이 다가온 소소를 보는 것으로 반
문을 대신했다.

"소 매가 그랬어. 당고가 예전의 기억을 조금씩 찾아가고
있는 중이라고."

"……!"

"그러나 당고! 당고가 과거의 기억을 되찾아서 당고 이전
의 다른 사람이었던 때로 돌아간다고 해도, 적어도 내게 달라
질 건 없어. 내게 당고는 조금도 달라지지 않아. 내게 당고는
언제나 당고일 뿐이야. 어릴 때부터 그래 왔듯이, 언제나까지
나 한결같이, 난 당고를 지켜줄 거야!"

그리고 소산은 가만히 웃었다.

편안해 보이는 미소였다.

그리고 당고는 그의 말대로, 이대로 변함없이 당고로 살아
볼 생각을 언뜻 해보았다.

자신이 사실은 나이 백삼십에 이른 요파(妖婆)라는 사실은
잊어먹은 체하기로, 아니, 아예 모르는 체하기로 하면 되지
않겠는가.

이제 그저 서른 몇 살쯤 되었을 뿐이라고 생각하면 될 일이
아닌가.

혈채(血債)는?

가문의 재건(再建)은?

결코 모른 체할 수 없는 것이지만, 다만 그런 것조차도 조금만 더 시간이 지나고 난 다음에, 그때 다시 생각해 보기로 했다.

지금은 그저 편안하고 싶었다.

소산의 곁에서.

그리고 소소의 곁에서.

우선은……!

당분간만이라도……!

그렇게 모든 것은 이전과 크게 달라지지 않았다.

다만 당고가 소소와 간단하나마 아주 친밀하고도 다정하게 대화를 나누는 모습을 볼 수 있게 되었다는 것과 또한 소산에게 이따금씩 엉뚱하게도 '공자님!' 하고 깍듯하게 존칭을 한다는 것만 제외한다면.

*　　　*　　　*

삐이이이!

아주 먼 곳에서 들리는 은은한 소리였다.

그러나 한편으로 그 소리는 귀를 쫑긋하게 만드는 날카로움을 담고 있었다.

문득 고개를 들어 하늘을 보니 까마득히 높은 허공에 까만

점 하나가 떠 있다.

아마도 새 종류이리라.

그때 염동이 문득 소매 속에서 호각 하나를 꺼내더니 힘껏 불었다.

삐이익!

방금 전의 그 새소리인 듯하면서도, 훨씬 날카로운 된소리가 마치 화살처럼 허공으로 번져 갔다.

그리고 그것이 어떤 신호이기라도 한 양, 하늘 위의 그 검은 점은 돌연 급전직하, 아래로 내리꽂히고 있었다.

금세 형체를 드러내는 그것은 역시 새였다.

날렵한 몸매, 그런 중에도 당당하게 내밀어진 앞가슴, 사나운 발톱, 그리고 아직 한참이나 떨어진 거리에서도 확연히 드러나는 눈매, 바로 한 마리 매였다.

그런데 바로 그때였다.

슛!

아주 희미하게 들리는 소리 하나가 있었다.

그리고 바로 그다음 순간, 그 한 마리 매는 돌연 혼비백산한 것처럼, 내리꽂히던 방향을 다급하게 틀어서는 다시 위로 솟구쳐 올라가는 것이었다.

그 광경은 너무도 급박스러워서 사람들에게 몹시 위태로운 느낌을 주었다.

"허허!"

그것을 보고 염동이 짧은 헛웃음을 흘렸다.

그런데 그 소리에 다분히 못마땅하다는 약간의 질책이 들어 있는 것 같았다.

이어 염동이 한 손을 허공으로 내밀며 나직이 외쳤다.

"놈! 이리 내려오지 못할까?"

그러자 신기하게도 이미 저만큼이나 높다랗게 허공을 치솟아 올라가고 있던 매가 돌연 다시 방향을 돌려 염동에게로 날아오는 것이었다.

아니, 어찌 보자니 매는 스스로 날아오는 것이 아니라, 마치 어떤 보이지 않는 줄에라도 걸린 양 숫제 끌려오고 있는 것 같기도 했다.

매의 날갯죽지를 한데 모아서 움켜잡으며 염동이 소리 내어 웃었다.

"허허허! 하오밀문 친구들은 역시 허풍이 제법 세단 말이야! 너처럼 겁 많은 놈을 두고서 천하에 다시없이 영특한 놈이라고 치켜세웠으니 말이다."

그 말로써 염동은 소산 등에게 매가 하오밀문에서 자신에게로 보낸 전서응(傳書鷹)임을 설명했다.

이어 매의 발목에서 작은 전서를 풀어내 읽어본 염동이 힐끗 소소를 돌아보았다.

그리고 나서 염동은 소산에게 그 전서를 건넸다.

염동이 말해주지 않았지만, 소소는 대번에 그것이 예령에 관한 소식이란 것을 짐작할 수 있었다.

바로 일전에 그녀가 염동에게 부탁했던 일과 관련한.

전서를 읽는 동안 소산의 표정은 어떤 특기할 만한 변화를 보이지는 않았다.

다만 다 읽은 후에 그는 잠시간 묵묵하니 생각에 잠기는 모습이었다.

한순간 소소의 표정이 확연히 굳어졌다.

잡고 있던 손을 통해 갑자기 당고의 긴장이 전율처럼 전해져 왔기 때문이다.

무슨 일인지 알 수 없으나, 당고는 지금 극도의 긴장 상태로 들어가 있었다.

그때 백아가 또한 가만히 경계의 소리를 냈다.

슷!

소소가 영문을 모르는 중에도 다급한 심정이 되어 염동을 돌아보았다.

그러자 염동이 가만히 그녀와 눈을 마주치며 가볍게 고개를 끄덕여 보였다.

아마도 그는 당고와 백아를 긴장시키는 원인에 대해 뭔가 알아챈 듯하였다.

그러나 소소를 안심시키는 듯 긴장한 기색보다는 오히려 가벼운 기색을 보이고 있는 것 같았다.

소소가 다시 언뜻 소산 쪽을 보았는데, 그때 소산은 저 앞쪽의 산등성이가 완만히 굽이도는 모퉁이 쪽에다 눈길을 두고 있었다.

소소가 무심결에 소산의 눈길을 쫓는데, 마침 그쪽에서는 한 인물이 막 모습을 드러내고 있었다.

느긋한 걸음걸이의 그 인물은 언뜻 보기에 참으로 특이하다 싶었다.

우선 거구였다.

그 체구가 오히려 쌍맹을 능가하지 않나 싶을 정도의 노인이었다.

거구노인의 머리와 가슴까지 치렁거리도록 길게 기른 수염은 음울한 잿빛이었다.

그런데 기이한 것은 그의 주변마저도 온통 음울한 분위기로 채워져 있는 듯하다는 것이었다.

그리하여 맑은 날씨에도 불구하고, 그의 주변만큼은 흐린 날씨처럼 우중충한 분위기에 휩싸여 있었다.

놀랍게도 그것은 단순히 분위기만이 아니었다.

그 거구노인이 보다 가까이 다가왔을 때, 그의 주변 공간은 실제로도 엷고 흐릿한 잿빛의 기류에 휩싸여 있었다.

그리고 그 흐릿한 색채의 기류는 마치 바람에 물결이 일렁이는 것처럼 아주 서서히 그 범위를 사방으로 넓혀가고 있는 중이었다.

염동이 문득 감탄을 흘렸다.

"대단하군!"

그러나 염동은 이내 잔뜩 인상을 쓰고 말았다.

그의 곁에 서 있던 쌍맹 때문이었다.

쌍맹이 돌연 다리를 휘청하였던 것이다.

그런데 그때 그들 형제는 마치 무언가에 취한 듯이 눈빛마저도 몽롱하였다.

염동이 찌푸려진 얼굴 그대로 다시 앞쪽의 거구노인을 바라보았다.

쌍맹이 이상 징후를 보이는 것은 아마도 거구노인으로부터 풍기는 그 묘한 잿빛 기류와 어떤 연관이 있어 보였다.

그러나 지금 그들은 거구노인으로부터 십오 장여나 멀리 떨어져 있었다.

또한 소소는 일전에 무상진독을 해독할 때 쌍맹을 두고 평하기를, 쌍맹에게 더욱 강력한 내성이 만들어져서 앞으로는 독으로 인해 고생할 일이 거의 없을 거라고 한 바 있었다.

그런 사실들을 감안한다면 지금 쌍맹의 중독 유사 증상은 참으로 놀랍지 않을 수가 없었다.

더욱이 그러한 증상이 거구노인으로부터 기인한 것이라는 추정은 사람들을 경악스럽게 만들기에 충분하였다.

춧! 츠춧!

백아가 잇달아서 경고를 발하고 있었다.

그런데 백아의 그 소리는 왠지 모르게 불안하고 위축되어 있는 듯하였다.

"쯧쯧! 부실한 인사들 같으니……."

염동이 가볍게 혀를 차며 핀잔을 주었다.

그 핀잔이 설마 백아를 향한 것은 아닐 터이니, 분명 쌍맹에게 주는 것이리라.

그러나 염동은 바로 이어 고개를 끄덕이며 짐짓 탄식하듯이 말했다.

"하긴 독의 조종(祖宗)을 만났으니, 어찌 조카들만 부실하다 탓할 일이겠는가? 쩝! 이럴 줄 알았으면 진작에 쓸 만한 뜀박질이나 하나 가르쳐 둘 것을 그랬어. 낌새가 조금만 이상하다 싶으면 냅다 줄행랑이라도 치게 말이지."

그때 소산이 문득 물었다.

"저 노인은 누굽니까?"

염동이 힐끗 노인에게로 눈길을 주며 대답했다.

"팔종 중 한 사람이며, 독문의 전설이라는 독제(毒帝)가 바로 그요."

그 말에 은근히 놀란 듯 소산이 새삼스러운 눈길로 거구노인을 살펴보았다.

그런데 바로 그때였다.

사방에 돌연 한가닥의 기이하도록 맑은 향이 은은하게 풍겼다.

소산과 염동은 그 향이 바로 소소에게서 비롯되었음을 곧바로 짐작하였다.

다른 사람들은 몰라도 소산과 염동은 이전에도 소소에게서 때때로 그러한 기이한 향이 풍기는 것을 경험한 바가 있었던 것이다.

그러나 지금 소소의 향은 이전까지의 것과는 비할 수 없을 만큼 맑고도 향기로웠다.

그때 쌍맹에게서 즉각의 반응들이 나왔다.

"음!"

"아!"

나직한 침음성을 뱉은 그들은 문득 정신이 맑아진 듯 눈빛이 정상으로 돌아왔다.

사실 그것은 바로 소소의 성약기(聖藥氣)였다.

그녀는 일찍부터 약문일맥(藥門一脈)에서 비전되어 오던 대법을 시전받고, 또한 천고의 약재들을 복용하여 막대한 약기를 체내에 축적시킨 바 있었다.

그런 덕분으로 그녀는 일찍이 약문에서 궁극으로 치는 성약기(聖藥氣)의 입문 과정에 들어설 수 있었던 것이다.

그러나 그녀는 이후의 부단한 노력에도 불구하고 그 이상의 단계로는 나아가지 못하고 있었다.

본래 성약기의 근본은 어떤 물리력으로의 실체화에 있는 것이 아니라, 다만 마음으로 약기를 베풀고 거두는 것이었다.

그러한 이치의 궁극이 바로 성약기의 최종 완성 단계인 심약(心藥)이었다.

다만 약문의 어느 비전에도 그러한 궁극 이치에 도달하는 데 대한 구체적인 지침은 없었다.

하여 소소가 스스로 선택한 시도가 바로 상생상극의 이치에 따른 약과 독의 조화였다.

그녀가 약문에서 수백 년간 수호 영물로 신성시되어 온 백아를 데리고 다니는 것은 사실 그러한 시도의 시작이었다.

그리고 처음 당고를 만났을 때 소소는 곧바로 그녀가 만독체에 이른 완성 직전의 독인임을 알아볼 수 있었다.

그러기에 자청하여 소산의 일행이 된 것이고, 나아가 그녀의 시도를 보다 확실히 실현시켜 볼 방도를 찾아보려 했던 것이다.

그런데 정작 소소 자신은 모르고 있었지만, 그녀의 약기는 독천지에서의 일을 겪으면서 가히 비약적이라 할 만한 성취의 단초를 이미 얻은 다음이었다.

그러한 것은 그녀에게 있어 비록 당장에 어떤 결과가 얻어지는 것은 아닐지라도, 궁극적으로는 당고와 백아가 얻은 기연에 비견할 수 있을 만큼의 커다란 기연이라고 할 수 있었다.

다만 그녀의 약기 자체가 내공과는 전혀 다른 성질의 기운이기에, 그 성취의 징조나 징후가 당장에는 없는 것일 뿐이었다.

모든 종류의 깨달음이 으레 그렇듯이 소소의 그 깨달음도 한순간에 이루어졌다.

경중도 없고, 선후도 없는 찰나의 순간에.

독제에게서 절로 풍겨 나오는 거대한 절대독기에 반응하여 그녀는 이전에 넘지 못했던 벽을 훌쩍 넘어 한층 진전된 단계의 성약기를 베푼 것이다.

그녀 스스로도 미처 의식하지 못한 사이에 말이다.

"으하하하하!"

독제는 돌연 통쾌하다는 듯이 대소를 터뜨려 냈다.

이어 그가 전정으로 기껍다는 투로 말했다.

"노부가 오늘 뜻하지 않게도 참으로 과분한 홍복(洪福)을 누리는구나!"

사실 독제가 이곳 무산(巫山) 방면으로 오게 된 것은 전혀 계획된 일이 아니었다.

우연인지, 혹은 필연인지 독제는 자신의 상징과도 같은 무상진독을 뜻밖의 장소에서 발견했는데, 더욱 놀라운 것은 그 무상진독이 자신으로서는 미처 상상해 보지 못했던 독특한 방법으로 해독된 흔적을 함께 발견하였던 것이다.

아무리 세사를 초월한 지 오래된 독제였지만 그러한 발견에 강한 흥미를 가지지 않을 수 없는 일이었다.

그리하여 무상진독의 자취를 쫓아온 것이 바로 이곳 무산의 산중이었다.

그리고 마침 소산 일행과 조우한 그 순간, 독제는 한눈에 당고와 백아의 존재를 알아볼 수 있었다.

경이롭게도 독인의 완성을 넘어 독중지성의 단계로까지 막 접어든 것으로 보이는 당고.

그리고 천하의 독물들 중에서도 만독지왕이라 할 만한 한 마리 오래 묵은 백편복은, 놀랍게도 완전한 영통을 이루고 있는 것으로 보였다.

당고와 백아의 그러한 성취는 스스로 독으로 도달할 수 있는 극한을 이루었다고 자부하는 독제로서도, 지금 자신의 두 눈으로 직접 목격하기 전에는 거의 기대하지 못한 일이었다.

아울러 독제 자신을 제외하면 가히 독문 역사상 최초의 성과이며, 또한 제일가는 무상의 보물이라고 할 만하였다.

그런데 그러한 것에 더하여, 독기와는 상극인 약기가 더욱이 서로 상생상극의 조화를 띠는 궁극의 형태로 작용하는 기이한 현상을 다시 목격하였으니, 그가 과분한 홍복을 누린다고 감탄한 것은 조금도 과장이 아니었다.

어쩌면 그것은 독에 관한 한 더 이상 나아갈 데가 없다 여기고 있던 그에게, 지금껏 미처 생각해 보지 못했던 어떤 새로운 경지 내지는 세계에 대한 묘한 기대를 주는 일대 사건이기도 하였다.

독제가 서서히 다가서고 있었다.

그전에 이미 사방의 공간을 지배하고 있는 그의 잿빛 기류가 더욱 짙어지고 있었다.

소산이 문득 소소와 당고, 그리고 쌍맹 등에게 눈짓을 주었다.

뒤로 멀찍이 물러나 있으라는 의미였다.

다만 소산이 염동에게는 굳이 어떤 눈치를 주지 않았다.

염동 또한 소산의 그런 차별(?)에 대해 당연하게 받아들이는 듯한 기색이었다.

그때였다.

소소의 손을 잡고서 딱딱하게 얼굴을 굳힌 채 서 있던 당고가 돌연 소소의 손을 놓고는 불쑥 소산의 앞으로 걸어나가는 것이었다.

소산이 즉시로 손을 뻗어 당고를 제지하려 했다.

그러나 그는 문득 당혹스러운 표정이 되고 말았다.

당고에게서 이전에 볼 수 없던 강력한 의지를 읽었기 때문이었다.

그것은 또한 독제에 대한 노골적인, 아니, 차라리 처절하다고 할 만한 지독한 살기이기도 했다.

소산이 당황스럽게 흘깃 소소를 돌아보았다.

독천지를 나와 당고가 말문을 트기 시작한 이후에 거의 유일하게 그녀와 대화를 나누어온 소소이니, 그녀라면 무엇인가 짐작하는 것이 있겠다 싶었던 것이다.

그런데 그때 소소 또한 첨예한 경계와 무거운 적의를 담은 눈빛으로 독제를 노려보고 있는 중이었다.

그런 소소의 모습은 이 순간 그녀가 마치 당고와 감정상의 일체를 이루고 있는 것처럼 보였다.

그때 자신에게로 향한 소산의 눈길을 문득 느꼈는지, 소소가 언뜻 독제에게로 향하고 있던 눈길을 거두고는 가라앉은 목소리로 말했다.

"일단은 언니가 하는 대로 그냥 지켜볼 수밖에 없어요."

소산이 곧바로 무어라고 반문하려 하였다.

그러나 소소는 단호한 기색이 되며 내처 말을 이었다.

"당 언니의 과거 불행이 모두 저 노인으로부터 비롯되었어요. 언니에게 저 노인은 불공대천의 원수예요."

그때 당고는 이미 독제의 잿빛 기류가 점하고 있는 범위에 도달해 있었다.

당고의 주변으로는 어느 틈에 은은한 노을빛의 광채가 뿜어져 나와 독제의 잿빛 기류에 부딪치고 있었다.

독제는 상황을 음미하듯이 지그시 두 눈을 감은 채였다.

한순간 그가 문득 숨길 수 없는 감탄을 담고서 중얼거렸다.

"흠! 이것은 제조된 종류의 독이 아니라, 순수한 생독(生毒)의 계열이로구나! 허허! 그런 데도 이런 정도의 독성(毒性)

이라니……! 참으로 놀랍구나! 노부가 숱한 세월 동안 천하 구주(天下九州)를 수없이 헤매고 돌아다녔으나 생독으로서 이런 정도의 독성은 접해본 일이 없거늘……!"

그리고 어느 순간 독제는 번쩍 두 눈을 뜨며 나직이 외쳤다.

"이것은 만천독원신공(滿天毒元神功)……?"

이어 놀란 빛으로 독제가 다시 물었다.

"아이야! 너는 당가와 무슨 관계이냐?"

당고는 대답하지 않았다.

대신 그녀 주위를 감싸고 있던 노을빛 공채가 거센 파동을 보였다.

그에 대응하여 독제의 잿빛 기류 또한 더욱 강렬해졌다.

그리고 이내 독제와 당고의 두 가지 기류 간에 본격적으로 격렬한 충돌이 일어났다.

화르르르! 츠츠츠츠!

그들 두 절대 독기의 기류는 마치 살아 있는 생명체라도 되는 듯, 서로 먹고 먹히지 않으려는 치열한 생존의 다툼을 벌였다.

그러나 당고의 노을빛 기류는 금세 완연한 열세에 처하고 말았다.

독제의 잿빛 기류가 당고의 노을빛 기류를 완전히 덮어씌운 채 옥죄듯이 압박해 가고 있었다.

염동은 무거운 얼굴이 된 채 힐끗 소산 쪽을 쳐다보았다.

소산 역시도 신중한 표정이었다.

그러나 소산의 시선은 지금 당고를 향해 있지 않고, 소소에게로 가 있었다.

소소는 지금 완전한 몰입에 빠져 있었는데, 정말로 당고와 한 몸이 되어 독제와 생사의 싸움을 벌이고 있는 듯이 극도의 긴장과 결연함을 보이고 있었다.

그러나 그때 당고의 노을빛 기류는 이제 그녀의 몸으로부터 일 척도 되지 않는 범위까지 축소되어 있었다.

더욱이 노을빛의 색채조차도 점차로 퇴색되어 가고 있었다. 그녀의 기류가 사라져 가고 있는 것이다.

"저저……!"

"아!"

쌍맹이 바짝 마른 입술로 절망에 가득 찬 탄식을 뱉어냈다.

그런데 바로 그때 염동의 눈빛에 반짝하고 한가닥의 이채가 서렸다.

언뜻 당고의 입가에 서려 있는 희미한 미소를 보았기 때문이다.

그리고 상대적으로 독제의 얼굴이 무겁게 굳어들고 있음도.

사실 당고의 노을빛 기류는 사라지고 있는 것이 아니었다.

다만 투명하게 변해가고 있는 중이었다.

그런 데에는 사실 하나의 대반전이 있었다.

그것은 그야말로 독문(毒門)과 약문(藥門) 사상 초유이자, 가히 전대미문의 대사건이라고 할 만했다.

그런데 그러한 대반전을 일으킨 것은 막상 당고가 아니었다.

바로 소소였다.

바로 소소의 성약기가 만들어낸 사단인 것이다.

당고가 처한 상황과 심정에 완전히 공감하여 몰입하고 있던 소소는, 어느 순간 그녀 자신을 중심으로 전혀 상상조차 하지 못한 하나의 기이한 현상이 벌어지고 있음을 깨닫게 되었다.

바로 그녀의 약기(藥氣)가 당고의 독기(毒氣)와 융화되는 현상이었다.

그런데 그러한 현상에 전제되어야 할 다른 모든 필요와 묘(妙)를 다 차치해 두고라도, 지금 그녀와 당고의 거리는 적어도 십여 장은 되었으니, 소소에게 그 먼 거리를 격하고서 당고에게까지 자신의 약기를 보낼 내공이나 다른 재주가 있을 리 없지 않은가.

그러나 소소는 자신에게 일어나고 있는 기이한 현상을 있는 그대로 믿었다.

그녀의 성약기가 가지는 근본의 이치가 바로 마음의 작용에 있음을 믿기 때문이었다.

약독합일(藥毒合一)!

고금 유래없는, 그리고 지금까지 그 누구도 감히 시도조차 해보지 못했던 그 사상 초유의 합일은 그렇게 이루어졌다.

그리고 또한 그 누구도 상상조차 하지 못한 놀라운 결과를 이루어냈다.

심약지경(心藥之境)!

성약기의 대성으로 탄생된 그것은 독기도 아니고 약기도 아닌, 한가닥 전혀 새로운 종류의 향(香)이었다.

그것의 실체는, 한가닥의 기이한 향을 마음으로 움직이는 경지인 것이다.

그리고 그 한가닥의 향이야말로 천하의 모든 기운과 상생 상극하여 능히 조화를 이룰 수 있는 성스러운 향이었다.

다만 소소는 자신에게 그러한 엄청난 대기연이 일어났음 을 아직 다는 알지 못하고 있었다.

"음……!"

그 한 소리 무겁기 이를 데 없는 침음성은 독제의 것이었 다.

허탈한 웃음소리와 함께 그의 무거운 탄식이 이어졌다.

"허허허! 스스로 궁극에 이르렀다고 여겼거늘… 이런 천외 천의 경지가 또다시 존재했더란 말인가?'

그리고 독제는 마주 선 당고를 새삼 찬찬히 살피다가 담담한 어조로 물었다.

"너는 누구냐?"

차분하게 독제의 시선을 받고 섰던 당고가 문득 차갑게 정제된 목소리로 대답했다.

"그때, 당신이 단지 손짓 몇 번으로 사천당가를 멸문시킬 때, 마지막으로 살아남은 여인이오. 살기 위해 스스로 사람이기를 포기하는 독인의 길에 들어서며, 다시는 깨어날 수 없을지 모르는 깊은 잠 속으로 빠져들었던……."

순간 독제는 흠칫 놀라는 기색이 되었다.

그러나 그는 이내 허탈한 얼굴로 힘없이 말을 뱉었다.

"혹시 했더니 과연 그랬었군. 허허허! 그때 노부의 광기(狂氣) 속에서도 살아남은 이가 있을 줄은 미처 짐작하지 못했던 일이다. 그래, 그리고 너의 얘기를 듣자니, 아마도 당가의 만독대법(萬毒大法)이 마침내 네게서 이루어진 모양이로구나?"

그에 대해 당고는 굳이 대답하지 않았다. 사실은 대답할 필요가 없기도 했지만.

그때 독제는 이미 한 무리의 눈부신 청염(靑炎) 속에 갇혀 있었다.

그의 내부에 잠재되어 있던 절대독기들이 일시에 폭발하며 일으킨 지극독화(至極毒火)였다.

그리고 독제의 육신은 순식간에 한 줌의 재로 화해 사라지고 말았다.

당고는 가만히 미소를 떠올렸다.

그녀의 미소가 향하는 그곳에 소소가 있었다.

소소 역시 가만한 한자락의 미소를 머금은 채였다.

소소가 말한 바 있던 몇 마디가 이제야 완전하게 당고의 마음속에 녹아들고 있었다.

"우리는 결코 둘이 아니에요! 우리는 이미 하나의 운명인걸요!"

당고는 가부좌를 틀고 앉았다.

전혀 상상치도 못하게 그녀에게 다가온 하나의 대기연을 겸허하게 수습하기 위해서였다.

소소가 약의 최고 경지인 심약(心藥)을 이루었듯이, 그 상생조화의 효과로 당고 역시 동시에 완전한 독성의 경지에 이르게 된 것이었다.

믿을 수 없게도 그녀들은 한순간에, 그리고 동시에 각각이 소원해 왔던 약과 독의 궁극지경에 이르렀던 것이다.

그것은 가까운 앞날에 강호의 새로운 전설이 되는 독후(毒后)와 약후(藥后)의 탄생이기도 했다.

第七章
파천지로(破天之路)

지존
석산평전

호로롱!

상쾌하고도 청아한 울음소리를 내며 백아는 허공으로 날
아올랐다.

그리고 일행들의 머리 위 허공에서 크게 한 바퀴 원을 그리
는 동안 백아는 천천히 몸집을 키웠다.

일 장, 그리고 이 장.

백아가 활짝 펼친 양쪽 날개의 길이는 거의 이 장여나 되었
다.

그때 독천지에서 보였던 크기에 비해 거의 두 배가량이나
더 커진 것이다.

잠시 후, 아득히 먼 북쪽 하늘 어디쯤에서 마치 벅찬 환희를 노래하듯이 백아의 긴 울음소리가 들려왔다.

호로로로롱!

대폭풍신법(大暴風身法)!

그것은 염동이 느닷없이 쌍맹에게 전수하겠다고 한 신법의 이름이었다.

사실은 염동의 그런 돌발 행동을 아주 느닷없다고 할 것만은 아니었다.

일전에 무산 산중에서 일행이 독제와 조우하여 쌍맹이 미처 경각심을 가질 틈도 없이 중독되고 말았을 때, 염동이 지나가는 투덜거림처럼 '진작에 쓸 만한 뜀박질이나 하나 가르쳐 둘 것을!' 하고 탄식한 바도 있지 않았던가.

그런 이상하고도 기괴한 신법이 있다는 것에 대해서 소소는 지금껏 한 번도 들어본 적이 없었다.

그런 것은 소소보다 월등히 해박하고 넓은 견문을 가진 당고로서도 마찬가지였다.

나아가 그녀들은 그 괴상한 신법이 과연 가능하기나 한지에 대해 한동안이나 의심을 가져 보지 않을 수 없었다.

염동의 간단한 설명에 따르면, 그 대폭풍신법은 아마도 한 칠백 년 전쯤에 이름 모를 누군가에 의해 창안되었다고 했다.

그러나 막상 그 창안자 자신을 비롯해, 이후로 단 한 번도 강호에서 그 신법의 완성된 형태를 시현해 보인 사람은 없었다고 했다.

"사실 이 신법에는 가히 신법의 신기원이라고 할 만한 특출한 장점이 있네. 그러나 반대로 신법의 중요한 필요조건 중의 하나인 은밀함, 그리고 품격 같은 것은 완전히 배제되었지. 허허허! 이 신법이 그 이름처럼 아주 요란한 데가 있거든! 게다가 이 신법을 익히는 데 요구되는 조건이 까다롭기 짝이 없어. 우선은 철골(鐵骨)의 타고난 신체 조건이 요구되는데다, 기본적으로 삼 갑자 이상의 순수한 내력을 필요로 한단 말이지. 그런데 삼 갑자의 내력을 지닌 자가 일세(一世)에 과연 몇이나 될 것이며, 또한 그런 정도의 내력 경지에 도달한 자가 굳이 이런 요란한 신법을 익힐 이유가 무엇이겠는가?"

한참이나 장황히 신법에 대해 말하던 염동이 문득 쌍맹을 돌아보았다.

그리고 은근히 목소리에다 힘을 주며 다시 말했다.

"그런 여러 가지 점들에서 노부는 이 대폭풍신법이야말로 애초부터 조카들을 위해 만들어진 맞춤 신법이란 생각을 하게 된 것일세!"

맹호의 입이 대번에 쩍 벌어졌다.

염동의 말이 다분히 칭찬으로 들릴 법한데다, 더욱이 특별한 선물을 받는 기분이 되었을 법하였다.

그러나 맹룡은 조금 의아한 표정이 되어 있었다.

그들 형제가 철골의 신체에다, 가히 엄청나다고 할 만큼의 체력과 용력을 타고났음은 그들 형제 스스로는 물론이고, 주위의 누구나가 다 인정하는 바였다.

그러나 막상 내공이라는 측면으로 보자면, 언제 한번 정식으로 내공을 수련한 적도 없는 그들 형제이니, 무슨 몇 갑자를 꼽을 만한 내공이 있을 턱이 없었다.

맹룡의 의혹을 익히 짐작하였는지 염동의 추가 설명이 있었다.

비록 통제가 가능하지는 않지만, 쌍맹의 체내에는 엄청난 잠력이 존재하고 있다는 것이었다.

만약 그 잠력을 내력으로 승화시킬 수만 있다면 상상 초월의 내공을 얻을 수 있을 것인데, 그 경지란 것은 단순히 내공의 고하로만 보았을 때는 가히 무적지경일 것이라고 했다.

그리고 바로 대폭풍신법 안에 쌍맹의 잠력을 내력으로 전환시키는 방도가 내포되어 있다는 것이었다.

그러자 이윽고는 맹룡의 입 또한 슬며시 벌어지고야 말았다.

소소 역시 가만히 고개를 끄덕였다.

그러나 여전히 살풋 찌푸린 표정에서 그녀는 염동의 생각에 완전히는 수긍하지 못하고 있는 듯하였다.

소소가 조심스럽게 입을 열었다.

"저는 오히려 걱정이에요."

염동이 짐짓 두 눈을 크게 만들며 곧바로 지극한 관심을 보였다.

"할아버지의 말씀대로 쌍맹 아저씨들의 잠력은 실로 불가사의하다고 할 만해요. 그런데 바로 그렇기에 그것이 만약 어떤 방법에 의해 내력으로 전환된다고 할 때는 상대적으로 위험을 초래할 가능성 또한 지극히 농후하다고 보아야만 하는 것이죠. 사람의 신체라는 것은 결국 유한한 것인데, 그것은 내력을 담는 그릇으로서도 마찬가지이기 때문이지요."

염동이 천천히 고개를 끄덕였다.

그러나 그는 곧 몹시도 기꺼운 기색이 되며 말했다.

"사람의 신체란 것은 결국 유한하다? 허허허! 과연 참으로 옳은 말이로다."

그리고 염동은 힐끗 소산 쪽을 돌아보았다.

이어 그는 짐짓 장난스럽게 한쪽 눈을 찡긋하며 말을 이었다.

"사실 노부 또한 쭉 그리 생각해 왔으나 요즘은 그 생각을 바꾸고 있는 중이지."

"예?"

"허허허! 어쩌면 우리 작은 소저 또한 생각을 바꾸어야 할지도 모르겠네. 사람의 신체, 아니, 사람에게는 결코 한계가 없다는 것으로."

"그게 무슨……?"

"흠! 아닐세! 그런 경우는 그야말로 희귀하여서 천하, 아니, 고금을 통틀어도 겨우 한 번이나 있을까 말까 하겠지?"

그러자 소소가 짐짓 가볍게 투정하는 체를 하였다.

"참! 무슨 말씀을 하시는 건지 저는 도무지……!"

그에 염동이 이윽고 너털웃음을 터뜨렸다.

"허허허! 아닐세, 아니야!"

"글쎄, 무엇이 자꾸만 아니라는 것입니까?"

"그러니까… 만약 조카들에게 어떤 한계가 온다면, 그때 가서 내공의 증대를 제한하면 될 일이란 거지."

그리고 염동은 문득 쌍맹을 향해 목소리를 높여 물었다.

"안 그런가, 조카들?"

그러자 쌍맹이 동시이다시피 우렁차게 대답했다.

"예!"

"옛! 당숙 어른!"

맹룡의 악다문 잇새로 고통을 이기지 못한 신음 소리가 연신 흘러나오고 있었다.

"크으윽!"

맹룡의 신체가 얼마나 강건하며, 또한 그의 성정이 얼마나 우직한가를 생각하였을 때, 지금 그의 모습은 보는 사람으로 하여금 차라리 생경하다는 느낌을 주는 데가 있었다.

그렇지 않은가?

과거 그 지독한 사투에서 숱한 상처들을 입고 죽음 직전까지 내몰렸던 상황에서도 결코 이 같은 고통스러운 모습은 보이지 않았던 그가 아니던가?

그것이 다 염동으로부터 비롯된 사단이었다.

그의 무공 전수 방식이 이번에도 예외없이 무식한 때문이었다.

신법의 운용에 필요한 요결 전수 따위의 과정은 아예 생략되었다.

염동이 택한 방식은, 곧바로 맹룡의 맥문을 통해 진기를 흘려 넣음으로써 신법 운용시의 진기의 운행 경로와 경중의 묘를 그의 몸에다 직접 각인시키는 것이었다.

그런데 지금까지 한 번도 정식으로는 진기가 운행되어 본 적이 없는 맹룡의 몸이 아닌가.

그러니 그가 아무리 둔하고 우직하다고 해도, 그 지옥 불과도 같이 뜨겁고 장강대하(長江大河)와도 같이 엄청난 진기의 흐름이 좁고 여린 처녀지의 혈맥과 혈도들을 마구 들쑤시며 헤집고 들어오는, 그 참담하고도 진저리쳐지는 고통을 어찌 멀쩡하게 견뎌낼 수야 있겠는가.

그나마 맹룡이 그 지독한 고통을 다만 신음을 흘리는 것만으로 참아내고 있는 것은, 역시 그의 우직한 성정 덕분이었다.

그가 염동에 대해 가지고 있는 절대적인 신뢰 덕분인 것이다.

맹룡은 자신이 한번 가진 그 신뢰에 대해, 염동의 무식한 신법 전수가 그를 죽음으로 내모는 결과를 가져온다 해도 끝까지 믿고 따르고야 말 인사인 것이다.

시범이 따로 있는 것도 아니었다.

맹룡에 이어 맹호에게까지 신법의 요결을 각인(?)시킨 뒤 염동이 쌍맹에게 지시한 것은, 무조건 달리라는 것이었다.

그리고 쌍맹은 무작정 달리기 시작했다.

보이지 않을 때까지 앞으로 달려갔다가 다시 달려오기를 수백, 수천 번이나 반복하였다.

쌍맹의 지칠 줄 모르는 체력이야 새삼스러울 것이 있겠는가.

그러나 아무리 그렇다 하더라도 자신들의 기괴한 무공 수련 방식에 대해 티끌만큼도 의구심을 가지지 않고, 또한 조금도 지겨워하는 기색이 없는 쌍맹이야말로 기괴, 그 자체였다.

염동은 그저 느긋했다.

소소와 당고는 벌써부터 안쓰러운 기색이었다.

그러나 그녀들에게 염동이나 쌍맹을 말릴 방법이 딱히 있을 리는 없었다.

소산은 처음에 조금 이채롭다는 표정이었다.

그러나 그는 곧 덤덤한 표정이 되었다.

다만 그는 달리고 또 달리는 쌍맹을 보며 이따금씩 빙그레 미소를 떠올리곤 했다.

　동분서주로 둘이서만 바쁜 쌍맹을 달고서 일행이 느긋하게 행보하기를 한나절쯤이나 했을까.
　때는 어느새 해거름 무렵이었다.
　멀리 서산에 낙조는 선명한데 멀리 어디선가 난데없는 우렛소리가 은은히 울리는 것이었다.
　우릉!
　우르릉!
　처음 그 소리를 들었을 때, 소소는 생각없이 먼 하늘을 바라보았다.
　이제 곧 어두워질 시각이라 갑자기 비구름이라도 몰려오나 싶었던 것이리라.
　한데 아니었다.
　우렛소리는 저 멀리서 달려오는 쌍맹을 쫓아서 나고 있었다.
　아니, 쌍맹의 뜀박질이 그 소리를 만들어내고 있었다.
　우르릉!
　우르르릉!
　우렛소리는 점차로 커져 갔다.
　그러더니 언제부터인가는 간간이 벼락치는 소리마저 섞였다.

우르릉! 콩!

우르르릉! 콰아앙!

그날 밤 내내, 쌍맹은 우렛소리를 달고 다녔다.

그리하여 일행은 바위틈 사이에 마련한 잠자리에 누워서도 잠을 이루지 못했다.

그리고 다음날 아침 일찍.

아예 폐허처럼 변해 버린 주변 일대의 광경을 보고 소소와 당고는 놀라지 않을 수 없었다.

파헤쳐지고 뒤집혀 시뻘건 흙이 드러난 초지, 부러지고 꺾인 나무들.

마치 밤새 폭풍이 휩쓸고 지나간 듯했다.

의심할 여지없이 쌍맹의 작품이었다.

바로 그들이 밤새 일으킨 대폭풍신법의 결과였던 것이다.

염동을 바라보는 소소와 당고의 눈빛에는 경외가 가득 담겼다.

비록 일상이 되어버린 느긋함과 온화함, 그리고 가끔씩 보여주는 짓궂음이 주는 일종의 중독적 익숙함으로 늘 자신의 존재를 무덤덤하게 만들어 버리고 말지만, 염동이 보여주는 그 무한한 능력에 대해 그녀들은 새삼 경외감을 가지지 않을 수 없는 것이었다.

백아가 돌아왔다.

"황도로 가요!"

백아와의 짧은 교감 후 소소가 뱉은 짧고도 단호한 말의 앞뒤에는 아무런 정황 설명도 없었다.

그러나 그녀의 그 말이 무엇을 의미하는지에 대해서 대강이라도 짐작하지 못하는 사람은 없었다. 역시 강하게 고개를 끄덕여 소소의 말에 대해 적극적으로 공감을 표하는 당고를 포함해서.

소소의 서두름에 대해 아무도 묻지 않았다.

다만 그들은 곧바로 북쪽으로 방향을 잡았다.

황도가 있는 방향이었다.

쌍맹은 대폭풍신법에 빠르게 익숙해져 가고 있었다.

그럼으로써 소소는 이제 일행들 중 무공이나 신법에 대해서 문외한인 단 두 사람 중 하나에 속했다.

그러나 그 문외한인 편에 속하는 나머지 한 사람인 소산에 대해서 걱정하는 것은 불필요한 일이었다.

언제부터인지 소산에게는 신법 자체가 무용하였기 때문이다.

사실 신법이 무용하기로는 소소 또한 마찬가지였다.

그녀에게 소산과 같은 무한정의 기의 공간이 있을 리 없음에도 불구하고 말이다.

이즈음 소소는 자신의 심약(心藥)이 가지는 기이한 공능들을 하나하나 깨달아가고 있는 중이었다.

그것은 무공과는 전혀 다른 종류의 공능들일 뿐만 아니라, 그녀를 포함해서 이전의 약문(藥門) 선배 고인들 누구도 상상하지 못하였던 것이기에, 그 묘용의 끝이 어디까지인지는 역시 짐작조차하기 어려웠다.

이를테면, 그녀 스스로는 어떤 물리력을 발휘할 기를 가지고 있지 않지만, 대신 어떤 종류의 기(氣)라도 그것에 조화 내지는 동화될 수 있는 능력이 바로 그러한 공능들 중의 하나였다.

즉, 그녀는 소산의 기에 편승할 수도 있고, 당고나 심지어는 백아가 몸집을 부풀린 상태에서 비행할 때 발생하는 기류에 편승하는 것도 가능했다.

물론 그녀의 선택은 당연히 소산일 것이었다.

백아가 다시 몸집을 키웠다.

놈의 몸집은 그새 또다시 거대해져서 이제는 활짝 펼친 양쪽 날개의 길이가 근 삼 장여에 이르렀다.

그러니 놈이 앞으로 과연 얼마까지나 더 커질지가 궁금해지지 않을 수 없었다.

소소와 당고, 그리고 소산이 차례로 백아의 등에 올랐다.

사실은 백아가 그들 세 사람만을 선별해서 태웠다고 하는 편이 더 정확했다.

백아란 놈은 그 천성부터가 무척이나 까다로운 놈이었다.

본래부터도 기껏 소소에게나 마음을 주고 교감하였을 뿐이거니와, 그나마 독천지의 기연으로 완전한 영통을 이룬 후에 그 까탈이 많이 줄어든 바는 있었다.

그러기에 놈이 예전에는 마치 천적과도 같이 경계하고 적대시하던 당고와도 사이를 튼 것이 아니겠는가.

하긴 그런 점에서는 당고 또한 백아에 대한 본능적인 경계와 적개심을 완전히 버렸으니, 어쩌면 둘은 서로를 인정하게 된 것인지도 몰랐다.

독에 대해 초월적 존재로서 서로를 말이다.

한 가지 일행들이 다 이상하게 생각하는 것은, 백아가 유독 소산에 대해서만은 예전부터 호의적이다가 이즈음에 와서는 아예 그에게 절대적으로 굴복하는 모습이 되었다는 점이다.

그것도 억지로가 아닌 자연스럽고도 자발적으로.

사실 그것은 바로 경지에 이른 절대삼음의 위력 덕분이었다.

어쨌든 특별히 잘못한 것(?)도 없이 백아로부터 거부를 당한 염동과 쌍맹으로서는 괜히 머쓱해질 만도 했다.

그러나 염동이 재빠르게 하나의 명분을 세운 덕분으로 그들은 그런 머쓱함을 곧바로 털어내 버릴 수 있었다.

"조카들! 우리는 열심히 달리세! 대폭풍신법의 완성을 위해!"

그리고 백아가 까마득한 허공으로 치솟아 한 점으로 화할 때, 쌍맹 또한 맹렬히 달리기 시작했다.

우르르릉! 쾅!

우르르릉! 콰아앙!

우렛소리와 벼락치는 소리가 사방에 요란한 가운데, 잔뜩 흙먼지를 빨아올린 한줄기 거센 소용돌이가 평원을 횡단하여 거침없이 질주하였다.

                    *   *   *

천하가 돌연 경동하고 있었다.

허공 높이까지 먼지기둥을 이루며, 마치 길을 내듯이 뚜렷한 혼적을 남기며 대륙을 관통하고 있는 한줄기 거대한 소용돌이 때문이었다.

더욱이 그 소용돌이가 자연발생적이 아니라 인위적이라는 소문이 퍼지면서 천하인들의 이목은 빠르게 소용돌이의 이동 경로를 따라서 집중되고 있었다.

인위적이라고 해서 그 소용돌이가 무슨 수만, 수십만 기의 기마의 질주로 인해 만들어지는 것은 아니었다.

단 두 사람에 의해서였다.

바로 쌍맹에 의해 펼쳐지는 천하에서 가장 기이하고도 요란한 신법, 대폭풍신법 때문이었던 것이다.

더욱이 그 두 사람이 바로 쌍맹이라는 사실이 새로이 알려지면서, 그리고 그들이 황도로 향하고 있다는 사실이 더해지면서 천하인들 사이에서는 무수히 많은 억측들이 생겨나고 있는 중이었다.

어떤 사정과 경로를 통한 것인지는 모르겠으나, 쌍맹은 이미 무명(無名)의 존재들이 아니었던 것이다.

무적쌍맹(無敵雙猛)!

무림 최강의 전투 집단이라 불리는 전단(戰團)을 단둘이서, 오광에 빛나는 네 자루 손도끼로 부수어 버린 인물들.

그들에게 무림은 무적쌍맹이라는 별호를 붙여준 바 있지 않은가.

정작 쌍맹 본인들은 까맣게 모르고 있었지만, 쌍맹이 일으키는 소용돌이의 속도가 가히 엄청난데다 쉼없이 이동하였으므로, 그 뒤를 쫓는 일은 무림의 절정고수들이라 해도 가벼이 시도해 볼 만한 일이 못 되었다.

다만 소용돌이의 최종 행적이 소문으로 미리 알려져 있었기에 예측되는 이동 경로마다에는 그 기이한 광경을 보기 위해 인파들이 몰려들었다.

우르르릉! 쾅!

우르르릉! 콰아앙!

호북과 하남 땅을 거칠 것없이 내달린 쌍맹의 대폭풍신법은 이윽고 하북 땅으로 접어들었다.

그런데 황도까지 내쳐 치달릴 기세로 끝없이 광대하게 펼

처진 하북 평원을 가로지르던 쌍맹이 돌연 멈추어 섰다.

그들에 앞서 하늘을 날던 백아가 문득 지상으로 내려앉았기 때문이다.

곧이어 일행들의 먼 앞쪽 허공에 문득 몇 개의 점이 나타났다.

그런데 쌍맹 등이 그 점들을 인식한 바로 다음 순간, 점들은 어느새 세 개의 인영으로 화하였다.

그리고 또다시 촌각의 다음 순간에 인영들은 이미 그들의 앞쪽 오 장여 거리에 내려서고 있었다.

그 세 명의 노인은 초탈하고도 느긋한 기색들이었다.

그처럼 놀라운 절세의 신법으로 단숨에 허공을 단축하여 왔다고는 믿어지지 않을 정도로.

노인들의 시선은 곧장 염동에게로 꽂혀들었다.

염동이 그저 담담하게 그들과 눈을 맞추었다.

그런데 순간 노인들의 얼굴에는 방금까지의 차분함과 느긋함이 마치 거짓이기라도 하였던 듯, 대번에 전율과도 같은 긴장과 흥분이 떠오르고 마는 것이었다.

그때 염동은 그들의 눈길을 피하여 짐짓 다른 곳으로 시선을 향하였다.

그제야 노인들은 자신들의 돌연한 긴장을 추스르는 듯, 한 차례 서로 간에 눈길을 교환한 다음에 나란히 걸어나왔다.

그러자 그들에게서는 대번에 산악과도 같이 거대한 무형

의 기세가 함께 밀려 나오는 것이었다.

그런데 그 엄청난 기세는 오로지 염동에게로만 집중이 되었다.

그러나 다음 순간, 노인들의 거대한 기세에 반사적으로 대응하여 앞으로 마주 나선 것은 쌍맹이었다.

순간 노인들로부터 비롯된 그 무형의 기세는 돌연 범위를 확장시키며 돌연히 일행들 모두를 향해 압박해 드는 것이었다.

그런 중에 세 노인 중 가운데에 선 백의의 노인이 사뭇 정중한 기색으로 입을 떼었다.

"노부는……."

그러나 백의노인은 채 말을 잇지 못했다.

빙그레 웃는 얼굴로 염동이 그의 말을 가로챘기 때문이다.

"내 눈이 잘못된 것이 아니라면, 당신은 혹시 팔종 중 검신(劍神)이 아니오?"

염동의 물음에 당사자인 백의노인보다도 오히려 소소가 화들짝 놀라는 기색이 되고 말았다.

그에 상관없이 염동의 말은 사뭇 밝고도 가벼운 투로 이어졌다.

"오호라! 옆의 두 분은 또한 팔종 중 화혼(火魂)과 금괴(金怪)가 아니시오?"

그렇게 염동이 다시 한꺼번에 팔종 중에 두 사람이나 더 언급을 하였기에, 소소는 처음의 경악을 추스를 틈도 가지지 못하고 그저 두 눈만 부릅뜰 수밖에 없었다.

그때 백의노인, 검신이 더욱 무겁고도 조심스러운 기색이 되며 염동을 향해 물었다.

"귀하는……?"

그러자 염동은 이번에도 빙그레 웃으며 간단히 검신의 말을 잘라 버렸다.

"노부는 염동이오!"

그리고 염동은 문득 담담한 얼굴로 되며 물었다.

"혹시 노부에게 무슨 볼일이라도……?"

그래 놓고도 염동은 또다시 검신이 대답할 틈을 주지 않은 채 다시 말했다.

"노부는 한 가문의 공봉의 신분인데, 여기 이분께서 바로 그 가문의 가주가 되시오!"

검신의 얼굴고 언뜻 당혹스러움이 스쳤다.

염동의 그 말은 마치, 이 자리에는 자신의 윗전인 가주가 있으니 혹시 자신에게 무슨 볼일이 있다면, 먼저 적절한 절차(?)를 거치라는 것처럼 들리는 것이었다.

아닌 게 아니라, 그때 염동은 슬쩍 눈짓으로 검신에게 소산을 가리켰다.

그리고 그 자신은 슬그머니 소산의 뒤로 반걸음을 물러서는 것이었다.

그에 검신이 더욱 당황스러운 기색이 되고 말았다.

같은 팔종의 반열에 속해 있다고는 하나, 검신 등은 아직까지 한 번도 천공을 대면한 적이 없었다.

사실 한 번이라도 직접 천공을 대해본 적이 있는 사람은 오로지 지백과 인극 정도뿐이었다.

그들을 제외한 나머지는 같은 팔종이라고 해도 그 능력이나 지명도에 있어서 사실은 한 수 아래로 평가되며, 본인들도 그렇게 인정하는 바였다.

검신은 이미 염동이 천공의 변신이라는 사실을 전제하고 이곳에 온 바이다.

그러니 방금 전 염동이 스스로를 염동이라고 말하는 데서부터 벌써 뭐라고 표현하기 어려운 경외를 가지고 있는 터였다.

천공이란 존재는 이 시대의 무인이라면 누구에게라도 인생 최대의 목표가 되기도 하면서도, 한편으로는 지극한 경외의 대상이 될 수밖에 없는 위대한 절대자인 것이다.

상대가 천공이 아니었다면, 또한 염동이란 인물이 과연 천공인지 확인을 하려는 것이 아니었다면, 아무리 거부할 수 없는 명을 받은 처지였다고 하더라도 검신은 결코 화혼, 금괴 등과 공조하는 모양새를 취하는 수치스러움까지 무릅쓰지는 않았을 것이다.

그런 검신이기에 지금 염동이 은근슬쩍 한 어린 청년의 등 뒤로 물러서는 것을 보고는, 그가 과연 고금제일인 천공일 수 있을까 하는 한가닥의 의구심을 강하게 가져 보지 않을 수도 없는 것이었다.

"우리를 찾은 용건이 무엇입니까?"

염동이 내세운 청년은 지극히 태연해 보였다.

그것은 방금 염동이 말한 가주로서의 신분을 아주 당연하고도 자연스럽게 인정하는 것이기도 했다.

그때 검신은 문득 기묘한 압박감을 느꼈다.

그것은 청년의 말에 반드시 답을 해야만 한다는 일종의 묘한 의무감 같은 것이었다.

또한 막상 대답할 말이 마땅하지 않다는 궁색함 같은 것이기도 했다.

"자네가 소산인가?"

"그렇습니다."

"우리는 황명을 받들어 여기에 온 것일세!"

"황명?"

"황제께서는 자네들이 천하의 민심을 어지럽힌다고 여기시네."

그때 소산의 뒤에서 염동이 슬쩍 말을 끼어들었다.

"호? 그렇다면 황제가 귀하들에게 우리를 제거하라는 명령이라도 내렸다는 말이오?"

검신이 염동의 말에 대해서는 대답을 하지 않고 여전히 소산을 향하며 덧붙였다.

"총무대언(總務大言)이 자네에게 따로 전하는 말이 있네."

"총무대언?"

"안문을 말함일세. 황제의 가장 가까운 신하이지. 그가 말하기를, 만약 황제의 앞에 나타난다면 자네는 반드시 목숨을 잃게 될 것이니, 황제의 치세가 계속되는 한에는 결코 세상에 나오지 말라고 했네. 그리하는 것이야말로 자네뿐만 아니라, 예령 소저를 포함해 자네 주변 사람들 모두를 위해서도 최선이 될 것이라고 말일세."

이번에는 소소가 뾰족한 목소리로 물었다.

"왜죠? 황상께서 왜 소산 오라버니를 해치려 한다는 것인가요? 황상은 한때 우리와 함께 거친 강호를 횡단하며 동고동락하던 사이였고, 더욱이 소산 오라버니와는 호형호제의 결의를 맺은 바까지 있었는데?"

그에 검신이 눈빛에 이채를 담고서 소소의 미려한 얼굴을 바라보았다.

그러다 그는 문득 소리 내어 웃으며 말했다.

"허허허! 어린 소저, 그런 복잡한 사정은 노부로서는 조금도 알지 못한다네. 다만 권력이란 것은, 그것이 크고 위대할수록 때때로 보통 사람들로서는 도무지 이해하지 못할 일들을 만들어내곤 한다고 하지."

소소를 대하는 검신의 목소리는 언뜻 온화한 기운을 띠고 있었다.

그러나 그의 온화한 기색은 금세 무겁게 가라앉았다.

잠시 묵묵히 있던 소산이 문득 뱉은 단호한 목소리 때문이었다.

"우리는 멈추지 않을 것입니다!"

검신이 또한 단호하게 말을 받았다.

"자네들은 더 이상 나아갈 수 없네!"

"귀하들께서 팔종이라 해도, 만약 우리 앞을 막는다면 결코 용서하지 않겠소."

이윽고 강경함을 띠고 마는 소산의 말에 검신은 차라리 허탈하게 웃고 말았다.

"허허!"

그러나 다음 순간 검신과 또한 좌우의 화혼과 금괴는 거의 동시에 경악하고 말았다.

그것은 당장에는 그 실체를 짐작해 볼 수 없는 일단의 미묘한 기운이었다.

그런데 그 미묘한 기운은 그들이 미처 기미를 느끼지도 못하는 사이에 이미 그들의 주변 사방으로 넓게 분포되어 있는 것이었다.

그 같은 사실은 검신 등을 순간적으로 칼끝 같은 긴장으로 몰아가기에 충분했다.

검신은 가만히 내공을 운용했다.

가늘게 한줄기의 경력(勁力)을 발출해 본 것이다.

그러나 주위에 분포되어 있는 그 미묘한 기운은 조금도 흐트러지거나 흔들리지 않았다.

그의 경력에 대해 반발하지도, 혹은 끌어당기지도 않고서, 다만 전혀 무관하게 그것 자체로만 여전히 존재하고 있는 것이었다.

그러나 다시 살폈을 때, 그 미묘한 기운이 은연중에 중압감을 더하고 있다는 것을 느끼며 검신은 내심 놀람과 아울러 탄식을 금하지 못하였다.

'이것은 결코 내공에 의한 것이 아니다. 필시 내공의 틀을 넘어선 어떤 새로운 경지의 무공일 것이다. 아아! 과연 천공이구나!'

그러나 검신은 지금 커다란 착각을 하고 있는 것이었다.

그 미묘한 기운은 염동으로부터 비롯된 것이 아니라, 소산으로부터 발산된 것이었다.

바로 소산의 외부 기공간이 활성화되고 있는 것이다.

소산은 분노하고 있었다.

그리고 지금 소산에게는 그를 적대시하는 자에 대해 있는 그대로의 분노를 숨기거나 억제치 않고 표할 힘이 있었다. 그것이 세상의 그 누구라고 해도.

소산의 능력은 이미 고금에 필적할 예를 찾아보기 어려운 전무후무한 절대의 경지에 이르러 있는 것이다.

설령 그렇지 못하다고 해도, 그의 능력이 감히 황제의 절대권능에 맞서기에 터무니없이 부족하다 해도 소산은 반드시 그 절대권능을 향해 부딪쳐 갔을 것이다.

그러나 그것은 이전처럼 소산 자신의 아집과 집착, 혹은 고집이라는 장애나 한계 때문이 아니라, 그렇게 하는 것이 곧 한 여인을 위한 그의 최선이라고 여기기 때문이다.

소산의 분노가 그대로 전이된 것일까.

소산에 한 발 앞서 나와 있던 쌍맹이 돌연 사나운 기색이 되더니 천천히 등 뒤에 걸려 있던 한 쌍씩의 손도끼를 꺼내 들고 있었다.

그 광경을 보며 검신과 금괴 등은 날카롭게 긴장해 있는 중에도 잠깐이나마 엷은 실소를 떠올리지 않을 수 없었다.

그 시커먼 색의 쌍부(雙斧)는 그저 손도끼 정도로 가볍게 쓰일 만한 크기여서, 무기로써는 크게 어울려 보이지 않았다.

더욱이 그들 두 거구의 손에 들려 있는 모습은 장난스러워 보이기까지 하였던 것이다.

쌍맹이 성큼성큼 앞으로 걸어나올 때까지도 검신은 잠시 생각없이 쌍맹의 거동을 바라보고만 있었다.

그러나 그는 이내 묘한 표정이 되고 말았다.

황당하게도 염동을 비롯한 다른 일행들이 순순히(?) 뒤로 물러나고 있는 광경을 보았던 것이다.

마치 그 철없어 보이는 두 덩치가 검신 자신을 포함한 팔왕의 셋을 한꺼번에 맞아나가는 것에 대해 조금의 이의나 의구심조차 없이 아주 당연하고도 자연스럽다는 듯한 기색들이었다.

그때였다.

좌라락!

무언가 빠르게 펼쳐지는 경쾌한 소리는 검신으로 하여금 문득 지금의 상황이 아무래도 심상치 않다는 인식을 가지게 만들었다.

두 덩치의 양 손목에서 무언가 타원형의 막 같은 것이 날개가 펴지듯이 활짝 펼쳐져 있었다.

칙칙한 회색의 작은 방패였다.

그리고 다가서는 두 덩치의 걸음걸이가 문득 급해지고 있었다.

그들은 조금도 주저하는 기색이 없었으며, 이제 폭발적인 투지를 맹렬히 발산하기 시작하고 있었다.

"허어……!"

쌍맹의 양손에서 각기 한 쌍의 손도끼가 맹렬히 돌아가기 시작했을 때, 검신은 부지불식간에 헛바람을 불어내지 않을 수 없었다.

쌍맹의 쌍도끼에서 펼쳐지는 단 일 초의 그 단순무식하기 짝이 없는 초식의 기세는 실로 엄청났다.

바로 팔방풍우(八方風雨)였다.

그때였다.

"놈들!"

검신의 좌측에서 한 사람이 앞으로 달려나가며 쌍맹을 맞아나갔다.

가만히 서 있을 때는 잘 모르겠더니, 일단 발동하여 앞으로 달려나가자 그에게서는 곧바로 천장(天將)과도 같은 위용이 발산되고 있었다.

쌍맹과 버금가는 당찬 체구.

불을 뿜는 듯한 강렬한 안광.

그는 무림 초유로 완벽한 금강불괴지체에 올랐다고 공인되는 인물, 바로 금괴였다.

그때 쌍맹은 순간적으로 좌우로 벌려 섰다.

그럼으로써 맹렬히 돌진해 오는 금괴의 기세를 일시 흘려 버리는 동시에 곧바로 합공의 세를 취한 것이었다.

"허!"

지켜보던 검신의 입에서 다시금 탄성인지 탄식인지 모를 짧은 소리가 흘러나왔다.

그저 단조롭게 휘둘러 대는 듯하더니, 막상 금괴가 뻗어내는 권장퇴와 마주치면서부터 쌍맹의 팔방풍우는 기기묘묘한 변화를 부려내기 시작하고 있었다.

초식은 여전히 단순하기 짝이 없는 팔방풍우 그대로인데, 그것을 펼치는 자세로부터 예측 불가의 변화들이 생성되고 있었다.

서고, 걷고, 뛰고, 심지어는 앉고, 눕고, 엎드리고 하는 등등의 별별 희한한 자세에서 조금도 끊김이 없이, 그야말로 끝없이 펼쳐지는 팔방풍우였다.

또한 그럼으로써 그것은 상대를 쓰러뜨리기 전에는 결코 멈추지 않을 지독한 팔방풍우였다.

쌍맹의 도끼는 점점 더 소름 끼치는 파공성을 만들어내고 있었다.

쐐!

쐐액!

팩!

패애액!

그들의 격돌로 인해 사방의 땅이 패이고, 바위들이 부서지고, 초목들이 뿌리째 뽑혀 허공으로 비산하고 있었다.

쾅!

콰쾅!

끝없이 격돌을 거듭하고 있는 그들은 가히 이 시대 최고의 투사들이요, 전신들이라 할 만했다.

또한 그 경천동지할 힘과 체력에 있어서는 가히 괴물들의 대결이라고 할 만하였다.

검신은 슬쩍 일 장가량을 옆으로 미끄러져 갔다.

문득 밀려드는 한 무더기 극렬한 화기(火氣) 때문이었다.

화혼이었다.

그리고 화혼을 팔종의 반열에 오르게 한, 고금 최고의 화공(火功) 극염마공(極炎魔功)이었다.

그것은 무색무형(無色無形)이었으나 닿는 것은 그 무엇이라도 단숨에 재로 만들어 버리고 말, 극한으로 정제된 화기의 정화였다.

싸아아아아!

극염마공의 극한열기가 주변 공간을 점해 나가면서, 그 주변으로는 급하게 달궈진 기류가 급기야는 기이한 소용돌이를 일으켜 냈다.

그리고 그 극한열기는 곧장 금괴와 무한박투를 벌이고 있는 쌍맹에게로 뻗어갔다.

그런데 그 순간, 다시 한 번의 기변(奇變)이 벌어졌다.

짜자자자작!

그것은 한겨울, 꽁꽁 얼어붙은 깊은 강물에 느닷없이 커다란 균열이 가는 소리와도 비슷했다.

그리고 한순간 허공의 한 면이 커다란 벽을 이루면서 갑자기 청린(靑燐)으로 불타올랐다.

참으로 기이한 광경이었다.

그 청린의 벽은 마치 그것을 경계로 하여, 두 가지 상극의 기운이 극렬하게 대치함으로써 생겨난 듯 보였다.

화혼의 극염마공과 그것에 대응하는 어떤 극한냉기의 치

열한 대치.

그때 화혼이 짧게 외쳤다.

"독?"

그 목소리에 놀란 기색이 짙게 배어 있었다.

화혼이 다시금 감탄조로 말을 뱉었다.

"놀랍구나! 한낱 독 따위로 이 같은 냉기를 일으켜 낼 수 있다니!"

그러나 화혼은 이어 대소를 터뜨리며 덧붙였다.

"으하하하! 재주는 놀랍다만, 어떤 조화를 부린다 해도 그것의 본질이 독인 이상에는 결국 화기와는 상극이 될 수밖에 없는 법! 그러기에 독의 조종이라는 독제조차도 노부 앞에서 만큼은 감히 독을 언급할 엄두를 내지 못하였느니라!"

그때 문득 차가우면서도 맑은 목소리 하나가 담담히 화혼의 말을 받았다.

"귀하는 몹시도 광오하군. 그러나 대저 천하의 모든 이치가 그 궁극에 이르러서는 한곳으로 통한다고 하거늘, 상생상극 또한 어찌 처음부터 정해졌을 것이며, 또한 변하지 않을 이치라고 하겠는가? 독에도 화독(火毒)과 냉독(冷毒)이 엄연히 존재하는 것이니, 독이라고 해서 반드시 화(火)에 대해 상극이 되라는 법은 없을 것이며, 나아가 독의 궁극이 화의 궁극과 굳이 달라야 할 이유 또한 없을 것이다."

당고였다.

화혼이 눈을 가늘게 하며 잠시 당고를 살폈다.

그러나 그는 이내 음침하게 웃으며 말했다.

"흐흐흐! 계집! 너의 말은 그야말로 한낱 잡소리에 궤변일 뿐이다. 한낱 계집 따위가, 더욱이 기껏 독이나 다루는 미천한 주제가 감히 노부의 앞에서 궁극을 논한다는 말이냐?"

이어 청린의 벽이 크게 기세를 더하더니, 돌연 당고 쪽을 향해 거칠게 밀려 나왔다.

그때였다.

"당신은 몹시도 무례하군요. 하지만 우리 당 언니는 당신이 함부로 무례를 범해도 좋을 분이 결코 아니에요."

맑고도 청아하기 이를 데 없는 목소리였다.

그러나 그 목소리는 진득하니 노기가 배어 있었다.

바로 소소였다.

그리고 당고를 향해 밀려오던 청린의 벽이 다시금 크게 불꽃을 일으키며 그대로 멈춰 섰다

파츠츠츠춧!

이어 그 청린의 벽은 이번에는 오히려 반대로 화혼 쪽을 향해 맹렬하게 밀려가는 것이었다.

크게 놀란 화혼이 극염마공을 극성으로 일으켰다.

그러나 청린의 벽은 바로 멈추지 않고 처음에 있던 위치에서 한참이나 화혼 쪽으로 가서 겨우 멈추어 섰다.

그런 과정에서 청린의 벽은 수없이 많은 작은 폭발들을 일

으켰는데, 그 폭발들에는 마치 수천수만 개의 수정 구슬이 한 꺼번에 부딪치는 듯이 기이하게 맑으면서도 격렬한 소리가 동반되었다.

좌르르르릉!

그때 화혼이 격한 노기가 담긴 소리로 외쳤다.

"어린 계집! 너는 또 누구냐?"

그 외침에는 미처 추스르지 못한 당황이 함께 녹아 있었다.

소소가 짐짓 야멸차게 코웃음 치며 대꾸했다.

"흥! 내가 누구인지 당신에게 말해주어야 할 이유라도 있 나요?"

"이……!"

화혼이 격노하여 채 말을 잇지 못하는데, 바로 그때 청린의 벽이 크게 요동을 쳤다.

좌르르룽!

순간 화혼의 얼굴빛은 그대로 흙빛이 되고 말았다.

그때 소소가 차가운 목소리를 발했다.

"독제가 당신을 두려워했는지 모르겠으나, 그는 또한 우리 당 언니에게 패하여 한 줌의 재로 변하고 말았다는 사실을 말 해주지 않을 수 없군요."

그 말에 화혼이 낭패한 중에도 다시금 흠칫 놀라는 기색이 되고 말았다.

그러나 그는 소소가 한 말의 진위를 캐묻는 대신에 당장 자신의 문제부터 묻지 않을 수 없었다.

"너는 방금 어떻게 한 것이냐?"

그때 소소가 돌연 짤랑거리며 웃었다.

"호호호! 당신은 스스로가 몹시도 대단한 것처럼 말을 하였지만, 당신의 식견은 그만큼 대단하지 않은 것 같군요."

"음!"

화혼이 무거운 침음성을 흘렸다.

그리고 바로 그때 화혼은 문득 한가닥의 기이한 향기를 맡을 수 있었다.

화혼이 문득 외쳤다.

"역시 독이었구나. 이것은 무슨 독이냐?"

소소가 담담하게 대답했다.

"독이 아니라 약(藥)이에요."

"약이라고……?"

"그래요. 분명히 약기이니, 보통의 사람에게는 아무런 영향을 미치지 않죠. 굳이 미친다면 오히려 사람을 보(補)하는 쪽이겠죠. 하지만 당신에게는 달라요."

"어린 계집! 지금 노부를 희롱하고자 하는 것이냐?"

그러자 소소의 눈빛이 대번에 차가워지더니 냉랭하게 코웃음을 쳤다.

"흥!"

순간 화혼은 기겁할 듯 경악하고 말았다.

화르르르르!

그의 화기가 돌연 극렬하게 요동치기 시작하였던 것이다.

더욱이 그러한 갑작스러운 현상은 외부로부터의 어떠한 자극이나 반발이 아니라, 극염마공의 자체적인 어떤 작용으로 일어나고 있었다.

그때쯤 그의 극염마공에 대치하던 당고의 독기는 어느새 거두어져 있었던 것이다.

그런데도 화혼은 스스로의 극염마공을 전혀 통제할 수 없는 기이하면서도 다급한 지경에 처해 있었다.

그것은 곧 극염마공의 갑작스러운 폭주였다.

화혼은 필사적으로 극염마공의 폭주를 다스리려 했다.

그러나 그것은 도저히 가능한 일이 아니었다.

"아아!"

화혼이 이윽고는 절망의 탄식을 토해내고 말았다.

그때 극염마공의 폭주는 마침내 정점으로 치달아서 이제 곧 그의 내부로부터 대폭발을 일으키기 직전에 도달해 있었던 것이다.

그런데 바로 그때였다.

단숨에 그를 산산이 흩뜨려 버리고 말듯이 광란하던 내부의 극화(極火)가 어느 한순간 그대로 꺼져 버리는 것이었다. 마치 거짓말처럼.

"아아!"

벼랑 끝으로 몰린 극도의 절망이자, 동시에 그 끝에서 맞은 극도의 안도일 그 한 소리를 토해놓고서 화혼은 그대로 석상처럼 굳어버렸다.

　잠시 후, 화혼은 꽉 막혔던 숨을 겨우 트여내듯이 길고 긴 한숨을 내쉬었다.

　"휴우우~!"

　"노선배님은 방금 자신의 독으로 스스로를 친 것이에요."

　화혼의 안색이 잔잔해지기를 기다려 소소가 차분한 기색으로 말했다.

　그러자 화혼이 망연한 중에도 문득 강한 부정과 의혹이 담긴 시선을 소소에게로 향하며 물었다.

　"독이라니? 일평생 오로지 화기만을 수련해 온 노부이거늘, 이제 그것을 극한으로 정제시켜 화정(火精)의 경지로 승화시킨 노부이거늘, 그런 노부에게 독이 있다니 그것이 어찌 가당키나 할 소리인가?"

　그것은 질책하여 따지는 소리라기보다는 도저히 승복하지 못할 현실에 대해 차라리 간절하게 답을 구하는 소리였다.

　그에 소소가 한결 부드러워진 어조로 다시 말했다.

　"보다 넓은 의미에서 보자면, 독이란 것은 원래 딱히 어떤 정해진 형질이 있는 것이 아니라, 사실은 평형과 균형을 이루지 못하고 있는 상태를 총칭한다고 할 수 있습니다. 그런 점에서 본다면 노선배님은 극단의 화기를 보유하고 계시니, 독인과 마찬가지인 셈입니다. 사실 노선배님의 화기는 그야말로 극한에 도달하여서 오늘이 아니었더라도 필시 가까운 장래에는 노선배님의 통제를 벗어나 폭주하고야 말, 지극히 위험한 극독인 것입니다. 곧 극한의 화독(火毒)인 것이지요."

화혼이 고개를 숙인 채 잠시 묵묵히 있다가 문득 허탈하게 웃으며 말했다.

"허허! 노부는 도무지 믿기가 어렵네! 하면 방금 전에 자네는 도대체 어떻게 한 것인가?"

소소가 담담히 미소 지으며 대답했다.

"저는 다만 제가 가진 약기를 이용해 노선배님의 불균형에 약간의 자극을 주었을 뿐입니다. 물론 저는 훨씬 더 강한 자극을 줄 수도 있었고요. 그리되었다면 노선배님은 지금 이처럼 저와 말씀을 나누고 계실 수는 없었겠지요."

그에 화혼이 이윽고는 아주 망연자실한 모습이 되고 말았다.

"그만!"

나직한 소산의 그 한마디는 악귀나찰과도 같이 날뛰던 쌍맹의 도끼를 단번에 멈춰 세웠다.

동시에 금괴 또한 어떤 불가항력의 힘에라도 눌린 듯 그대로 멈추어 섰다.

금괴의 청삼은 온통 땀에 젖은 채 몸에 착 달라붙어 있었는데, 그 속으로 그의 우람한 동체가 울퉁불퉁한 굴곡을 그대로 드러내고 있었다.

그러나 지금 금괴는 그다지 우람해 보이지도, 더욱이 위대해 보이지는 않았다.

"후우~!"

숨가쁜 호흡을 속으로 가다듬었으나 기어이 길게 한숨을 내쉬고 마는 금괴의 안색은 백지장처럼 창백했다.

그의 앞에는 당장에라도 다시 덤벼들 듯 투지에 불타는 모습으로 쌍맹이 버티고 서 있었다. 그 이름 그대로 한 마리 사나운 범과 용처럼.

검신은 지금 자신의 눈앞에 실제로 펼쳐진 상황들을 모두지 믿기가 힘들었다.

마치 꿈만 같았다.

팔종 중의 금괴와 화혼이 허무하게도 이름도 없는 강호의 신진들에게 잇달아서 무너지고 만 것이다.

그러나 실감이 되지 않더라도, 전혀 상상조차 못했던 일이라도 그것은 엄연한 현실이었다.

바야흐로 한 시대가 가고, 다시 새로운 한 시대가 열리고 있는 것이다.

적어도 그를 비롯한 팔종 중 삼 인이 풍미하던 시대는 끝이 난 것이다.

그러나 이대로 물러설 수는 없었다.

최소한 염동의 실체가 곧 천공이라는 것만큼은 분명하게

확인해야만 했다.

물론 사세(事勢)는 이미 완전히 기울었다고 해야 했다.

사실 그가 금괴와 화혼과 더불어 이곳에 온 것은 처음부터 팔종의 자존심을 접고라도 함께 연수하여 천공의 정체를 확인하고, 나아가 그에게 과연 고금제일이라는 소리를 들을 만한 자격이 있는지 도전해 보려던 욕심까지 있었던 것이다.

그리고 그런 데에는 상대가 천공인 이상, 그들 삼 인의 연수가 그다지 부끄러운 것만은 아니라는, 몰염치의 자위(自慰) 같은 것이 없지는 않았다.

그러나 이제 금괴와 화혼이 엉뚱한 신진들에게 무너져 버린 뜻밖의 사태를 맞고 나서도 검신은 여전히 그 혼자서라도 천공을 향해 검을 겨눠볼 작정을 하는 것이다.

그런 작정에 굳이 황명이라는, 사실은 처음부터 그다지 중요시하지는 않았던 명분을 새삼 끌어다 붙일 일은 아니었다.

다만 평생을 검에 바친 한 사람의 무인으로서 마지막까지 올곧게 세워보고 싶은 마지막 일말의 자존심 같은 것이었다.

그때 검신은 한 자루의 거대한 검으로 화해 있었다.

아니, 그는 그대로였으되 그를 중심으로 집중된 한 무리 거대한 무형의 검기가 그처럼 거대한 한 자루의 무형검(無形劍)을 만들어낸 것이다.

그러나 막상 그는 공수(空手)였다.

검의 신이라 불리는 그는, 처음부터 검을 지니고 있지도 않았다.

사실 그가 검을 가지고 다니지 않은 지는 벌써 수십 년째였다. 검객이되, 검이 필요없는 경지에 도달한 이후부터.

그는 이미 무엇이든 손에 잡히는 것은 검과 마찬가지로 되는 경지를 지났고, 그 검이 자신과 하나로 되는 경지 또한 넘어선 지 오래였다.

그리고 다시 그 스스로가 검이 되는 경지조차 지나 마침내는 그가 속한 공간 자체를 하나의 무형검으로 화하게 하는 지고의 경지에 올라 있는 것이다.

검신은 가만히 염동에게로 시선을 향했다.

그러자 그의 시선을 따라 그 거대하고도 기이한 한 자루 무형의 검이 서서히 그 기세의 검극을 염동을 향해 겨누었다.

순간 한줄기 거대한 무형의 검기가 거칠 것 없는 기세로 곧장 염동에게로 밀려갔다.

고오오오!

그것은 보이는 곳에 이미 검이 이르러 있다는 상상의 경지, 곧 시검일체(視劍一體)의 경지였다.

검신 스스로는 그것이 곧 심검지경(心劍之境)이라고 믿었다.

그에게는 이미 오래전부터 더 이상 나아갈 데가 없는 궁극이었다. 그럼으로써 혹은 넘을 수 없는 한계일 수도 있다는 한가닥의 의심 또한 차마 떨치지 못하고 남겨두고 있는 바이지만.

어쨌든 검신은 최소한 그의 시선이 미치는 범위 안에 상대가 있는 한, 그 상대는 결코 자신의 무형검을 피하지 못할 것임을 확신했다.

물론 모순(矛盾)되게도 지금 천공에게 그의 검을 상대할 또다른 어떤 절대지학이 있는지는 별개의 문제였다.

그런데 바로 그때였다.

"허허허! 노부는 매인 몸이라 함부로 나설 수 없다 이미 말하였거늘, 그대는 어찌 이리도 악착같이 사람을 못살게 구는가?"

검신은 문득 한가닥의 전음을 들었다.

아니, 그것은 전음이 아니었다.

귀에 와 닿는 것이 아니라, 뇌리에 직접 전달되는 기이한 목소리였다.

어쨌거나 그것이 바로 염동으로부터 전해진 것이라는 점은 분명하였다.

그때 염동은 검신을 향해 빙그레 웃고 있었다.

느긋한 어깻짓으로 그 거대하고도 날카롭기 이를 데 없는 무형검의 검극을 슬며시 흘려내며.

"아아! 이것은 도대체……!"

한순간 경악하며 검신은 부르르 전신을 떨고 말았다.

그에 따라 그의 화신인 무형검 또한 허공에서 그 거대한 형상을 부르르 떨었다.

아니, 기실 무형검은 떨지조차 못했다.

아주 요지부동으로 옴짝달싹도 못하고 있었다.

그리고 그때 검신의 무형검은 더 이상 시검일체의 검이 아니었다.

검신의 시선이 소산을 향하고 있는데도 그의 무형검은 조금도 그쪽으로 나아가지 못하고 있었으니까.

그것은 상상 초월의 기현상이었다.

검신의 무형검은 지금, 무형검인 그 형태 그대로 하나의 공간에 완전히 갇혀 버린 상태였다.

물론 그 하나의 공간이란, 바로 소산의 기공간이었다.

염동의 눈빛에는 감추지 못할 은근한 희열이 떠올라 있었다.

그것은 또한 지극한 흥분이기도 했다.

사실 일이 이렇게 된 데에는 어느 정도 염동의 의도가 개입된 바가 없지는 않았다.

그러나 일의 결과가 이와 같이 되리라고는, 그의 기대를 훨씬 초월하는 결과가 되리라고는 염동으로서도 미처 예상하지 못했던 바였다.

염동은 지금 마치 그 자신이 직접 소산의 처지가 되어 있는 듯했다.

가만히 정지하여 있는 것 보이지만 기실은 무림사에 그 유래가 없을 무한 극강의 힘들이 거대하고도 웅장하게 맞부딪치고 있는, 그 극렬한 싸움의 한가운데에 그 자신이 있는 것처럼.

"훌륭하다!"

그 한마디의 감탄은 부지불식간에 뱉어진 것이었다.

그러나 그것은 염동의 진심이었다.

또한 그것은 자신과 비슷한 경지에 오른 새로운 절대자에 대한 호감과 나아가 공감대이기도 했다. 나이를 초월한.

허공에 거대하게 떠올라 있던 검신의 무형검이 한순간 흔적도 없이 사라져 버렸다.

그와 동시에 검신은 크게 신형을 휘청거렸다.

이어 겨우 신형을 바로 세우는 검신의 눈빛으로 숱한 감정들이 빠르게 스쳐 갔다.

경악과 불신, 체념과 허탈, 그리고 다시 차분하고 담담하게.

소산은 담담한 시선으로 검신을 보고 있었다.

그때 검신이 문득 말했다.

"고맙네."

처진 목소리였으나 거기에는 은연중의 존중이 담겨 있었다.

검신의 그 짧은 한마디가 무엇을 의미하는지는 두 사람만이 알 일이었다.

혹은 검신 자신만이 아는 의미일지도 모르겠지만.

소산은 다만 희미한 미소를 떠올릴 뿐이었다.

검신이 시선을 돌려 금괴와, 그리고 이어 화혼과 눈길을 교환했다.

그리고 그들 세 사람이 어떤 합의에 이르는 데는 다만 그 잠깐의 시선 교환만으로도 충분한 것 같았다.

이어 그들은 앞쪽을 향해 가볍게 포권을 취해 보였다. 염동이 있는 쪽이었다.

그리고 검신 등은 간단히 뒤돌아서서 천천히 걸어갔다.

그때 세 사람의 뇌리 속에 동시에 울리는 기이한 목소리가 있었다.

"그대들은 앞으로 노부의 일에 개입하지 마라. 만약 앞으로 다시 한 번 노부 앞에 모습을 보일 때에는 노부는 결코 오늘과 같은 아량을 베풀지 않을 것이다."

그러나 그들은 뒤돌아보지 않았다.

금세 저만치 멀어져 가는 세 사람의 뒷모습은 몹시 쓸쓸하고도 애잔해 보였다.

강호를 발칵 뒤집어놓고도 남을 일대기사(一代奇事)는 그렇게 이루어졌다.

한 시대의 전설을 이루었던 위대한 이들은 그렇게 사라졌고, 다가올 또 한 시대의 새로운 전설을 이룰 신성들이 또한 그렇게 탄생했다.

그러나 아직까지는 아무도 알지 못하는 전설이었다, 오늘
그 전설을 이루고 지켜본 당사자들을 제외하고는.

第八章
집착의 바다

지존
석산평전

"소산 공자에 관한 소식이 들어왔습니다."

안문의 어조는 극히 조심스러웠다.

그러나 황제는 무심한 듯, 혹은 무료한 듯이 가벼운 추임새로만 안문의 말을 받았다.

"음?"

"소산 공자는 지금 황도를 향해 오는 중입니다."

황제의 표정에 약간의 흥미로움이 떠올랐다.

"이곳으로 온다?"

그러나 황제는 이내 다시 무덤덤한 어조가 되었다.

"그것 잘되었군. 지백 등이 그를 찾는 수고를 줄일 수 있을 테니 말이야."

안문의 안색이 더욱 조심스러워졌다.

"하온데……!'

안문의 그런 태도는 극히 드문 경우였다.

그러기에 황제는 대번에 무슨 뜻밖의 변수가 생겼음을 직감할 수 있었다.

"무슨 일이 있는가?"

"검신 등 팔종의 삼 인이 이미 소산 공자 등과 일차로 조우하였습니다."

황제가 약간의 기대와 긴장을 함께 담고서 반문했다.

"그래서?"

"검신과 화혼, 그리고 금괴가 잇달아 패퇴하였습니다."

황제가 언뜻 미간을 좁혔다가 이내 펴며 다시 물었다.

"흠… 과연 천공이란 인물이 대단하긴 대단하군. 팔종 중의 세 사람이 나서고도 그 혼자를 감당하지 못하였으니 말이야?"

"그것이… 천공이 아니라, 소산 공자 등에게……."

그에 황제가 퍼뜩 놀라는 기색이더니 절로 목소리가 높아졌다.

"소산? 지금 그 아이가 팔종의 인물들을 격파하였다는 말을 하고 있는 것인가? 그것도 셋씩이나?"

"소신 또한 믿기 어려운 일이지만, 확인해 본 결과 사실이었습니다. 염동이 과연 천공임은 확인되었으나, 막상 천공은 나서지도 않았다고 합니다. 금괴는 쌍맹에게 가로막혔고, 화혼은 당고와 소소 낭자에게 당하였으며, 마지막으로 검신은 소산 공자에게 패하였다고 합니다."

한동안이나 경악을 감추지 못하다가 황제는 차라리 헛웃음을 뱉었다.

"허허! 쌍맹에 당고와 소소, 그리고 소산이 각기 팔종의 인물들을 물리쳤다? 이거야 원! 아니, 지금 짐에게 그 말을 믿으라고 하는 것인가?"

이어 황제는 호통치듯이 목소리를 높였다.

"검신 등은 어디에 있는가? 짐이 직접 그들의 말을 들어봐야겠네."

그에 안문이 깊숙이 굴신(屈身)하며 대답했다.

"검신 등은 떠났습니다. 아마도 그들은 다시는 강호에 나오지 않을 것입니다."

"으음……!"

순간 황제는 무거운 침음성을 뱉고 말았다.

그러고도 황제는 잠시간을 더 망연해하는 모습이었다.

잠시를 더 기다린 연후에 안문이 조심스럽고도 차분한 목소리로 황제의 망연함을 깨웠다.

"폐하."

"음?"

"아무래도 소산 공자 등에 대해 약간의 방책을 미리 마련해 두는 것이 좋겠습니다."

"방책?"

"그렇습니다. 폐하께서도 익히 아시는 바와 같이, 소산 공자는 지극히 특이한 성품을 지녀서 남의 일에는 좀체 간섭하지 않는 폐쇄적 성격이나, 일단 자신의 영역을 침해당했다고 여기는 일에 대해서는 다분히 격정적이 되고 거침없는 행동으로 대응하는 특성이 있는 인물입니다. 그러니 일단 그가 분노하였다면, 그다음에 어떤 일을 저지를지 예측하기 어려운 것입니다."

그 말을 하고 난 뒤 안문은 흠칫하며 시선을 아래로 떨어뜨리고 말았다.

황제가 문득 날카롭게 그를 직시하였기 때문이다.

물론 안문은 이미 각오하고 있는 바가 있었다.

지금 그가 말하려고 하는 일들은 다분히 황제의 개인적인, 혹은 인간적인 치부에 해당하는 일일 수 있었다.

또한 그럼으로 인해 그가 지금 하고자 하는 말은, 소위 황제의 역린을 건드리는 지극히 위험한 일이 될 수도 있었다.

그러나 바로 그렇기에, 자신이 아니면 누구도 황제에게 그 같은 말을 할 수 없다는 일종의 의무감과 책임감을 안문은 또한 가지고 있는 것이었다.

황제는 천천히 날카로움을 거두었다.

이어 그가 짐짓 실소를 흘리며 말했다.

"허허허! 분노라고 했나? 그가 분노하고 있다는 말인가? 짐에 대해? 무엇 때문에?"

몇 차례나 중첩하여 이어지는 황제의 반문은 마치 황제 스스로에게 하는 독백처럼 들렸다.

그리고 그런 중에 황제는 점차 황제 본연의 대범하고도 위엄스러운 면모를 되찾고 있었다.

"소산 공자는 일전에 스스로 황도를 떠났던 바가 있습니다. 그런데 그런 그가 이제 다시금 황도로 오고 있다는 것은, 그것도 이미 검신 등과 조우하였다면 폐하의 뜻이 어떠하다는 것을 알고도 남음이 있을 터인데도 여전히 걸음을 돌리지 않고 있는 것은, 그의 마음속에 분노가 있다는 의미일 것입니다. 한데 그를 분노케 하여 황도로 오게 만들 만한 일은… 필시 예 소저에 관한 일밖에는 없을 것입니다."

황제의 표정이 미묘하게 변했다.

"예령에 관한 일? 그렇다면 그가 예령의 지금 처지를… 그녀가 스스로를 폐(閉)하여 마치 목각 인형처럼 되어버렸다는 사실을 알고 있고, 또한 그것 때문에 분노하여 이곳으로 오고 있다는 뜻인가?"

안문이 곧바로 대답했다.

"그때 소신이 능운상 등에게 전해 들은 바에 의하면, 소산 공자는 예 소저의 마음이 자신에게 있지 않다고 여겨 실망하며 황도를 떠나는 중에도 마지막까지 그녀를 안위에 대해 능운상 등에게 부탁을 하였다고 합니다. 그리고 그 이전부터도 예 소저에 관한 한 소산 공자의 마음과 정성은 참으로 각별하다고 할 만하였던 것이 사실입니다. 그러니 예 소저의 일 말고는 깊은 마음의 상처를 입고 황도를 떠났던 소산 공자로 하여금, 다시금 황도를 오게 할 만한 이유가 달리 없을 것이기에……."

그러나 그때 황제는 안문의 말을 듣고 있지 않는 듯이 가만히 중얼거렸다.

"또한 그녀가 스스로를 폐하게 된 연유가, 바로 그에게로 가겠다는 것을 강제한 짐의 탓이라 여기고서 지금 짐에게 따지러 오고 있다는 것인가?"

황제가 다시금 망연한 모습이 되어버리자 안문은 당혹스러운 기색을 감추지 못했다.

그러나 애써 당혹을 추스르며 안문이 문득 단호한 어조로 입을 열었다.

"폐하! 그가 어떤 기연을 만나 아무리 그 면모를 일신하여 놀라운 재주를 지니게 되었다고 해도, 결국에는 폐하의 일개 백성에 불과할 뿐이옵니다. 한데 어찌 감히 그런 무례한 생각을 가질 수야 있겠습니까? 만에 하나라도 그가 진정 그런 불측한 마음을 품고 오는 것이라면, 그것이야말로 구족(九族)을 멸할 대역죄이니 당장에라도 황군을 동원하여 그를 응징토록

하여야 할 것입니다."

잔뜩 힘이 들어간 안문의 목소리에 황제는 그제야 문득 안문의 말을 들은 모양이었다.

잠시 안문을 바라보고 난 뒤, 황제는 돌연 크게 소리 내어 웃었다.

"하하하하!"

이어 다소 과장스럽게 손을 내저으며 황제가 말했다.

"아니야, 아니야! 아닐세, 아니야! 짐이 그냥 한번 해본 말일세. 자네가 말했다시피, 소산의 위인됨이 얼마나 독특하였던가? 때로 얼마나 맹목적이고 무모하였으며, 또 때로 얼마나 엉뚱하였던가 말이야. 하하하하!"

마치 재미있는 농담이라도 한다는 듯 말끝에 황제는 다시금 호탕하게 대소를 터뜨렸다.

그러나 안문은 느낄 수 있었다, 황제의 그런 호탕함에 은연중 녹아 있는 불편함을.

그리고 언뜻 스쳐 가는 황제의 눈빛에서 안문은 보았다. 쓸쓸함과 허전함, 그리고 일말의 자괴감과 분노까지를.

황제의 그런 모습은 안문이 야인 시절의 삼황숙 주치에게서는 한 번도 보지 못했던 모습이다.

순간 안문의 눈빛이 그 깊숙한 곳에서 기민하게 반짝였다.

그는 스스로 자부하거니와, 또한 누구도 부인할 수 없는 황제의 심복이다.

한 시대의 잠룡으로 매 순간 목숨을 던질 비장한 각오로 백척간두의 길을 걸었던 삼황숙 주치의 모사였으며, 지금은 반정(反正)에 성공한 황제의 최측근 신하인 것이다.

"방책이 필요하다 하지 않았나?"

문득 묻는 황제의 목소리에 은근한 조급함이 녹아 있었다.

안문이 더욱 차분하게 가라앉힌 목소리로 대답했다.

"폐하, 기실 방책은 이미 마련되어 있사옵니다."

"방책이 이미 마련되어 있다?"

"그러하옵니다. 다만 혹시 있을지 모를 약간의 번거로움을 피하기 위해 미리 폐하의 윤허를 받아놓아야 할 사소한 일들이 몇 가지 있을 따름입니다."

"호? 그래? 그 방책이란 것이 무엇인가?"

안문이 표정을 가다듬은 뒤 천천한 어조로 말했다.

"천공이 가진 재주란 것은 곧 무공이 아니겠습니까? 한데 폐하의 곁에는 지금 인극과 지백이 있으니, 그들 둘이라면 일단 무공으로써 그들을 막는 데는 크게 부족함이 없을 것입니다."

"소산은? 그리고 당고와 소소, 또 쌍맹은? 그들이 모두 다 그 면모를 일신하여 능히 검신 등 팔종의 인물들을 패퇴시킬 정도의 무공을 지니게 되었다고 하지 않았는가?"

그에 안문이 확신에 찬 어조로 대답했다.

"소산 공자 등이 어떤 연유로 능히 검신 등을 상대할 만큼이나 강해졌는지 모르나, 아무리 그렇다 하더라도 지백과 인극의 강함과는 결코 비교할 수 없는 일입니다."

황제가 가볍게 실소하며 다시 물었다.

"허허! 지백과 인극이 합치면 능히 천공을 감당할 수 있다지만, 자네가 일전에 말했던 바 강호에 회자되는 노래에 따르자면, 지백과 인극 또한 검신 등 나머지 다섯 중에서 둘이 합치면 또한 능히 감당할 수 있다 하지 않았는가? 하면 이제 소산과 쌍맹 등이 힘을 합치면 또한 능히 지백과 인극을 상대할 수도 있다는 의미가 되지를 않는가?"

안문이 엷게 미소를 떠올리며 답했다.

"그 노래의 앞 소절은 사실입니다. 그러나 그 뒷 소절은 다만 낭설에 불과하옵니다."

"허?"

"신(臣)의 사승(師承)이 바로 강호의 사정에 가장 정통하다는 귀곡(鬼谷)이거니와 전대로부터 귀곡에 의해 수집되고 분석된 자료들에 의하면, 강호의 전설이라는 팔종에 진정으로 어울리는 인물은 천공과 지백, 그리고 인극에 불과합니다. 굳이 비교하자면, 검신 등 팔종의 아래 서열 다섯을 모두 합쳐도 지백이나 인극 하나를 감당하지 못할 정도인 것입니다."

"오호!"

황제가 자신도 모르게 탄성을 뱉었다.

그러나 그는 이내 반문했다.

"그러나 짐이 직접 보았거니와 검신이나 화혼 등의 재주만 해도 과인(過人)의 정도를 지나 이미 사람의 한계를 넘었다고 할 수 있는데, 하면 지백이나 인극, 나아가 천공의 무공은 가히 신선의 반열에 올라 있기라도 하단 말인가?"

그때 황제의 표정은 사뭇 흥미로운 것으로 되어 있었다.

안문이 짐짓 소리 내어 웃으며 대답했다.

"하하하! 천공 등의 무공이 아무리 고금에 드문 것이라고 하더라도 어찌 신선에까지 비길 수야 있겠습니까? 다만 그들 삼 인의 무공이 팔종의 나머지 다섯과 비교하여 그 차원과 궤를 달리하는 경지에 올라 있는 것은 분명하다고 할 것입니다."

이어 안문은 정색으로 표정을 고치며 다시 말을 이었다.

"또한 반드시 이겨야 하는 싸움이라면, 굳이 무공과 힘에만 의존할 필요는 없을 것입니다. 대저 세상에서 강하다 하고, 혹은 무적이라고 하는 것에도 반드시 한 가지의 약점은 있는 것이 이치이지 않겠습니까? 하여 진정으로 강한 자라면, 자신의 약점을 보호할 방안을 능히 강구하면서, 병행하여 상대의 약점을 능히 찾아낼 수 있어야 할 것입니다."

"허! 자네가 그렇게 말하는 것을 보니, 역시 자네는 이미 필승의 패를 가지고 있는 게 틀림이 없어 보이는군."

굳이 기대감을 숨기지 않는 황제의 물음에 안문이 간결하게 대답했다.

"그렇습니다."

안문의 대답이 너무 확신에 차 보이자 황제가 가볍게 소리 내어 웃으며 미리 치하했다.

"하하하! 그렇군. 하긴 자네야말로 바로 천하제일의 심계를 가진 이가 아니던가?"

황제가 기꺼운 표정을 하고 있다가 문득 궁금하다는 듯이 다시 물었다.

"한데 자네가 가진 필승의 패란 것은 도대체 어떤 것인가?"

안문이 엷게 미소 지은 채로 대답했다.

"소신은 다만 그들의 한 가지 약점을 알고 있을 뿐입니다."

"호오?"

"기실 그 약점은 소산 공자의 약점이되, 그럼으로써 그것은 또한 그를 따르는 모두에게 함께 통할 수 있는 약점이기도 합니다."

황제가 이윽고는 짙은 호기심을 떠올렸다.

"흠……? 그래, 그것이 대체 무엇인가?"

그런데 안문은 문득 황제를 향해 공손하게 읍부터 했다.

그런 다음에 안문이 사뭇 조심스럽게 말했다.

"그에 관해 말씀 올리기 전에 먼저 잠시만 소신의 잡설을 들어주시겠습니까?"

황제가 언뜻 미간을 좁혔다.

그러나 안문이 평소와는 달리 그런 말까지를 하는 데에는 분명 어떤 연유가 있을 것이기에 황제는 이윽고 천천히 고개를 끄덕였다.

안문이 다시금 공손히 읍하고 나서 입을 열었다.

"신이 초야에 있을 때 신의 스승이 이르기를, 원래 심계를 쓰는 데 있어서는 선하고 악한 양면(兩面)의 심계가 있다고 하였습니다."

"흠… 그렇던가?"

"그 이득의 크고 작음에 차이는 있을지언정 나와 상대가 함께 이득을 보는 상생의 심계야말로 선의 심계라고 할 것이며, 나는 살고 상대는 반드시 죽이고자 하는 상극의 심계는 악의 심계라고 하겠습니다."

안문이 잠시 말을 멈추었는데, 그때 황제의 얼굴은 언뜻 굳어져 있었다.

잠시의 숨 막히는 시간이 흐른 후, 안문은 다시 조심스럽게 말을 계속했다.

"소신이 소산 공자에게 대해 가지고 있는 필승의 패는 바로 후자의 심계입니다. 곧 상극의 심계인 것입니다."

그때 황제에게서 한 소리 깊은 침음성이 흘러나왔다.

"으음!"

그것은 마치 억지로 참고 있다가 더 이상 참을 수 없어서 내뱉고 마는 신음과 비슷하게도 들렸다.

안문이 다시금 잠깐의 틈을 두었다가 더욱 조심스럽고도 무겁게 말했다.

"신은 감히 청하옵니다. 신이 가진 그 패는 오로지 신만이 알도록 하여 주시고, 또한 신이 임의로 쓸 수 있도록 윤허하여 주시옵소서!"

황제는 한동안이나 묵묵하니, 그리고 지긋한 눈길로 안문을 바라보고 있었다.

그러다 황제는 이윽고 가만히 고개를 끄덕였다.

황제의 표정에는 어느새 느긋한 여유가 녹아 있었다.

아마도 그 여유는 지금 안문이 보이고 있는 확신 때문일 것이다.

즉, 안문의 확신이 무엇으로부터 비롯되는 것인지는 굳이 묻지 않았으되, 일단 안문이 확신을 하고 있는 이상 그것은 이미 기정사실이나 마찬가지라는 절대적인 신뢰로부터 나오는 여유일 것이다.

그리고 황제의 여유는 또한 안문의 말속에 절절하게 녹아 있는 충성심 때문일 것이다.

황제에게 안문은 그런 존재였다.

어떠한 어려움에 대해서도, 또한 다른 사람에게는 차마 보이지 못할 곤란함에 대해서도, 그에게는 쉬이 떠맡기고 미루어도 좋은 그런 존재.

수족과도 같으며, 그 어떤 경우에도 충성심을 의심할 필요가 없는 그런 존재.

충복(忠僕)이자 때로는… 충직한 견마(犬馬)와도 같은 그런
존재.

*　　　*　　　*

"여전히 너는 아름답기만 하구나!"

사내와 마주 앉은 여인은 참으로 아름다웠다.

이제 이십대 중반쯤으로 접어드는 나이의 여인으로서는
가지기 어려운 성숙한 기품과 함께 또한 소녀 같은 청초함이
함께 어우러져 풍기는 가히 화용월태(花容月態)의 미모요, 자
태였다.

만약 그녀의 얼굴에 살짝 미소라도 드리워진다면 아마도
그 눈부심을 감히 마주 볼 수 있는 사내는 없을 듯하였다.

그러나 여인은 무표정하기만 했다.

뿐만 아니라 여인의 눈은 비록 사내를 향해 있었으나, 막상
그 시선은 그 사내의 눈이 아니라 그저 허공에다 망연히 놓아
두고 있을 뿐이었다.

사내는 여인의 무관심에 대해 크게 개의치 않는 듯했다.

그럼으로써 사내는 독백을 하고 있는 것이었다.

"그가 오고 있다는구나."

불쑥 그렇게 말해놓고는 잠시간을 묵묵히 있던 사내는 나

직하게 독백을 이어갔다.

"안문이 말하기를, 어찌 된 일인지 지금의 그는 팔종 중에 검신을 패퇴시킬 만큼의 놀라운 능력을 지니게 되었으며, 더욱 놀랍게도 그의 가신임을 자처하는 염동이 바로 팔종의 으뜸인 천공이라는구나. 그리고 그가 이곳을 향해 오는 이유는 바로 너 때문일 것이라고 하더구나. 네가 이런 처지에 놓이게 된 것을 알고서 말이다. 그는 필시 크게 분노하였을 것이고, 너를 이렇게 만든 자에게 그 책임과 잘못을 따지려 하겠지? 그렇다면 그 따짐의 대상은 바로 내가 되어야 하는 것인가?"

여인의 대답을 기다리기라도 한다는 듯 잠시간 물끄러미 여인을 바라보던 사내가 문득 여인을 향해 다시 물었다.

"만약 그가 와서 함께 떠나자고 한다면 너는 어떻게 하겠느냐?"

그러나 사내는 이내 쓰게 웃으며 자답(自答)했다.

"후후! 너는 조금도 망설이지 않고 그를 따라나서겠지?"

그리고 사내는 다시 고개를 가로저으며 덧붙였다.

"아니, 아니지! 그가 와도, 그와 함께 천공이 온다 해도, 그들로서도 너를 깨어나게 하는 것은 불가능할 터이니, 너는 그에게도 나에게 하는 것과 마찬가지로 오로지 침묵으로만 응대할 수밖에 없겠지?"

순간 사내는 여러 가지의 감정들이 복잡하게 교차하는 듯했다.

"사실, 지금 내가 맛보고 있는 이 참담한 심정을 그에게도 똑같이 맛보도록 해주고 싶기도 하다. 말을 받아주지도 않고, 미소를 지어주지도 않으며, 심지어는 눈조차 맞춰주지 않는 너를 마주 대하고 있어야 하는 이 참담한 심정을 말이다."

그리고 사내는 문득 소리 내어 웃었다.

"하하하! 그러나 나는 그러지 않기로 했다. 대신 나는 너를 지키기로 했다. 그 누구도 넘볼 수 없도록 말이다. 하하하! 그럼으로써 너는 영원히… 죽어서까지도 영원히 나의 소유가 되는 것이다."

그리고 다시 사내는 한동안이나 침묵을 지켰다.

자신의 웃음소리와 어조에 배인 지독한 분노와 증오를 삭이기라도 하듯이.

잠시 후, 다시 말을 이어내는 사내의 목소리는 차갑게 가라앉아 있었다.

"그가 오더라도 그는 결코 너를 데려가지 못할 것이다. 결코! 내가 그렇게 만들 것이기 때문이다. 어쩌면… 그가 굳이 고집을 부린다면… 그는 죽을지도 모른다. 물론 나는 일이 그런 지경까지 이르는 것을 굳이 바라지 않는다. 그러나… 황제의 자리란 그런 것이다. 내가 바라지 않아도 나의 권위와 위엄을 지켜내기 위해 목숨까지 내걸고 부단히 노력하는 셀 수 없이 많은 자들이 있게 마련인 것이다. 그러니 만약 그에게 어떤 불상사가 생긴다면 그것은 결코 나의 탓이 아니다. 그것은 어디까지나 끝까지 어리석고도 무모한 고집을 꺾지 않은 그 자신의 탓일 것이다. 그리고 또한… 너의 탓일 것이다."

그리고 사내는 거칠게 자리를 박차고 일어나 성큼성큼 걸어서 대전을 나가 버렸다.

사내는 바로 황제였다.

망연한 시선을 내내 허공에만 두고 있던 여인의 미려한 봉안(鳳眼) 주변으로 언뜻 한 차례의 미미한 떨림이 생겨나는 것 같았다.

그러더니 그 차갑도록 선명한 눈동자 위로 엷은 습기가 가만히 번졌다. 마치 착각처럼.

그녀는 바로 예령이었다.

*   *   *

지난 며칠간 내내 황도는 마치 전란(戰亂)이라도 도래한 듯 온통 삼엄한 분위기에 휩싸여 있는 중이었다.

백만 금군(禁軍)이 황도로 통하는 경계에서부터 황도의 주요 지점과 길목들에 이르기까지 물샐틈없이 배치되어 있기 때문이었다.

특히 황궁의 주변으로는 십만의 정예군이 그야말로 철통의 경계를 서고 있었다.

그러나 황도의 백성들이 특별히 동요하는 것은 아니었다.

조정의 사전 포고를 통해, 그 갑작스러운 일련의 소란들이 다만 유사시 황도와 황궁의 방어를 위한 대대적인 군사훈련이라는 것을 알고 있는 때문이었다.

그 일련의 조치들은 안문에게서 나온 것이었다.

물론 아무리 백만에 달하는 숫자라도 군사들로서 이미 팔종의 반열에 올라 선 소산과 그 일행을, 더욱이 고금제일인인 천공을 여전히 막기는 어려운 일이었다.

만약의 상황이 발생할 경우, 황제의 최종 안위를 지키는 것은 당연히 인극과 지백이 할 일이었다.

다만 안문은 소산과 천공 등에게 다시 한 번 분명히 인식시켜 주고, 또한 확실히 과시해 두고자 하는 것이었다.

그들이 감히 거슬러 도전하려는 상대가 바로 만인지상의 황제이며, 황제의 권한이 얼마나 막강한 것인지, 왜 무소불위의 권능이라고 하는지에 대해서 말이다.

*   *   *

깊은 밤.

상현(上弦)달은 구름에 가려 있고, 세상은 온통 희뿌연 어둠에 잠겨 있었다.

그때 까마득한 상공에 희미한 형체 하나가 나타났다.

서남쪽으로부터 갑자기 나타난 정체 모를 그 물체는 아주 부드럽게, 그러나 실은 지극히 빠른 속도로 야공을 가로지르고 있었다.

이윽고 황궁의 직(直) 상공 즈음에 도달한 그 물체는 문득 이동을 멈추었다.

그리고는 서서히 아래로 하강하며 점차 그 분명한 형체를 드러냈다.

아아! 그것은 믿을 수 없게도 한 마리의 새였다.

활짝 펼친 양 날개의 길이가 근 십여 장에 이르는 그 거대한 동체는 차마 새라고 말하기 어려운 데가 있었지만, 그 생긴 모양새가 새임에는 분명했다.

그 거대한 새는 대략 이십여 장 높이의 허공에서 하강을 멈추고는 마치 하나의 섬처럼 유유히 떠 있었다.

그리고 어느 순간 새의 등에서 몇 개의 점들이 아래로 떨어져 내렸다.

까마득한 높이임에도 그 점들은 마치 깃털처럼 유유히, 그리고 소리없이 낙하했다.

그리고 다시 한순간, 허공 위에 마치 하나의 섬처럼 떠 있던 그 거대한 비행체는 퍽, 하고 꺼지듯이 갑자기 사라져 버렸다.

아니, 안력이 강한 사람이 자세히 보았다면 새의 거대한 동
체가 사라진 바로 그 자리에 아주 잠깐 나타난 한 마리 작은
박쥐의 형상을 보았을 것이다.

비록 그 희미한 백색의 형상은 이내 완전히 투명하게 변해
흔적도 없이 사라져 버렸지만 말이다.

황제의 침궁(寢宮).

단 한 채의 전각인 침전(寢殿)이 그 한가운데에 위치하고
있을 뿐, 그 외에는 사방이 모두다 잘 가꿔진 정원과 연못, 그
리고 가산 등이 전부인 곳이다.

그러나 그곳이 바로 황제가 침수를 드는 곳이기에 늘 중무
장한 일천의 금위군이 물샐틈없는 경호를 펼치고 있고, 더하
여 또 다른 정예 군사 일천이 눈에 보이지 않는 기관에 의지
하여 매복을 펼치고 있는, 그야말로 천하에서 가장 삼엄한,
가히 나는 새도 근접하지 못할 철통의 경비가 펼쳐져 있는 곳
이다.

침전으로부터 삼십여 장 떨어진 자그마한 하나의 가산 근
처.

지금 그곳으로 일단의 인물들이 허공으로부터 떨어져 내
리고 있었다.

그들은 바로 양팔에 당고와 소소를 안은 소산과 또한 한 손
에 하나씩 쌍맹의 뒷덜미를 움켜잡은 자못 우스꽝스러운 모

습의 염동이었다.

그런데 그들이 소리도 없이 막 땅 위에 내려서는 바로 그 순간이었다.

"발사!"

어디선가 나직하면서도 단호한 외침이 들렸고, 그 즉시로 사방에서 일제히 화살이 날아왔다.

슈슈슈슉!

쏴아아아!

아아! 엄청난 화살의 숲이었다.

일천의 군사가 강궁(强弓)으로 일제히 퍼붓는 화살의 세례는 마치 소나기처럼, 우박처럼 허공을 통째로 덮치고 있었다.

그때 새카맣게 쏟아지는 화살 속에서 누군가의 외침이 있었다.

"조카들! 길을 열어!"

염동이었다.

그리고 바로 이어 난데없는 우렛소리가 울렸다.

우르릉!

우르르릉!

그러더니 그것은 이내 벼락치는 소리를 동반하였다.

쾅!

우르르릉!

콰앙!

우르르릉!

이어 가산 부근에서는 갑자기 맹렬한 소용돌이 하나가 형성되며 거세게 공중으로 솟구쳤다.

이내 주변의 초목과 흙 등이 빨려 들어가면서 소용돌이는 삽시간에 거대한 바람의 기둥 하나를 만들어내는 것이었다.

그것은 하나의 작은 폭풍이었다.

곧 쌍맹의 대폭풍신법이었다.

우르르릉!

콰쾅!

우르르릉!

콰콰쾅!

폭풍의 소용돌이는 더욱 요란한 굉음을 울렸고, 소용돌이를 중심으로 하여 반경 이십여 장 주변은 뿌옇게 휘날리는 흙먼지로 인해 앞을 분간하기 어려운 혼돈지경으로 화하고 말았다.

그런 중에 소용돌이는 다시 맹렬하게 움직이기 시작했다.

황제의 침전을 향하여 나아가기 시작한 것이다.

"막아라!"

금의위 진영 중에서 누군가 급박하게 명령을 하달했다.

그러자 군사들이 당황한 중에도 소용돌이의 중심을 향해 일제히 강궁을 발사했다.

슈슈슉!

슈슈슈슉!

그러나 화살은 더 이상 위력적이거나 효과적이지 못했다.

그저 소용돌이에 휩쓸려 먼지기둥의 일부로 화할 뿐이었다.

오히려 그 화살 공격은 소용돌이를 자극시킨 것 같았다.

소용돌이가 갑자기 이리저리 방향을 바꾸면서 사방을 마구 휩쓸기 시작하는 것이었다.

그 기세가 마치 광란하는 듯이 격렬하여서, 아예 주변의 모든 바닥을 뒤집어놓고 말 듯했다.

와르릉!

콰쾅!

와르르릉!

콰콰쾅!

이제 공중에는 어린아이 머리통만 한 돌멩이들까지 춤추며 날아다니는 지경이라, 기관에 의지하지 않은 군사들은 감히 서 있을 엄두도 내지 못하고 아예 바닥에 배를 깔고 엎드려 공포에 젖은 비명만 내지를 뿐이었다.

그 통에 소용돌이에 휩쓸리고, 또 이리저리 내몰리며 군사들이 사방에서 내지르는 비명 소리와 공포에 겨운 고함 소리가 요란하였다.

"으아악!"

"으아아아!"

그런 중에도 기관에 의지해서 매복해 있는 군사들은 악착같이 화살과 각종의 암기들을 발사하고 있었다.

그 사이로 군사들을 독려하는 소리며, 호통 소리, 그리고 함성들이 또한 어지럽게 뒤섞였다.

"물러서지 마라!"

"쏴라!"

"와아아!"

그같이 사방이 혼란의 극에 이르고 있을 때였다.

"멈추시오!"

그것은 결코 큰 소리가 아니었다.

오히려 나지막하고 조용하였다.

그러나 그것은 또한 장내의 모든 시끄럽고 요란한 굉음과 소음들을 일시에 누르고 모두에게 선명하게 들렸다.

가장 먼저 쌍맹이 우뚝 멈췄다.

그럼으로써 그들의 대폭풍신법이 일으켜 내던 모든 소란과 소음들이 또한 일시에 멈추었다.

그리고 군사들이 일제히 멈추었다.

활을 쏘는 것을 멈추었고, 호통치고 달리는 것을 멈추었으며, 심지어는 바닥에 쓰러져 있던 자들의 신음마저 멈추었다.

그런데 그 한마디의 나지막하고 조용한 소리가 바로 소산의 것이었기에 쌍맹이야 즉시로 제자리에 멈춰 설 이유가 있겠다고 하여도, 자그마치 이천여에 이르는 군사들이 일제히 멈추어 버린 것은 참으로 기이한 일이라고 해야만 했다.

그때 소산이 예의 그 나지막한 목소리로 다시 말했다.

"우리 앞을 막지 마시오!"

순간 장내에는 다시금 도무지 이해할 수 없는 일들이 벌어졌다.

이천의 군사는 일제히 양쪽으로 갈라서며 소산 등이 있는 가산에서부터 황제의 침전까지에 이르는 넓은 길을 만든 것이다.

오히려 어리둥절해진 것은 소소와 당고 등이었다.

소산의 나지막한 한마디에 수천의 군사들이 일제히 순한 양 떼처럼 움직이고 있으니, 그야말로 귀신에 홀린 심정이 되는 것은 당연했다.

소산 일행은 군사들의 사이로 천천히 걸어나갔다.

그런데 그들이 바로 앞을 지나가는데도 군사들은 결코 경계하거나, 혹은 두려워하는 기색이 아니었다.

군사들이 얼굴에 떠올리고 있는 것은 소산 등을 위해 길을 열어주고 있는 자신들의 행위에 대한 수긍, 혹은 당연히 비켜서야만 한다는 일종의 당위성 같은 것이랄까?

소산이, 아니, 그의 목소리가 앞을 막지 말라고 한 것이 마치 그들에게는 지상명령이라도 되는 듯이 말이다.

절대삼음(絶對三音)!

그것은 바로 절대삼음이었다.

그 제일음(第一音) 춘추화음(春秋和音)은 상생상극의 이치를 극대화하여 천지만물의 희로애락을 지배한다.

그 제이음(第二音) 파천무음(破天無音)은 다시 두 단계로 나뉘는데, 그 제일단계는 파천음(破天音)으로, 음을 초(超) 집중시킴으로써 그 대상이되는 것을 단숨에 파괴해 버린다.

파천무음의 두 번째 단계는 무음(無音)으로, 소리없이 대상체의 내부를 가루로 만들어 버린다.

그 제삼음(第三音) 조화음(造化音)은 마음의 소리로 천지만물의 생사와 조화의 이치를 온전히 지배한다.

지금 소산의 목소리에 가미된 것은 바로 제일음인 춘추화음의 완성된 형태였다.

침전의 문이 활짝 열렸다.

그 안쪽으로 보이는 광경은 생각외로 단출하였다.

그다지 화려하다고 할 수 없는 몇 가지 비품들과 가구들이 전부였고, 그 외에는 침전치고는 넓다는 느낌이 드는 그저 휑한 공간일 뿐이었다.

다만 가장 안쪽으로는 커다란 비단 휘장이 처져 있었다.

아마도 그 휘장의 뒤쪽에 황제의 침상이 있으리라.

휘장의 앞쪽에는 각기 비상하는 용과 봉의 문양이 금박으로 치장된 크고 작은 두 개의 의자가 놓여 있었는데, 지금 봉의 문양으로 장식된 좌측의 의자에는 한 여인이 다소곳이 앉아 있었다.

그런데 용의 문양이 황제의 상징이라면, 봉의 문양은 바로 후(后)나 비(妃)를 상징하는 것일 터이고, 더욱이 황제의 침전에서 저렇게 태연히 앉아 있다는 것에서 여인의 신분은 쉽게 짐작해 볼 만했다.

여인의 바로 곁과 의자 뒷쪽으로 각기 한 사람씩이 시립하듯이 서 있었지만, 소산의 눈은 처음부터 오로지 여인에게로만 고정되어 있었다.

여인이 바로 예령이기 때문이었다.

예령 또한 소산을 바라보고 있었다.

그러나 예령은 막상 소산에게 눈을 맞추지는 않고 있었다.

마치 일부러 시선을 피하는 것처럼, 예령은 초점을 허공에다 두고 있었는데, 그 표정마저 무표정하기만 했다.

소산의 얼굴로 문득 깊은 슬픔이 스쳐 지나갔다.

그때였다.

"소 공자! 오랜만이오! 허허! 한데 우리의 인연이 이렇게 야박한 재회를 해야 할 정도로 가벼운 것은 아닐 터인데……!"

조심스럽게 탄식하는 목소리의 주인공은 바로 안문이었다.

예령의 곁에 시립하여 섰던 자가 바로 안문이었던 것이다.

그러나 소산은 안문의 말을 듣지 못한 것처럼 여전히 묵묵하게 예령에게로만 시선을 주고 있었다.

안문의 미간이 언뜻 좁혀졌다.

"본관은 지금 황제 폐하를 모시는 신하의 처지이오. 그러니 공사를 구분하여 말하지 않을 수 없음을 이해해 주시기를 바라오."

그리고 잠시 틈을 두었다가 다시 이어지는 안문의 어조는 사뭇 근엄하였다.

"오늘 밤 공자가 무단으로 궐을 범한 행위는 그 죄가 실로 엄중하기 짝이 없다고 할 것이오. 한데, 비록 서로의 신분을 밝히지도 않은 채로 잠시간 맺은 인연에 불과하다고는 해도 황상과 공자의 친분이 결코 가벼운 것이라고는 할 수 없을 터인데, 어찌하여 공자는 지금 이와 같이 무도한 짓을 범하고 있는 것이오?"

그제야 소산은 천천히 예령에게서 눈길을 거두며 안문을 향했다.

그때 소산은 애써 표정을 담담하게 만들었으나, 눈빛에 서린 착잡함은 여전히 지워내지 못하고 있었다.

그런 때문인지 안문의 어조가 다소간 부드러워졌다.

"소 공자, 공자는 지금의 예 소저가 이미 과거의 신분과 처지가 아니란 걸 진정 알지 못하는 것이오?"

그 말에 소산의 표정이 문득 굳어졌다.

그리고 이윽고는 질리듯이 창백하게 변하고 말았다.

안문이 안타깝다는 기색이 되며 다시 말했다.

"소 공자, 예 소저에 대한 공자의 마음이 어떠하다는 것은 능히 짐작하고도 남음이 있소. 그러나 공자가 진정 그녀를 위한다면, 황상의 진노를 사기 전에 이대로 조용히 물러가 주시오. 그리고 다시는 황상과 예 소저의 앞에 나타나지 마시오. 그리하면 예 소저는 가장 고귀한 여인으로 인세의 모든 부귀영화를 누릴 것이오. 또한 그리하는 것만이 공자 자신과 또 한때 각별한 인연들을 맺었던 다른 모두에게도 가장 바람직한 일이 될 것이오."

소산은 대답을 하지 않았다.

다만 다시금 시선을 예령에게로 돌렸다.

묵묵히 한참을 바라보다가, 어느 순간 소산은 몸을 돌렸다.

그리고 천천히 걸음을 내딛는 소산의 등을 보고 있는 안문의 얼굴로 가만한 안도의 기색이 스쳤다.

안문은 알고 있는 것이다.

소산이 이곳까지 온 목적이 오로지 예령의 안위를 확인하기 위함이었으며, 이제 그 목적을 이루었으니 다시 떠나려 함을.

이대로 돌아간다면 아마도 소산은 그가 당부한대로 다시는 예령의 앞에 나타나지 않을 것이다.

그가 아는 소산은 그런 인물이었다.

그런데 그때였다.

"예령 언니! 오라버니는 오로지 언니를 보기 위해서 수천 리 길을 쉬지 않고 달려왔어요!"

소소였다.

그러나 그 안타까운 외침에도 불구하고 예령은 여전히 조금의 반응도 보이지 않았다.

허공에다 막막하게 둔 눈길조차도 그대로였다.

소소의 눈빛이 문득 반짝하며 이채를 떠올렸다.

그리고 새삼 유심하게 예령을 살피더니, 문득 크게 외쳤다.

"오라버니! 예 언니를 다시 보세요. 언니가 이상해요. 언니는 지금 결코 정상이 아니에요."

그 말에 망연한 모습으로 벌써 저만큼이나 걸어가고 있던 소산이 흠칫 걸음을 멈추었다.

그리고 천천히 돌아서는 소산의 눈빛에는 한가닥 맑은 날카로움이 서려 있었다.

이어 안문이 뭐라고 입을 열 틈을 갖기도 전에 소산이 먼저 말을 꺼냈다.

"그렇군요. 다시 살펴보니 예 소저는 결코 안온(安穩)해 보이지 않는군요. 하여 나는 한 가지를 확인해 보아야만 하겠소."

안문이 대번에 딱딱하게 표정을 굳혔다.

그가 사뭇 무겁게 가라앉힌 목소리로 말했다.

"공자, 본관이 이미 충분히 말하지 않았소? 황궁의 법도는 지극히 삼엄하오. 공자의 방금 그 몇 마디 말만으로도 공자 자신은 물론이거니와, 그것으로서 곧 예 소저의 안위마저 크게 위태롭게 만들었다는 사실을 어찌 생각지 못하시오?"

그러나 소산은 이미 완연히 차분해진 얼굴이었다.

그 차분한 눈빛에서 안문은 언뜻 몇 가지 기억의 편린들을 떠올리지 않을 수 없었다.

과거 그런 얼굴일 때의 소산이 자신이 하고자 하는 바에 대한 고집을 결단코 꺾지 않았다는 사실을.

과연 그때 이어지는 소산의 어조는 여전히 차분하되 꺾이지 않을 확고한 의지를 담고 있었다.

"나는 다만 그녀가 편안하다는 사실만 확인하고자 할 뿐이오. 그러니 그녀에게서 괜찮다는 말 한마디만 들을 수 있다면, 나는 그 즉시로 돌아갈 것이오."

그러자 안문은 곧바로 호통을 쳤다.

"그대가 대체 무엇이기에 감히 황상의 여인에 대해 그 안위를 묻겠다는 것인가? 또한 감히 그 옥음을 굳이 듣겠다고 하는 것인가? 그대의 그런 망발이 곧 황상을 능멸하는 대역죄임을 진정 모른다는 말인가?"

그러나 그 신랄한 꾸짖음에도 소산은 조금도 동요하는 기색이 없었다.

소산이 물었다.

"그럼에도 내가 굳이 해야겠다면 당신은 어떻게 할 것이오?"

그 말에 기이한 차가움이 서려 있었기에, 순간 안문은 흠칫 표정을 굳히고 말았다.

그러나 안문은 이내 무겁게 안색을 가라앉혔다.

그리고 위엄을 담아 차갑게 말했다.

"지금 본관이 하는 말은 공자를 위해 하는 마지막 충고요. 또한 마지막 경고이기도 하오. 소 공자, 만약 공자가 그처럼 무모하고도 무엄한 고집과 망발을 계속하여 부린다면, 결국에 공자는 공자가 그처럼 소중하게 여기는 것들을 반드시 잃게 될 것이오."

소산이 안문을 직시하며 짧게 물었다.

"무슨 뜻이오?"

소산의 말투가 돌연 냉랭해졌다.

그러나 안문은 소산의 눈길을 피하지 않고 정면으로 받아내며 대답했다.

"황상은 만백성 모두의 우러름을 받는 만인지상의 존체요. 하니 황상의 위엄은 그 어떤 순간에도 결코 조금이라도 훼손되어서는 안 되는 법이오. 만약 그럴 가능성이 조금이라도 있다면, 차라리 그 원인이 되는 것을 스스로 깨어버리는 한이 있더라도 말이오. 그렇게 하여서라도 반드시 지켜져야만 하는 것이 바로 만인지상으로서의 절대권위인 것이오. 그런데 지금 소 공자는 황상의 여인을 희롱하고자 하고 있소. 그것은 당연히 황상의 위엄을 크게 손상시킬 것이오. 하면 본 관이 어떻게 할 것 같소? 소 공자, 이래도 내가 무엇을 말하고자 하는 지 모르겠소?"

그때 듣고 있던 소소가 돌연 크게 분개하며 짜랑하게 외쳤다.

"안 노사! 당신은 지금 감히 예령 언니의 안위를 미끼로 우리를 협박하고 있는 것인가요? 당신이 지금 그처럼 간사한 심계를 쓰는 것만으로도, 과연 당신들이 예 언니에게 무슨 짓을 범한 것임에 틀림이 없다는 것을 익히 알겠군요."

이어 소소는 소산과 주변의 사람들을 한번 돌아보고 나서 더욱 격앙된 어조로 덧붙였다.

"예 언니가 지금 의식이 있긴 하되, 스스로의 의지를 표현하기는 불가능한 처지에 놓여 있으니, 당신들은 예 언니께 도대체 무슨 짓을 한 것이죠?"

그러나 안문은 소산 이외의 다른 사람은 상대하지 않겠다는 듯이, 여전히 소산에게로만 무거운 시선을 고정시켜 놓고 있었다.

그때 소소는 어느 정도 흥분을 추스른 듯했다.

그녀가 냉랭하게 안문을 쏘아보며 다시 말했다.

"당신은 예전의 그 안 노사가 아니로군요. 하지만 우리 또한 예전의 우리가 아니란 점을 당신은 명심해야만 할 거예요. 이곳이 아무리 황궁이고, 또한 당신이 그 어떤 야비한 술수를 준비해 두었다고 하더라도, 우리에게도 귀하는 물론이고, 그 누구라도 응징할 방법이 최소한 몇 가지는 있다는 점을 말이에요."

안문이 그제야 착잡한 기색으로 대답했다.

시선은 여전히 소산을 향한 채였다.

"알고 있소. 그사이 어떤 기연을 얻었는지는 모르겠으되, 소 공자를 비롯하여 소소 낭자와 당고 낭자, 그리고 쌍맹까지 모두 세상을 놀라게 할 만한 경천의 능력을 지니게 되었다는 것을. 뿐만 아니라 팔종의 수좌(首座)를 차지하고 있으며, 무림인들이 고금제일인이라고 숭앙해 마지않는 천공이 바로 저기 염 공봉이라는 것을. 그러니 지금 그대들의 능력과 역량으로 마음먹어 하지 못할 일이 드물 것이라는 사실은 능히 상상하고도 남음이 있소."

그 대목에서 안문은 의도적으로 잠시 말을 끊은 다음에 다시 이었다.

"그러나 본관은 또한 알고 있소. 그럼에도 불구하고 소 공자의 허락없이는 그대들이 결코 함부로 행동에 나서지 않을 것임을."

그때였다.

묵묵히 안문에게 시선을 주고 있던 소산이 문득 물었다.

"당신은 내게 방법이 없을 것이라고 여기시오?"

듣기에 그저 가벼운 투였다.

그러나 소산의 그 말에는 무언지 모를 기이한 위엄과 두려움 같은 것이 내재되어 있었다.

그러기에 순간 안문은 자신도 모르게 부르르 어깨를 떨고 말았다.

동시에 안문의 눈빛에는 무언지 모를, 어쩌면 자신도 미처 인지하지 못했을 한가닥의 불안감이 서렸다.

그러나 안문에게서 그 일말의 불안감은 이내 사라졌다.

안문이 한결 진중한 표정이 되며 말했다.

"그렇소. 본관은 공자가 결코 경거망동하지 못할 것이라는 것을 감히 장담할 수 있소."

이어 안문은 소산에게서 눈길을 돌려 예령의 의자 뒤쪽에 선 인물을 향했다.

그는 회색 무복 차림의 노인이었다.

사실 그는 침전의 문이 열릴 때부터 줄곧 그 자리를 지키고 서 있었다.

그러나 안문이 굳이 그의 존재를 일깨운 지금에야 비로소 사람들의 새삼스러운 관심을 받게 되었다.

그것은 노인이 평범하기 때문이었다.

너무도 평범하여 가만히 있을 때는 그 존재감이 확연하지 않을 정도로.

시선으로 노인을 가리킨 채로 안문이 말했다.

"저 노인이라면 그 개인의 능력에 있어서는 비록 공자나,

더욱이 천공에게는 미치지 못할지 몰라도 그러나 본관이 좀 전에 말한 바대로 황상의 위엄을 지켜내는 일은 능히 가능할 것이오."

안문은 거기에서 말을 끊었다.

그러나 그는 느긋한 얼굴로 이내 덧붙였다.

"그것은 저 노인이 팔종 중의 한 사람이며, 그중에서도 바로 무영귀(無影鬼)라 불리는 사람이기 때문이오."

순간 주변의 분위기는 대번에 굳어지고 말았다.

소소와 당고는 확연히 표정을 굳히고 말았다.

그런 그녀들에게 전염이라도 된 것처럼 염동마저도 가볍게 미간을 좁혔다.

그들의 긴장은 안문의 협박이 단번에 급박한 현실로 바뀌었기 때문일 것이다.

무영귀가 누구인가?

팔종 중의 한 사람이라는 사실 이전에 살수(殺手)로서 유래 없는 한 시대의 신화를 이룬 인물이 아닌가?

일단 그가 한 번 노린 이상에는 귀신도 다시 한 번 목숨을 내놓아야 한다는 살수 신화가 바로 그인 것이다.

그런 무영귀가 지금 예령의 바로 곁을 점하고 있으니, 천하의 그 누구라 해도, 설사 천공이라고 해도 그의 살수로부터 예령의 안전을 확보할 수 있다고 장담하지는 못할 일인 것이다.

스르륵!

침전의 안쪽에 처졌던 금빛 휘장이 걷힌 것은 바로 그때였다.

"황제 폐하 납시오!"

여섯 명의 무장한 환관의 호위를 받으며 천천히 걸어나오는 이는 바로 황제였다.

비어 있던 용무늬의 의자에 앉으며 황제는 우선 주변의 광경들을 일별하였다.

그리고 폐허가 되다시피한 사방의 황폐한 풍경 때문인지 가볍게 눈살을 찌푸렸다.

그런 다음에 황제는 다시 가까이의 예령과 안문 등에게로 차례로 눈길을 주었고, 그다음에야 이윽고 느릿하게 소산을 보았다.

"오랜만이구나!"

웃는 얼굴의 황제를 소산은 그저 가만히 보았다.

무심하면서도 담담한 얼굴이었다.

순간 장내의 사람들은 누구 할 것 없이 모두가 팽팽한 긴장으로 숨조차 크게 내쉬지 못하였다.

안문 또한 마찬가지였다.

황제와 소산의 표정 하나, 미동 하나에 대해서도 안문은 모든 촉각을 곤두세우고 있었다.

그러나 그런 질식할 듯한 분위기는 잠시간이었다.

소산은 곧 황제를 향해 천천히 허리를 숙여 예를 취했다.

뒤이어 소소와 당고, 그리고 쌍맹이 또한 소산과 마찬가지로 무릎을 꿇지 않은 채 허리만 숙여 황제에게 예를 취하였다.

다만 천공은 예외였다.

그는 황제의 등장을 알지 못한다는 듯, 다른 곳으로 시선을 둔 채로 유유자적하고 있었다.

안문이 문득 크게 노하며 호통을 쳤다.

"무엄하다! 황상을 뵙는 예를 올리지 못할까?"

천공을 향한 호통이었다.

물론 다른 상황이었다면 안문은 천공을 향해 호통을 칠 엄두를 감히 내지 못하였을 것이다.

그러나 지금은 아니었다.

황제의 앞이었다.

그냥 황제가 아니라, 그가 혼신을 다 바쳐 기어이 옹립해내고야 만 황제였다.

세상의 그 어떤 기존의 권위와 힘도 황제의 절대위엄과 권능을 넘어설 수 없고, 조그만 흠집이라도 내서는 안 되는 것이다.

그의 목숨을 바쳐서라도 그런 일은 결코 용납할 수 없었다.

황제이기 이전에, 곧 그의 필생의 염원이자 신념이기에.

황제는 이제 안문에게 충성을 바쳐야 할 대상을 넘어서서,

하나의 신앙과도 같은 존재가 되어 있었다.

황제가 가만히 한 손을 들어 안문을 제지했다.

그리고 그는 다시 느긋하게 소산을 향하였다.

황제는 그 작은 몸짓들에서조차 황제로서의 삼엄한 위엄과 부드러운 여유를 동시에 과시하는 듯했다.

황제가 특유의 저음으로 근엄하게 말했다.

"소산, 안문이 이미 말하였거니와 너의 방자함은 즉시 대역죄로 다스려야 마땅할 것이다."

황제가 잠시 말을 멈추었다가, 문득 나직이 소리 내어 웃으며 말을 이었다.

"허허허! 그러나 한편 궁금한 마음이 들기도 하는구나. 짐이 듣기에 너는 근래에 팔종 중의 인물들과 능히 자웅을 겨루었다고 하던데, 사실 짐은 선뜻 믿지를 못하였다. 그런데 지금 너의 위세가 자못 대단한 것으로 볼 때, 과연 네게는 그동안 어떤 기연이 있었던 모양이로구나. 흠… 하여, 짐은 너에게 기회를 주려 하는데, 너는 짐이 부여하는 그 단 한 번의 기회를 살려볼 의향이 있느냐?"

소산은 대답하지 않았다.

다만 묵묵하게 황제와 눈길을 마주치고만 서 있었다.

황제는 오래 대답을 기다리지 않고 곧바로 말을 이었다.

"네가 예령을 생각하는 마음이 그토록이나 간절하다면, 짐은 기꺼이 네게 예령을 줄 용의가 있다. 그러나……."

황제가 문득 말을 끊으며 새삼 빤히 소산을 직시하였다.

그런 황제의 표정에서는 언뜻 묘한 기대가 엿보였다.

아마도 소산이 보일 반응에 대한 기대이리라.

그러나 소산은 여전히 별다른 반응을 보이지 않았다.

안문의 눈빛이 일시 흔들렸다.

그러나 그 또한 황제가 사뭇 여운을 남기며 말을 끊자, 이내 눈빛을 바로하며 묵묵히 황제의 다음 말을 기다렸다.

황제가 입가에 빙그레 미소를 떠올리며 천천히 말을 이었다.

"그러나 너는 예령에 대한 너의 마음이 진정이란 것을 짐에게 보여야만 한다. 그것이 바로 짐이 너에게 주는 단 한 번의 기회이기도 하다. 자! 다시 묻겠다. 너는 그 기회를 살려볼 의향이 있느냐?"

황제가 다시 소산을 빤히 응시하는 중에, 이번에는 소산이 천천히 입을 열었다.

"예 소저에게는 그녀 스스로의 의사가 있을 것이니, 누구도 함부로 그녀를 취하고 말고 할 수는 없는 일입니다. 저는 다만 그녀의 안위만을 확인하고자 할 뿐이니, 그리하는 데도 폐하의 그 기회를 받아들여야만 하는 것이라면, 저는 어쩔 수 없이 그리하겠습니다."

황제는 곧바로 소산의 말에 대하지 않고, 잠시간 묵묵히 소산을 바라보았다.

그러다 황제는 문득 대소부터 터뜨렸다.

"하하하하! 좋다. 과연 짐이 과거에 알던 소산과는 제법 다른 기개와 면모가 있어 보이기는 하는구나. 좋다! 네가 감히 짐 앞에서 이처럼 오만할 수 있는 것은 필시 네 일신의 무공을 믿고 있음일 터! 하여 짐은 네가 일신의 무공을 발휘하여 취할 수 있는 한 번의 기회를 주도록 할 것이다. 이제 짐은 두 사람을 지명할 것이니, 너는 그 두 사람을 꺾으면 된다. 그리만 하면 네가 예령을 어찌하든 짐은 결코 상관하지 않을 것이다. 물론 너는 다른 누구의 도움도 받아서는 아니 되며, 오로지 네 본연의 능력만으로 그들을 상대해야 한다. 그러나 만약 네가 그 두 사람을 꺾지 못한다면, 당연히 너는 그 어떤 대가라도 받아들여야만 할 것이다. 자! 마지막으로 다시 한 번 묻겠다. 어떠하냐? 그럼에도 너는 여전히 의향이 있느냐?"

소산이 곧바로 대답했다.

"저는 이미 대답하였으니, 같은 물음에 대해서는 그 대답이 바뀌지 않을 것입니다."

그 무덤덤하기까지 한 소산의 대답에 황제 대신 안문이 확연히 미간을 좁히고 말았다.

그때였다.

"잠깐만요, 오라버니! 그 두 사람이 누구인지 먼저 알아보는 것이 좋지 않겠어요?"

소소였다.

그러나 소산은 그녀의 말에 반응하지 않았을 뿐더러, 눈길조차 돌리지 않았다.

그에 소소가 이어서 뭐라고 다시 말하려 했으나, 순간 그녀는 멈칫하며 가만히 입을 닫고 말았다.

그때 소산에게서 풍겨 나오는 기이한 기세가 그녀를 그렇게 만든 것이다.

그것은 사람을 누르는 위압이나 위엄 같은 것은 아니었으나, 왠지 모르게 그에 대해서 간섭할 수 없게 만드는 일종의 완고함 같은 종류의 기세였다.

대신 소소는 곁에 서 있던 염동에게 속삭이듯 사정했다.

"할아버지, 어떻게 해요? 그를 좀 말려보세요!"

그러자 염동은 짐짓 곤란하다는 시늉을 했다.

"허허! 가주의 고집이야 노부라고 어쩔 수 있는 것이 아니거늘……!"

그런 중에도 한편으로 염동은 느긋하기만 하였다.

"그러나 우리는 가주를 한번 믿어보아도 좋을 것이야."

그때 소소는 염동이 문득 시선을 들어 좌측 방의 허공을 향하고 있는 것을 보았다.

그녀가 자못 의아해할 때 염동은 여전히 아무것도 없는 그쪽 허공을 향하며 혼잣말인 듯 중얼거렸다.

"살아 있으니 이렇게들 다시 만나는구려! 이런 상황에서 만나야 하는 것이 그다지 마뜩하진 않지만……!"

소소는 언뜻 염동에게 물어보려 하다가는 참고 마는 기색이었다.

지금 염동의 기색이 너무도 초연해 보였기 때문이리라.

더욱이 염동의 그 중얼거림은 마치 구름 속에서 천둥이 울듯, 나직한 가운데서도 사방의 대기를 일시 부르르 전율시키는 기이한 울림을 담고 있었다.

그때였다.

"그렇구려! 그런데 당신은 진정 개입하지 않을 작정이오?"

소소가 놀라며 사방을 살폈다.

그러나 그 목소리의 주인을 찾을 수는 없었음은 물론이고, 그 소리가 들리는 방향, 혹은 가까운 데서 나는 소리인지 아니면 먼 데서 나는 소리인지조차 종잡을 수가 없었다.

허공의 목소리에게 염동이 담담하게 대답했다.

"그렇소."

허공중의 목소리가 은연중에 보였던 조심스러움에 비하자면, 염동의 대답은 너무 간결한 데가 있었다.

그러나 염동은 이어서 천천히 뒷짐을 짐으로써 몇 마디의 말을 보태는 것보다 더욱 확실하게 자신의 의사를 표시했다.

이제부터 벌어질 승부에 대해 전혀 개입할 의사가 없다는 표시 말이다.

허공중의 인물은 잠시 침묵했다.

그러나 그는 이내 낮고도 음침한 웃음소리를 흘렸다.

"흐흐흐! 당신은 백여 년 전보다 더욱 자존광대해진 것 같군."

염동이 나직한 웃음으로 말을 받았다.

"허허허! 그러는 당신은 백여 년 전보다 더욱 소심해진 것 같군. 굳이 그렇게 격장지계까지 써서 못을 박아두려는 것을 보니 말이오. 그러나 충고하건대, 당신은 나에게 신경 쓰기보다는 당장의 승부에 전념하는 것이 좋을 것이오."

허공중의 목소리는 이번에도 바로 말을 받지 않았다.

그리고 그 침묵이 잠시 이어질 때, 소소가 참지 못하고 속삭여 염동에게 물었다.

"할아버지, 그는 도대체 누구인가요?"

염동이 빙그레 웃으며 대답했다.

"그가 바로 세상 사람들이 인극(人克)이라 부르는 인물이지."

순간 소소에게서는 저절로 짧은 탄성이 흘러나왔다.

"아!"

그리고 그것은 이내 탄식으로 변했다.

"아아!"

절망의 탄식이었다.

인극(人克)이 대체 어떤 인물인가?

천공, 그리고 지백과 더불어 이미 백 년 그 훨씬 이전부터 강호사에 다시없을 절대자의 신화로 존재하고 있는 인물이 아닌가.

그런 그가 아직까지도 실존하여 있으며, 더욱이 황제의 부름을 받는 처지로 이런 자리에 그 모습을 나타낼 줄을 그 누가 상상이라도 할 수 있었을 것인가.

그러나 소소는 더욱 경악해야만 할 다른 한 가지 사실에 대해서는 조금도 관심이나 의혹을 보이지 못하고 있었다.

인극이 지난 일백수십 년간이나 무림의 절대자로 군림해 온 존재라면, 지금 그런 인극 쪽에서 오히려 조심스러워하는 듯이 대하고 있는 염동에 대한 관심, 혹은 의혹 말이다.

그것은 소소에게 염동이란 존재는 어느새 깊은 친분과 교감으로 의지하게 되어버려서, 설혹 그에게 그녀가 모르는 그 어떤 놀라움이 있다고 해도 그저 할아버지로만 여겨지게 된 때문일까.

"악!"

망연해 있던 소소가 돌연 새파랗게 질리며 다급한 비명을 토해냈다.

그 순간 소산의 얼굴 또한 경악으로 물들어 있었다.

그것은 한 자루의 검이었다.

그다지 눈부시지 않고 다만 은은하게 빛에 감싸인 그 검은 실체의 검이 아니었다.

바로 정순한 기의 정화로 이루어진 기검(氣劍)이었다.

그런데 검은 누구의 손에도 잡혀 있지 않았다.

그리고 어디에서 튀어나오거나 날아온 것이 아니라 홀연히 허공중에서 저절로 생겨난 것이었다.

더욱이 경악스러운 것은 허공중에서 느닷없이 나타난 그 검이 너무도 간단하게 소산의 심장을 찔러 버렸다는 것이다.

나타나는 그 순간에 이미.

순간 사방의 모든 것이 멈춘 듯 완전한 정적을 이루었다.

그리고 그때 누군가 나직이 감탄했다.

"참으로 놀랍군. 죽기 전에 저처럼 완성된 형태의 심검(心劍)을 볼 수 있다니. 허허! 노부의 복이 아직 다하지는 않았던 모양이로구나."

그런데 아무래도 그 감탄은 참으로 이상하고도 어색했다.

지금 소산이 심장이 찔려 있는 상태에서 나왔으니 말이다.

더구나 그 감탄이 염동에게서 나왔다는 점에서는 더욱 그러했다.

그러나 또한 이상하게도, 염동의 그 감탄이 있고 나서 새파랗게 질려 있던 소소의 얼굴에는 한가닥 안도의 화색이 돌아오고 있었다.

이어 소소는 놀란 가슴을 쓸어내린다는 듯이 길고도 나직한 한숨을 토해냈다.

"휴우~!"

그리고 그녀는 사뭇 궁금하다는 투로 염동에게 물었다.

"정말 심검인가요?"

"허허! 검의 궁극이지. 마음이 닿는 곳에 이미 검이 가 닿는 경지이니, 천하의 누가 그 검을 피할 수 있을까!"

염동의 그 말에는, 자신 역시 일생 삶의 모든 의미를 무의 궁극을 추구하는 데 두어온 무인의 한 사람으로서, 진정으로 금치 못하는 감탄이 새삼 녹아 있었다.

한편 염동은 드물게 무거운 안색이기도 했다.

그에 소소가 다시금 가늘게 떨리는 목소리로 걱정의 탄식을 불어냈다.

"아아! 그렇다면……?"

그때 소소의 안색은 벌써 창백하게 변해 있었다.

그러자 염동이 애써 부드럽게 표정을 바꾸며 다시 말했다.

"그러나… 우리 가주는 워낙 예측이 불가한 면모가 있으니… 더욱이 어쨌거나 우리 가주는 이미 한 차례 심검을 피하였지 않은가?"

여전히 보이지 않는 채로 허공의 인극이 문득 말했다.

"놀랍군!"

그러나 막상 인극의 그 말에는 진정의 놀라움이나, 더구나 감탄의 느낌은 없었다.

다만 느긋한 호기심만이 있을 뿐이었다.

사실 인극의 그 말은 염동과 소소의 나직한 대화가 끝나기를 기다렸다가 꺼낸 감이 없지 않았다.

어쩌면 그는 자신의 무공에 대해 염동의 평가를 듣고 싶었는지도 몰랐다.

혹은 어차피 염동이 개입하지 않겠다고 공언한 이상, 좀 더 느긋하게 지금의 상황을 즐기려는 흥취가 일었는지도.

인극의 목소리가 다시 물었다.

"한데 방금 나의 일검을 능히 피해낸 너의 그 신법은 어떤 것이냐? 대나이(大那移)……? 아니면 이형환위(移形還位)……?"

그렇게 질문을 던져 놓고 인극은 이내 느릿하게 웃으며 스스로 부정했다.

"허허허! 아니지, 아니야! 대저 신법이란 결국은 내력의 운행이 뒷받침되어야만 하는 것이 아니던가? 한데 노부의 방금 일검은 오로지 마음으로 펼친 것이니, 기껏 신법 따위로 피할 수는 없었을 터! 아이야, 너는 어떻게 한 것이냐? 노부가 궁금증을 풀 수 있도록 약간의 설명을 해주지 않겠느냐?"

인극은 부탁하는 형태로 말을 맺었다.

그러나 여전히 그의 말에는 그리 진정성이 엿보이지 않았다.

그때 소산이 문득 대답했다.

"모르오."

짧은 대답이었다.

그리고 무덤덤한 목소리였다.

기실 그 한 자루의 기이한 검은 소산의 심장을 찌르지 못했다.

그 한 자루 검은 분명히 처음부터 소산의 심장을 찌른 채로 나타난 것이 사실이었다.

그러나 또한 동시에 지금 보이는 것처럼, 다만 소산의 심장 부위 옷자락에 그 검극이 닿아 있는 상태로 있는 것이었다.

그런 전후의 사정은 참으로 기이하고 애매하여 어떻게 간단히 설명이 가능한 부분이 아니었다.

"네 자신이 행한 일에 대해 모른다? 너는 감히 노부를 희롱하고자 하는 것이냐?"

인극의 목소리가 다소간 날카롭게 변했다.

그러나 소산의 대답은 여전히 무덤덤하기만 했다.

"나는 아무것도 하지 않았소. 나는 움직인 것이 아니라, 다만 움직여졌을 뿐이오. 그러니 그냥 그렇게 되었다는 것 이외에, 어떻게 해서 그렇게 되었는지에 대해서는 알지 못한다고 하는 것이오."

그러자 이윽고 인극의 목소리에는 짜랑한 노기가 담겼다.

"어린놈이 참으로 방자하기 짝이 없구나!"

지켜보던 소소의 두 눈이 다시 커졌다.

이번에 그녀는 감히 비명도 지르지 못한 채, 가위에 눌리기라도 한 듯 입만 벌렸다.

새로 하나의 검이 불쑥 생겨났다.

이번의 그 검은 소산의 목을 찔렀다. 아니, 찌른 채로 생겨났다.

그러나 피는 흐르지 않았다.

그리고 다음 순간 소산이 차분한 몸짓으로 한 걸음을 뒤로 물러섰다.

그의 목은 멀쩡했다.

다만 새로운 그 기검은 검극으로부터 대략 삼 촌(三寸)가량이 없는 상태였다. 마치 그 부분이 잘려져 나가기라도 한 것처럼.

"어떻게 한 것이냐?"

이번에야말로 인극의 목소리는 당황이 역력했다.

그에 대해 소산이 반문했다.

"뭐가 말이오?"

짧게 반문하는 소산의 모습은 사뭇 무심하고도 태연해 보이는 데가 있었다.

"왜 나의 검이 너의 목 중에 있지 않느냐?"

인극의 그 물음은 듣기에 참으로 이상했다.

'너는 왜 죽지 않았느냐?' 고 묻는 것이나 다를 것이 없지 않는가.

"모르오!"

거기에 대해 소산은 아주 간단히, 그리고 그로서는 지극히 당연할 법한 대답을 했다.

소산이 이어 차분한 어조로 덧붙였다.

"나는 이쯤에서 귀하가 그만 물러나 주기를 바랍니다. 만약 물러나지 않는다면… 귀하를 해치고 싶지는 않으나… 나는 귀하를 죽일 수도 있습니다."

그때 허공의 한쪽이 부르르 전율하는 듯했다. 아마도 보이지 않는 인극의 존재가 그쯤에 있었던 것이리라.

그는 인극이었다.

언제 그가 다른 누구에게 이런 종류의 말을 들을 날이 있을 것이라고 꿈에서라도 상상을 해본 적이 있었겠는가.

한순간 허공의 한 부분이 거세게 일렁이며 벼락같은 호통이 터져 나왔다.

"놈! 네가 감히?!"

동시에 허공에는 돌연 수없이 많은 검들이 일시에 생겨났다.

검들은 움직이지 않았다.

그저 생겨났을 뿐이었다.

"악!"

그 한 소리 경악에 가득 찬 비명은 소산의 모습이 그 수많은 검들에 의해 한 치의 빈틈도 없이 난도질당하고 난 뒤에야 터져 나왔다.

그 은은히 빛나는 기검들 하나하나는 가차없이 소산의 몸을 꿰뚫고 있었다. 단 한 자루도 예외 없이.

그러나 그것은 애초에 불가능한 시도였다. 그곳은 바로 소산의 기공간이었으니까.

소산의 완전한 지배하에 있는 그 공간 내에서 소산은 그야말로 절대의 권능을 가지는 신(神)이었다.

인극의 심검은, 아니, 그의 모든 것은 처음부터 소산의 기공간 내에 있었다.

다만 인극이 그것을 몰랐을 뿐이다.

소산의 기공간은 너무도 거대하여 그가 인지할 수 있는 공간 전체가 다 그 안에 속해 있었으므로.

문득 어디선가 기이하게 웅얼거리는 듯한 소리가 들린 것은 바로 그 즈음이었다.

지이잉!

그 소리는 바로 이어 깊은 음습함으로 흐느꼈다.

휘류류류류!

염동이 언뜻 중얼거렸다.

"묵아?"

염동의 그 짧은 중얼거림에는 비록 소산의 묵아가 특이한 데가 다분히 있다고는 하지만 그래도 기껏 쇠붙이로 만들어진 검에 불과한데, 그것으로 감히 인극의 심검을 상대하려고 시도야 하겠는가 하는 짙은 의구심과 약간의 놀람이 내포되어 있었다.

그때 수없이 많은 기검들로 뒤덮여 있는 그 안쪽에서 돌연 맑고도 연속적인 금속성이 울렸다.

차라라라랑!

그 소리는 참으로 영롱하여 마치 비파의 현을 퉁기는 소리 같기도 했다.

이어 그곳에서는 기묘한 광경이 벌어지고 있었다.

군집된 기검들이 천천히 밀려나고 있었다.

그리고 그 안쪽으로부터는 모호한 어둠의 빛깔을 지닌 장막 같은 것이 점차 확장되어 나오고 있었다.

묵아였다.

그런데 묵아는 지금 유형이라기보다는 차라리 무형이었다.

분명히 유형의 검신(劍身)을 가지고 있는 것이나, 지금 묵아는 다만 한 무더기의 검은 빛살로 화해 있었다.

그 검은 빛무리는 더할 수 없이 촘촘하였고, 더욱이 기이하게 일렁이며 일대의 공간을 지배해 나가고 있는 것이었다.

그랬다.

그것이야말로 바로 제왕사검(帝王絲劍)이 가지는 전설의 완성된 형태였다.

그 전설의 완성에는 한없이 방대하고 한없이 정심 순후한, 그리고 한없이 유장한 무한대의 내력이 뒷받침되었다.

그리고 그 무한대의 내력이 바로 조화결로 운용되는 소산의 기공간으로부터 비롯된 것임은 불문가지의 일이었다.

휘류류류류!

검은 빛무리의 일렁임이 보다 넓게, 그리고 보다 거세게 퍼져 나가고 있었다.

그럼으로써 그 무한정의 길이를 가졌으며, 극한의 부드러움과 극한의 예리함, 그리고 또한 극한의 강인함을 지닌 한 자루 무형의 사검(絲劍)은 가히 천지를 찢어발기고 있었다.

과과과과광!

묵아의 검은 빛살과 부딪친 인극의 무수히 많은 기검들이 소멸되고 있었다.

몇 마디의 탄식과 탄성, 그리고 신음의 소리가 거의 동시이다시피 흘러나왔다.

"허!"

"아아!"

"음!"

허공은 이제 묵아의 검은 빛무리에 의해 완전히 지배되고 있었다.

과아아아아!

그때 허공의 한쪽 공간에서는 희미한 인영 하나가 그 모습을 드러내고 있었다.

빠르게 그 형체가 분명해지며 인영은 백발의 노인으로 화했다.

지금 그 백발노인의 주변으로는 묵아의 검은 빛무리가 그야말로 한 치의 틈도 주지 않고 육박하여 일렁이고 있었다.

그런 모습은 마치 백발노인에게 조금도 움직이지 말 것을 경고하며 위협하는 듯했다.

백발노인, 인극은 경악이 지나쳐 차라리 망연한 표정으로 얼어붙은 듯 서 있었다.

지금 자신이 처해 있는 상황에 대해 그는 도무지 실감할 수가 없었다.

도무지 말이 안 되는 상황인 것이다.

그가 심검의 완성을 이루었다고 자부해 온 지는 이미 오래였다.

그런데 지금 그가 처해 있는 현실은 기껏 쇳덩이로 만들어졌을 한 자루 검이 만들어내는 검막 따위에 속수무책의 지경으로 갇혀 있는 것이다.

망연하였다.

그가 살아온 지난 백수십 년의 세월이 허망하였으며, 그가 가치를 두어오던 모든 것들이 이 순간 허망하기만 하였다.

취리릿!

소산은 묵아를 거두었다.

상대에게서는 조금도 살의가 느껴지지 않았다.

그러나 묵아가 거두어지는 바로 그 찰나의 순간이었다.

쩡!

그것은 소리가 아니었다.

귀로는 들리지 않되, 분명히 느낄 수는 있는 깊고도 거대한 어떤 울림과도 같은 것이었다.

동시에 허공에는 어느 순간인지 거대한 검 한 자루가 이미 현신해 있었다.

아니, 그것은 검의 형태이되, 산(山)의 거대함을 지니고 있었다.

그 거대한 검은 나타나는 순간 이미 하나의 공간을 두 쪽으로 갈라놓고 있었다.

바로 소산이 서 있던 그 공간이었다.

"악!"

다시 소소의 다급한 비명이 울렸다.

그러나 그때 이미 인극이 자신의 일생 심력을 다해 일으킨 그 심검의 최후 정화는 소산이 있던 공간을 양단하여 아예 소멸시켜 버린 후였다.

그런데 바로 그때였다.

쫘과과과광!

천지개벽의 폭발음과 함께 인극의 그 거대한 심검이 엄청난 폭발을 일으켰다.

천지사방으로 부서진 검 조각들이 산산이 비산하였다.

그러나 그 자체가 원래부터 무형의 기로 이루어진 것이었으니, 그 조각들은 곧바로 흔적도 없이 허공중으로 사라져 버렸다.

소소는 다시 경악성을 토해냈다.

"아!"

그녀의 부릅떠진 시선이 향하는 곳에 인극의 몸이 가루로 화해 흩어지고 있었다.

그런데 그 마지막 순간까지도 인극의 얼굴에는 도저히 믿지 못하겠다는 짙은 의혹의 표정이 생생하였다.

염동이 나직이 중얼거렸다.

"비열하고도 무모하였다."

그러나 염동의 중얼거림에 딱히 비난의 느낌은 없었다.

다만 짙은 허무감 같은 것이 느껴질 뿐이었다.

인극의 몸이 이윽고 완전히 사라졌다.

한 줌 가루로 해체되어 애초에 그가 왔을, 그리고 어쩌면 그가 일생 무인으로서 목표하고 꿈꾸었을 자연의 완전한 일부로 돌아가 버린 것이다. 영원히.

사방에는 질식할 듯한 침묵이 깔렸다.

방금 전까지 벌어진 그 일련의 상황들은 지켜보던 사람들로 하여금 일시 공황 상태에 빠져들도록 만들었을 뿐만 아니라, 주변의 대기마저도 질려 얼어붙도록 만들어놓은 것 같았다.

그 깊고도 첨예한 침묵은 결국 소산으로 인해 깨어졌다.

아니, 예령을 향해 천천히 걸음을 옮기는 소산에 대해 황제가 외친 일갈에 의해 깨어졌다.

"무엇들 하느냐?"

안문은 황제의 나직한 호통에서 도저히 참지 못할 격노와 증오를 읽을 수 있었다.

그리고 그 또한 약간의 의혹을 가지고 주변 사방을 일별했다.

순간 안문은 직감적으로 무언가 잘못되었다는 것을, 최소한 이미 잘못되기 시작했다는 것을 예감할 수 있었다.

그 시작은 지백으로부터였다.

이미 어떤 역할을 했어야 할 그가 아직 나타나지 않고 있는 것이다.

그러나 지금 안문에게는 사태의 진전 방향을 수정할 다른 대안이 없었다.

처음으로 되돌아가 다시 시작해 볼 방법은 더욱이 없었다.

그때 황제의 격노는 이윽고 얼굴의 홍조로까지 나타나고 있었다.

그에 안문이 더는 지체하지 못하고 앞으로 한 걸음을 나서며 소산을 향해 말했다.

"공자의 신위와 무공은 과연 무적의 경지에 도달했군요."

소산이 힐끗 안문을 보았다.

그러나 그는 천천히 예령을 향해 다가가는 걸음을 멈추지는 않았다.

안문이 조금 급해진 목소리로 외쳤다.

"멈추시오! 마지막으로 한 번 더 경고하거니와 지금 즉시 멈추지 않는다면, 공자는 본관이 이미 경고했던 결과를 지금 당장 보게 될 것이오."

순간 소산은 우뚝 멈추었다.

이어 소산이 예령 곁에 바짝 밀착하여 선 무영귀 쪽으로 힐 끗 눈길을 한번 주고는 다시 황제를 향하였다.

"폐하, 저는 이미 폐하께서 언급하신 두 사람 중 하나를 상 대했습니다. 지켜보신 바대로 다른 누구의 도움도 받지 않고 제 본연의 힘으로 말입니다. 한데 충분히 기다렸음에도 두 번 째의 상대가 나타나지 않았으니, 저는 이제 폐하께서 주신 그 기회를 취해도 좋을 것이라 여기고 있습니다. 한데 지금 폐하 의 신하인 안문이 그것을 가로막고 있으니, 이것은 어인 연유 입니까?"

순간 황제의 얼굴이 크게 붉어지며 아주 대춧빛으로 달아 올랐다.

그때 안문이 재빠르게 대신 대답을 하고 나섰다.

"가당치 않소. 그 두 번째의 인물에 차질이 생긴 것은 사실 이오. 그러나 어쨌든 공자가 아직까지 그 기회를 취하기 위한 전제 조건을 충족시키지 못한 것 또한 엄연히 사실이오."

소산은 안문의 궁색한 변명에 대해 반박하지 않았다.

그의 담담한 눈길은 여전히 황제를 향하고 있었다.

황제는 차마 소산의 눈길을 똑바로 대하지 못하고서 안문 에게로 당혹과 노기가 담긴 눈길을 주었다.

안문이 이윽고는 무겁게 호통을 쳤다.

"그대는 물러가라! 차질이 벌어진 사정을 밝히고 준비가 되는 대로 다시 그대를 부를 것이니, 일단 물러가서 하회(下回)를 기다리라!"

그때 소산이 천천히 눈길을 돌려 안문을 향했다.

"안 노사, 당신은 언제부터 그렇게 억지스럽게 변했소?"

그 말에 안문은 순간 얼굴이 화끈해지지 않을 수 없었다.

잠시 엷게 쓴웃음을 떠올리고 난 안문이 착잡한 투로 말을 받았다.

"그대는 상인의 후예라고 했으니 그런 이치에 대해 잘 알 것이다. 본래 일의 주도권은 칼자루를 잡은 사람이 가지는 법이 아니던가? 그런데 오늘의 이 일에 있어서 그대는 칼자루가 아닌 칼날을 잡았다고 생각하지 않는가?"

소산이 문득 희미하게 웃으며 답했다.

"당신은 진정 내게 방법이 없다고 생각하시오?"

듣기에 그저 가벼운 투였다.

그러나 무언지 모를 기이한 위엄과 두려움 같은 것이 내재된 그 말은 안문이 오늘 두 번째로 듣는 것이었다. 소산에게서 말이다.

그리고 이전과 마찬가지로 이번에도 안문은 자신도 모르게 부르르 어깨를 떨고 말았다.

역시 무언지 모를 불길한 예감 같은 것 때문이었다.

그러나 안문은 곧바로 크게 반발하는 심정이 되었다.

재물과 명예, 그리고 무공과 권력에 있어서 그는 제일이 아니었고, 처음부터 그렇게 되고자 목표와 각오를 세운 적도 없었다.

그러나 적어도 심계를 펼치고, 자신이 처한 상황을 주도해 나가는 것에 관해서는 그 어떤 경우에라도, 또한 그 누구와 관계된 경우에라도, 반드시 그 자신이 주가 되고 중심이 되어야만 했다.

그것이야말로 그가 살아가는 목표이자 가치였으며, 또한 결코 양보할 수 없는 마지막 자존심이었다.

"그렇다. 본관은 그대에게 어떤 방법이 있을 것이라고는 결코 생각지 않는다. 후후! 뿐만 아니라 본 관은 지금 당장 그 분명한 사실을 그대에게 확인시켜 줄 수도 있다."

그리고 안문은 단호한 눈길로 무영귀 쪽을 바라보았다.

곧바로 무영귀의 손에서 한가닥 번뜩하는 빛이 생겨나더니, 손바닥 안에 들어갈 만한 작은 비수 하나가 예령의 목에 대어졌다.

그리고 그 비수의 끝은 아주 엷게 한줄기의 혈흔을 만들어 내고 있었다.

장내가 대번에 터질 듯한 긴장으로 휩싸이며, 모두의 안색이 딱딱하게 굳어졌다. 칼자루를 쥔 쪽도, 그리고 칼날을 쥔 쪽도.

다만 그런 중에 예령만이 여전히 무표정하였다.

안문이 차가운 얼굴로 소산을 향해 외쳤다.

"어찌하겠는가? 예 소저가 죽는 것을 보겠는가? 아니면, 물러가겠는가?"

그에 대해 장내의 누구도 감히 함부로 어떤 움직임을 보이지 못했다. 소산도, 그리고 염동도.

그때 누군가 안문의 말을 받았다.

"누가 저자를 이대로 물러가도 좋다고 하였느냐? 저자는 이미 대역죄를 범하였거니와 그 과인한 재주로 다시금 짐과 국조의 안위를 위협할 소지가 다분하니, 우선은 저자의 무공부터 제거해 두어야만 할 것이다!"

황제였다.

"폐하……!"

안문이 당황의 빛을 감추지 못하면서도, 황제의 노한 기세가 워낙 불같은지라 감히 어떻게 다른 말을 낼 엄두를 내지 못하였다.

그때였다.

"내게는 스스로 무공을 폐할 방법이 없소!"

소산의 그 말은 느닷없으면서도 참으로 묘한 데가 있었다.

우선은 굳이 반발하는 말이 아니니, 어쩔 수 없이 황제의 명을 따르겠다는 의미로 들릴 법도 했다.

그러면서도 막상 그 스스로에게는 방법이 없다고 하였으니, 한편으로는 어디 능력이 있으면 자신의 무공을 폐해보라는 뒤틀린 심보 내지는 나아가 황제의 신의없음을 조롱하는 의미로 들리기도 하는 것이었다.

또한 그럼으로써 장내에는 다시금 치열한 긴장이 팽배했다.

그때 안문은 다시 한 사람을 생각할 수밖에 없었다.

비록 처음부터 서로의 이득을 위해 일시적으로 야합한 관계에 지나지 않았으며, 당장 이 자리에서도 벌써 한 차례 신뢰를 저버린 믿을 수 없는 자이기는 하되, 이 상황에서 그래도 그가 믿어볼 수밖에 없는 유일한 패.

바로 지백이었다.

그러나 안문은 그의 마지막 패를 다시 챙겨보려는 시도조차 미처 해보지 못했다.

바로 그때 누구도 상상하지 못했던 뜻밖의 상황이 벌어졌기 때문이다.

꽝!

가볍게 고무공 치는 소리가 났고, 동시에 무영귀의 몸이 벼락같이 튕겨 나갔다.

팔종 중의 무영귀를 그처럼 속수무책으로 튕겨날 수밖에 없도록 만든 사람은 바로 예령이었다.

회복 불가의 자폐 상태에 빠져 있던 예령이 갑자기 깨어나 불의의 일격을 가한 자체가 전혀 상상할 수 없었던 뜻밖의 사태인데다, 더욱이 예령의 본신무공은 이미 팔종에 육박하는 경지에 올라 있는 바가 아니던가.

"소 공자!"

예령의 목소리가 가늘게 떨려 나왔다.

그리고 착잡한 가운데서도 애절한 빛으로 그녀의 말이 이어졌다.

"당신은… 나를 보기 위해 이곳까지 온 것이 맞나요?"

소산의 얼굴에 잠시 복잡한 감정들이 스쳐 지나갔다.

그러나 소산은 오로지 자신에게로만 향해 있는 예령의 시선을 넉넉히 받아들이며 짧지만 분명한 목소리로 대답했다.

"그렇소!"

그때 소산의 목소리에 또한 미미한 떨림이 있었다.

예령의 두 눈에 언뜻 습막(濕幕)이 번지며 별처럼 반짝였다.

그녀가 가만히 중얼거렸다.

"다시는… 다시는 나로 인해 당신이 고통받는 일이 없도록 할게요."

입 안에서만 맴도는 나직한 목소리였으나 그것에는 그녀의 진실한 다짐과 강한 확신이 담겨 있었다.

예령이 문득 곱게 웃으며 천천히 소산을 향해 걸음을 뗐다.

소산이 또한 활짝 미소를 지으며 그녀를 맞아나갔다.

그러나 소산이 미처 두 걸음을 떼기도 전에, 한 사람이 그를 앞서 예령에게로 달려나갔다.

소소였다.

"언니!"

반갑게 외치면서 옷자락을 나풀거리며 달려가는 그녀의 뒤에 마치 그림자라도 되듯이 당고가 뒤따르고 있었다.

언뜻 소산을 지나칠 때 당고는 문득 희미하게 미소를 보였다.

담담하면서도 푸근해 보이는 미소였다.

그때 예령의 일격을 맞고 튕겨 나가 침전의 벽에 기대어 섰던 무영귀가 소리없이 사라졌지만, 그것에 대해 주의를 기울이는 사람은 아무도 없는 것 같았다.

어쩌면 그가 비록 팔종 중의 한 사람이자, 한 번 노린 이상에는 귀신조차도 그의 살수를 피하지 못한다는 살수신화 무영귀라 하지만, 그런 정도의 사실쯤은 지금 장내에 나타나 있는 보다 대단한 인물들과 또한 잇달아 벌어지고 있는 천하를 경동시키고도 남을 놀랍고도 엄청난 사건들에 밀려 더 이상 사람들의 주의를 끌 만하지 못하게 된 것인지도 몰랐다.

"소 매!"

소소를 부르는 예령의 얼굴은 짙은 감회로 물들었다.

"령 언니!"

소소 또한 진정으로 예령과의 재회를 반기며 그녀를 포옹했다.

그러나 바로 다음 순간 활짝 웃는 채로 소소의 얼굴은 그대로 굳어져 버렸다.

무영귀였다.

그가 어느 순간 홀연히 마치 환영처럼 소소의 바로 눈앞에 나타난 것이다.

무영귀의 손에는 실처럼 가느다란 투명 은사가 들려 있었다.

그리고 그는 지금 아무런 기척도 없이 그 투명 은사를 예령의 목에다 감으려 하고 있었다.

"아!"

소소가 할 수 있었던 것은 잔뜩 억눌린 비명 소리를 겨우겨우 틔어내는 것뿐이었다, 희미한 신음으로.

그런데 이어서 소소의 표정은 찰나지간에 걸쳐 다시 두어 차례나 바뀌었다. 경악으로, 그리고 다시 안도로.

투명 은사를 든 손을 앞으로 뻗어낸 채 무영귀는 엉거주춤 멈춰 있었다.

기이하게도 그는 그 자세 그대로 얼어붙고 만 듯 조금도 움직이지 않고 있었던 것이다.

부릅뜬 무영귀의 두 눈은 불신과 경악으로 가득 차 있었다.

문득 어떤 변화가 일어난 것은 무영귀의 손에 들려 있던 그 투명 은사였다.

그 투명 은사는 돌연 잿빛으로 변하더니, 이내 반짝이는 가루로 부서져 허공에 흩어져 버리는 것이었다.

그것은 다만 변화의 시작일 뿐이었다.

다음의 변화는 무영귀의 손끝에서부터 일어나고 있었다.

투명 은사를 들고 있던 그의 오른손이 역시 잿빛으로 물드는가 싶더니, 이어 마치 모래로 빚은 것처럼 손끝에서부터 서서히 사라져 가고 있었다.

그때 예령이 가만히 소소를 불렀다.

"소 매."

그러나 소소는 예령을 포옹하고 있던 손에 가만히 힘을 주었다.

"잠깐만요, 언니! 우리 잠깐만 이대로 있어요!"

예령은 굳이 소소의 손을 풀어내지 않았다.

자신의 뒷쪽에서 지금 어떤 일이, 필시 위험하거나 험한 종류의 일이 일어나고 있다는 것은 예령 역시도 진작부터 감지하고 있는 바였다.

그러나 소소가 그녀로 하여금 뒤를 돌아보지 못하게 하는 데는 분명 그만한 이유가 있을 것이라고 예령은 믿었다.

비록 나이는 자신보다 어리나, 소소의 생각과 배려가 그녀보다 훨씬 더 깊다는 것을, 더욱이 그녀에 대해 진정을 가지고 있다는 것을 믿기 때문이었다.

그러던 중에 예령은 문득 하나의 눈길과 마주쳤다.

사실 그 눈길은 벌써부터 그녀를 바라보고 있었을 것이지만, 예령이 일시 자신과 소소와의 사이에 맺어진 운명에 대한 진한 감회에 빠져들어 있어 미처 느끼지 못한 것이었다.

담담한 빛으로 가만히 웃고 있는 그녀는 바로 당고였다.

순간 예령은 그녀가 예전의 당고가 아님을 확연히 알 수 있었다.

꿈꾸는 듯이 몽롱하면서도, 한편 지독히도 무심하던 예전의 그 눈빛이 아니었다.

당고의 눈빛은 편안하고도 포근하게 변해 있었다, 예령 그녀의 모든 것을 다 포용하고 감싸줄 듯이.

예령은 당고를 향해 마주 웃었다.

그저 웃는 웃음이었다.

아무런 의미도 담지 않았지만, 또한 그 어떤 의미도 다 담을 수 있는 그런 미소였다.

그때 예령의 뒤에서 무영귀가 소소를 향해 정면으로 시선을 맞추었다.

무영귀는 무척이나 힘겨워 보였다.

그러나 이미 한쪽 팔 전체가 가루로 화해 사라져 버린 끔찍한 일을 겪고 있는 사람치고는 그다지 고통에 몸부림치는 모습은 아니었다.

그때 무영귀의 입술이 달싹거렸다.

그러나 무영귀는 몹시도 힘에 겨운 듯 결국 목소리를 뱉어내지 못하였고, 대신 눈빛에다 강하게 의지를 담았다.

바라보던 소소의 표정에 문득 안타까움이 비쳤다.

무영귀는 그녀에게 무엇인가 간절히 묻고 있었다.

그리고 그의 의문이 어떤 것인지 소소는 알 것 같았다.

"저희 큰언니입니다, 제 뒤쪽에 계신 분은."

소소가 애써 차분한 목소리로 대답하자 무영귀는 언뜻 시선을 들어 당고를 향했다.

소소가 덧붙였다.

"독입니다. 제 큰언니는 독성지경을 이루었지요."

당고에게로 시선을 주고 있던 무영귀가 문득 가만히 숨을 불어 내쉬었다.

그리고 그 순간 그의 몸이 가루로 화해가는 속도가 급해지더니 이윽고는 '팟!' 하는 아주 가벼운 소리와 함께 그의 모습은 완전히 사라져 버리고 말았다.

당고는 여전히 잔잔한 미소를 짓고 있었다.

그러나 당고의 미소는 또한 여전히 예령을 향한 것이었다.

소소는 가만히 포옹을 풀었다.

그러나 예령은 뒤를 돌아보지 않았다.

대신 그녀는 당고를 향해 정중히 허리를 숙였다.

당고가 웃는 얼굴로 가만히 예령의 손을 잡았다.

그 뒤쪽에서 소소가 예쁘게 웃고 서 있었다.

소산은 천천히 걸음을 옮겼다.

그런데 소산의 한 걸음 한 걸음에서는 지금 기이한 기세가

일어나고 있어서, 그의 걸음이 황제를 향하고 있음이 분명함
에도 선뜻 그의 걸음을 막으려 하는 자가 없었다.

황제의 얼굴에는 완연하도록 두려움이 비치고 있었다.

그는 비록 만인지상의 황제였지만, 지금 이 순간만큼은 철
저히 고립되어 혼자가 되어 있었다.

이미 황제로서의 무소불위의 절대권력을 맛보았고, 또한
누리고 있는 그였다.

그런데 그러한 절대의 권력으로도 당장에는 아무런 권능
을 발휘해 낼 수 없는 상황을 맞아, 황제는 문득 엄청난 공포
를 떠올리게 된 것이었다.

그것은 황제가 되어보지 않은 보통의 사람으로서는 결코
상상하지 못할 종류의 공포였다.

그때 황제가 돌연 크게 소리쳤다.

"저 무엄한 자를 막아라!"

그 한마디 명령에 소산의 기이한 기세에 눌려 있던 주변 사
방이 소스라치듯이 깨어났다.

침전 사방을 포위하고 있던 이천의 금의위가 일제히 강궁
의 시위를 당겼다.

그뿐 아니라, 침전의 안쪽으로부터 그때까지 은신해 있던
수십 명의 비밀 시위가 일제히 발검하며 달려나왔다.

챙!

채앵!

시위들은 황제와 그 주변 여섯 명의 무장환관 앞으로 나서며 소산을 향해 날선 검을 겨누었다.

그렇게 황제의 명령은 지엄했다.

그 명령 한마디에 사방의 모든 무력이 일시에 소산을 향해 치열하게 살기를 집중시킨 것이다.

그때였다.

"갈!"

그 한마디의 단음은 그다지 크지 않았다.

그러나 그 여파는 가히 엄청나서, 마치 보이지 않는 어떤 거대한 음파가 한바탕 장내를 휩쓸고 지나가는 듯했다.

당장에 이 천의 금의위는 당기고 있던 강궁의 시위를 그대로 풀어버렸다.

강궁을 늘어뜨린 채 그들은 한결같이 고통스럽고도 두려운 표정이 되어 있었다.

가장 크게 충격을 받은 쪽은 바로 황제의 앞쪽에서 소산을 향해 칼을 겨누고 있던 비밀 시위들이었다.

"왁!"

"와악!"

"와아악!"

비밀 시위들이 잇달아서 한 모금씩의 피를 토해냈다.

장내의 모두가 일시 엄청난 경악과 전율 속에서 미처 빠져나오지 못하고 있을 때, 소산이 다시 말했다.

"비켜나시오!"

담담한 어조였다.

그리고 지극히도 간단한 한마디였다.

그러나 그 담담하고도 간단한 한마디는 좀 전보다 더욱 믿기 어려운 상황을 만들어내고 있었다.

황제의 앞을 막아서며 소산과 마주해 있던 비밀 시위들이 일제히 양옆으로 갈라섰다.

이어 그 뒤쪽에서 황제를 호위하고 있던 여섯의 무장환관이 또한 마찬가지로 한쪽으로 물러서는 것이었다.

참으로 엄청난 신위였다.

"허!"

염동은 탄성 대신 차라리 나직하면서도 깊은 탄식을 불어내쉬었다.

내내 평정하던 그의 표정에는 지금 언뜻 일말의 긴장감마저 서려 있었다.

그러나 그것이 경계심이나 두려움인 것은 결코 아니었다.

그것은 이미 절대의 경지에 올라 있는 자가, 역시 최소한 자신에 버금가는 경지에 오른 또 다른 절대자에 대해 가져 보는 일종의 경외감 같은 것이었다.

황제의 얼굴은 핏기를 찾아보기 어려울 만큼 창백하게 변해 있었다.

보이는 곳에서, 그리고 보이지 않는 곳까지 언제나 이중 삼

중의 삼엄한 시위와 호위가 따르던 그의 주변 사방은 지금 휑하니 비어 있었다.

이제야말로 그는 온전히 혼자가 되어버린 것이었다.

눈앞에 현실로 벌어진 일이었지만, 황제는 도저히 믿을 수가 없었다.

절대 있을 수 없고, 있어서도 안 되는 일이 지금 벌어지고 있는 것이다.

지금 황제의 안위를 몰라라 하고, 오히려 황제의 안위를 위협하는 적도의 명을 좇아 황제를 팽개쳐 버린 저들이 대체 누구이던가.

오로지 황제의 안위만을 지켜내도록 수십 년에 걸쳐 지독히도 철저히 훈련받고 세뇌받은 자들이었다.

그래서 만일의 유사시에는 의지가 아니라 반사적이고도 기계적인 대응으로 황제를 위해 자신들의 목숨을 초개와 같이 버리도록 되어 있는 자들이었다.

그런데 그런 그들로 하여금 간단히 황제를 팽개치고 물러서게 만든 소산은, 도대체 그가 가진 힘은 무엇이며 어떤 것이란 말인가.

그것이 절대삼음(絶對三音)이라는, 그야말로 절대의 음공이라는 것을, 그중에서도 제이음(第二音)인 파천무음(破天無音)이라는 것을, 나아가 소산이 진정 작정을 하고 펼쳤더라면 방금 전 그 첫 번째의 일갈로 주변 사방이 그야말로 황폐화되었을 것이며, 살아남은 자가 몇이나 될지 감히 장담할 수 없었을 것이라는 점을 황제가 알 리는 없었다.

그러나 황제는 분명히 알 수 있었다.

소산이 발휘한 그 미지의 힘이 황제로서 그가 가진 무소불위의 절대권력쯤은 아주 간단히 능가해 버리는 절대의 신위라는 것을.

불가항력의 절대력이라는 것을.

"안문!"

침전을 쩌렁하니 울리는 위엄스러운 일갈이었다.

그러나 그 일갈에는 한편으로 갑자기 닥친 극심한 혼란과 초조함과 다급함 등이 그대로 배어 있었다.

그리고 졸지의 순간에 혼자가 되어버린, 그래서 마지막까지 기댈 수 있는 누군가를 찾는 간절함이 녹아 있었다.

안문이 지체없이 걸어가 소산의 앞을 가로막아 섰다.

변변한 무공조차 없었지만, 칼 한 자루 차지 않은 맨몸이었지만, 그러나 안문은 황제의 마지막 측근으로서의 역할을 다하고 있었다.

"비켜나시오!"

소산은 이번에도 담담한 어조로 간단히 말하였다.

그러나 절대삼음은 아니었다.

안문은 알았다.

비록 절학이라고 할 만한 무공을 직접 익혀본 바는 없지만,

천하 무공에 대한 식견만큼은 누구에게도 뒤지지 않는다고 자부하는 그였다.

그런 만큼 소산이 지금, 좀 전에 보였던 그 미지의 절대신위가 아닌, 다만 자신의 본래 모습으로 그를 대하고 있다는 것을 모를 리는 없었다.

소산의 말에 대해 대답을 하는 대신 안문은 천천히 무릎을 꿇었다.

고아로 태어나 일평생 스승과 주군으로 모신 두 사람을 제외하고는, 지금껏 누구 앞에서도 무릎을 꿇어본 적이 없던 안문이었다.

그런 그가 지금 소산의 앞에 아주 간단히 무릎을 꿇었다.

고개를 숙인 채 안문은 지극히 정중한 어조로 입을 열었다.

"그럴 수 없습니다."

좀 전 소산의 말에 대해 이제야 대답을 내놓은 것이었다.

소산은 잠시 말없이 안문을 보고 있었다.

그러다 가볍게 탄식하고 나서 그가 잔잔히 말했다.

"나는 황상을 해하고자 하는 것이 아닙니다. 다만 몇 마디 말을 나누고자 하는 것뿐입니다."

안문이 문득 고개를 들어 소산을 보며 말했다.

"짐작하고 있습니다. 그러나 그전에 먼저 저를 벌하십시오."

"무슨 뜻입니까?"

"폐하는… 무릇 황제는 절대선(絶對善)이어야만 하는 법입니다. 그 어떤 경우에도, 또한 그 어떤 결과에도 불구하고 무조건 옳아야 한다는 것입니다. 당연히 그 누구도 황제에게 잘못을 물을 수 없고, 더욱이 그 책임을 지울 수는 없습니다. 그러므로 폐하께 가시기 전에 저를 먼저 벌하라고 하는 것입니다. 그런 연후에 공자께서는 합당한 예로써 폐하를 대해주시기를 바랄 뿐입니다."

그에 소산이 천천히 눈을 들어 황제를 바라보았다.

그의 눈빛에 잠시간 진한 감회와 일말의 갈등이 스치고 지나갔다.

그때였다.

황제가 문득 자리에서 일어서며 말했다.

"소산, 안타깝게도 우리 사이에는 어떤 오해가 생겼음에 분명하다. 그렇지 않고야 어찌 이런 일이 벌어질 수가 있다는 말인가? 아마도 짐이 즉위한 지 얼마 되지 않은 탓에, 사소한 문제들에까지 일일이 관심을 기울일 수가 없었던 탓일 게야. 그렇지 않은가? 다른 모든 것을 차치하고라도 우리는 예전에 이미 호형호제의 결의를 맺은 바 있으니, 곧 형제가 아니던가? 한데 어찌 우리가 서로를 탓하고 해칠 수 있다는 말인가?"

황제의 말끝은 미미하게 떨려 나왔다.

그러나 황제의 말이 끝나고 나서도 소산은 묵묵히 황제를 바라만 보고 있었다.

그러자 황제는 돌연 소산 앞에 무릎 꿇은 안문을 향해 호통 쳤다.

"안문, 그대는 왜 가만히 있느냐? 짐의 말이 틀리지 않았다 면, 오늘의 이 사단에 어떤 오해가 있었는지, 무엇이 잘못되 었는지 왜 명쾌히 밝히지 않는 것이냐?"

사뭇 삼엄하고도 근엄한 호통이었다.

그에 안문이 천천히 고개를 돌려 황제를 향했다.

황제가 짐짓 노한 눈빛으로 안문의 시선을 맞받았으나, 그 는 이내 슬며시 눈길을 피하고 말았다.

일시 안문의 눈빛 속으로 잔잔하게 여러 가지 감정의 색채 들이 문득 떠올랐다가는 이내 스러지기를 거듭하였다.

그러던 어느 순간 안문의 눈가로 문득 엷은 한 조각의 미소 가 떠올랐다. 애잔하고도 허허로운 미소였다.

"공자, 이 모든 것이 황상의 뜻을 잘못 예단하고 함부로 행 한 저의 독단이었으며, 또한 어리석게도 작은 공을 탐하여 벌 인 일이었소. 그러니 부디 이 못난 필부에게 스스로를 벌할 수 있도록 아량을 베풀어주시오."

비록 아량을 구하고는 있었지만, 안문의 목소리는 낭랑하 여 왠지 당당해 보이는 데가 있었다.

소산은 다시 안문과 시선을 맞추었다.

그러다 그가 문득 안타까운 기색이 되며 말했다.

"나는 이미 이곳에 온 목적을 이루었습니다. 그러니 안 노사께서 굳이 이렇게까지 만류를 한다면 나는 이대로 이곳을 떠날 것입니다. 그러나 그전에 한 가지는 말씀을 드리고 싶군요. 자고로 신의없는 사람이 쓰는 칼은 때때로 그 칼끝이 자신에게로 향할 때가 있는 법이라고 했습니다."

순간 안문은 회한을 느끼는 듯 안색이 무거워졌다.

그러다 안문이 문득 길게 탄식하며 말했다.

"아아! 공자의 혜안이 참으로 놀랍군요. 그럼으로써 저는 이제야 마음을 놓을 수 있겠습니다."

이어 안문의 목소리는 간절하게 변했다.

"공자! 몰염치하기 짝이 없지만, 일평생 한 주군을 모신 처지로, 마지막으로 한 가지의 청을 드리지 않을 수 없습니다. 또한 다시금 들먹이기에 참으로 부끄럽기 짝이 없지만, 지난 날 폐하와 공자가 맺었던 작은 인연을 보아서라도… 공자! 부디 마지막으로 한 번만 칼끝의 날카로움을 제거해 주시기를 간절히 청하겠습니다."

왠지 비장함이 풍기는 부탁이었다.

그러나 듣기에 따라 다분히 애매하고도 모호한 부탁이기도 했다.

그러나 안문은 사람들로 하여금 다른 생각을 할 틈을 주지 않고, 또한 소산의 대답을 듣지도 않고 곧바로 꿇어앉은 채로 황제를 향해 몸을 돌렸다.

"폐하! 큰 뜻을 이루고 난 다음에는 반드시 물러나는 것이 책사(策士)로서의 본분이자 운명을 잘 알고 있다 여겼으면서도, 막상은 그 적절한 때를 놓쳐 버린 듯하니 소신은 과연 한낱 필부도 되지 못하는 천하의 우부(愚夫)에 불과하였습니다. 더욱이 이제 폐하의 뜻을 바로 받들지 못하는 불충까지 범하였으니… 소신은 이제라도 본분을 다하고자 합니다. 폐하! 신이 마지막으로 원하건대, 폐하께서는 부디 처음에 새기셨던 대의를 언제나 되새기도록 하십시오! 그리하여 후대에 길이 남는 성군이 되십시오!"

절절한 안문의 목소리가 침전을 울렸다.

몸의 다섯 부위를 온전히 바닥에 댄 채로 하는 읍소(泣訴)였다.

그러나 황제는 역정부터 냈다.

"안문, 지금 도대체 무슨 소리를 하고 있는 것인가?"

그러나 황제의 두 눈은 곧바로 찢어질 듯 부릅떠지고 말았다.

그 순간 안문의 머리가 세차게 바닥을 찧고 있었던 것이다.

퍽!

검고 흰 물체들이 분분히 사방으로 튀었다.

뇌수였다.

안문이 돌연 자결을 감행한 것이었다.

황제는 감당 못할 충격에 휩싸이고 만 모습이었다.

"아아!"

백지장과도 같이 창백한 얼굴이 된 황제는 단발적인 신음소리만 흘리고 있었다.

그리고 잠시 후 황제가 이윽고 잔뜩 억눌렸던 소리를 토해낸 것은 긴 부르짖음이었다.

"흐으으으!"

억눌린 절규일까?

아니면 가장 가까운 충복을 잃은 충격과 슬픔일까?

그도 아니면 참혹한 부끄러움일까?

"갈!"

온 공간을 우르르 떨어 울리는 벼락같은 일갈이 울린 것은 바로 그때였다.

그와 동시에 황제의 바로 머리 위 허공에서 짧고도 급박한 한마디 신음이 터져 나왔다.

"윽!"

그리고 그 공간에서는 홀연히 하나의 흐릿한 인영이 생겨났다.

그러나 바로 다음 순간 그 인영은 다시금 감쪽같이 사라져 버렸다.

다만 아무것도 없는 허공에서는 몇 방울의 핏방울이 점점이 떨어졌다.

"암살자다!"

"폐하를 보호하라!"

비밀 시위들과 환관들이 뒤늦게 분주함을 떨며 우르르 신형을 날려서는 삽시간에 황제의 주위에 세 겹 네 겹으로 중첩하여 보호막을 만들었다.

그때 염동의 신형은 움직인 기척도 없이 어느새 소소에게로 바짝 다가서 있었다.

그리고 그때는 당고와 예령 또한 소소를 가운데에다 두고 앞뒤를 경계하고 있는 중이었다.

쌍맹은 입구를 막아 버티고 섰다.

그들의 손에 들린 쌍부가 날카로운 오광을 흩뿌리고 있었다.

그러고 보니 지금 쌍맹은 감히 황제의 침전에서 도끼를 빼드는 만행을 저지르고 있는 중이었다.

그러나 지금 그 누구도 쌍맹의 그런 만행에 대해 탓하거나 적의를 보이지는 못하고 있었다.

소산은 두어 걸음을 황제에게로 더 가까이 다가서 있었다.

짐짓 뒷짐까지 지고 선 소산의 모습은 장내의 삼엄하기 이를 데 없는 긴장 중에서 유독 담담하고도 태연해 보였다.

우연인 듯 흘깃 소산을 바라보던 염동의 눈빛으로 반짝 이채가 스쳤다.

바로 그때였다.

침전의 입구 쪽 허공에서 문득 하나의 인영이 번뜩 모습을 드러내더니, 바로 이어 화살 맞은 기러기처럼 허리를 꺾으며 바닥으로 떨어져 내리는 것이었다.

곱게 빗어 쪽을 진 은백색의 머리 가운데다 은잠(銀簪)을 꽂은 훤칠한 기품의 노인이었다.

그러나 노인은 지금 심히 낭패를 당한 행색이었다.

핏기없는 창백한 얼굴에 잔뜩 찌푸린 이마에는 경악과 고통이 짙게 서려 있었다.

더욱이 노인의 입과 코 주변에는 미처 마르지 않은 선혈 자국이 있었다.

그때 갑자기 노인은 진저리를 치듯이 허리를 아래로 꺾었다.

"푸학!"

토혈(吐血)이었다.

보고 있던 소소가 언뜻 안쓰러운 기색이 되며, 미미하게 고개를 가로저었다.

노인이 바닥에 토해놓은 핏덩이 속에는 거무죽죽한 조각들이 진하게 섞여 있었다.

그것은 잘게 부수어진 내장 조각들이었다.

노인은 바로 지백이었다.

한 손으로 지그시 자신의 왼 가슴을 누른 채 지백이 소산을 향해 물었다.

"방금 전의 그것이 대체 무슨 수법인가?"

고통이 심한 듯 찌푸린 표정이었지만, 담담한 어조였다.

소산이 또한 담담한 기색으로 차분하게 대답했다.

"절대삼음입니다. 그중 마지막 세 번째 음으로 조화음(造化音)이라고 합니다."

지백이 문득 나직하게 웃었다. 허탈한 웃음소리였다.

"허허! 음이란 말인가? 노부로 하여금 미처 방비할 엄두조차 내지 못하도록 만든 것이 고작 음이었던 말인가?"

그러다 지백은 다시 차분한 정색이 되었다.

"조화음이라고 했는가?"

"그렇습니다."

"음! 늙은이의 부탁을 귀찮게 여기지 않는다면, 조금 더 상세히 말해줄 수 있겠나?"

그에 소산이 가볍게 고개를 숙여 보이며 대답했다.

"소리에 마음을 싣는 것입니다. 그 비결이 기록되어 있는 음보(音譜)에 따르자면, 궁극에 이른 조화음은 소리 하나로 만물의 생사와 조화의 이치를 지배할 수 있다고 하였습니다만… 사실 저는 아직까지 잘 알지 못하겠습니다."

그러자 지백이 입가에 가만한 웃음기를 떠올리며 문득 말했다.

"자네는 노부가 누구인지 알고 있는가?"

소산은 굳이 대답하지 않았다.

지백이 입가의 웃음기를 거두지 않으며 다시 말했다.

"노부가 바로 지백일세."

그리고 지백은 짐짓 크게 소리 내어 웃었다.

"허허허! 하니 자네는 노부에게, 아니, 다른 누구에게라도 자네의 그 조화음이 이미 궁극에 이르렀으며, 또한 이미 인간이 이를 수 있는 무공의 극한경지를 초월하였으므로, 천하의 그 누구라도 감히 감당하지 못하리라고 말해주게! 허허허! 어떤가? 그리해 주겠나?"

이번에도 소산은 굳이 대답하지 않았다.

다만 그의 고개가 아주 잠깐, 또한 아주 미미하게 끄덕여지는 것 같았다.

그러나 어쩌면 그것은 지백에게만 그렇게 보여진 것일지 몰랐다.

지백의 얼굴에 빙그레한 미소가 그려졌다.

그리고 지백은 고개를 들어 침전 바깥의 먼 하늘을 보며 나직이 중얼거렸다.

"욕심이었던가? 다시 한 번 더 후일을 기약해 보려 하였거늘… 허허허! 역시 하늘은 노부에게 더 이상의 욕심을 허용치 않으려 했던 게야!"

이어 지백은 홀연히 바깥을 향해 걸음을 옮겼다.

그런 지백을 향해 입구를 막아서 있던 쌍맹이 주저없이 도끼를 겨눴고, 동시에 침전 바깥에서는 금의위들이 분주히 강궁의 시위를 당겼다.

그때였다.

"아서라! 일세를 풍미한 영웅의 마지막 길이니, 그의 앞을 가로막지 마라!"

염동이었다.

그런데 그 나직한 그 몇 마디의 말에는 듣는 사람들로 하여금 감히 거역할 수 없게 하는 무상의 위엄이 담겨 있었다.

쌍맹이 즉시로 도끼를 거두며 한 옆으로 물러섰고, 바깥의 금의위들 또한 하나같이 강궁을 거두며 지백의 앞길을 틔웠다.

그렇게 지백은 사라져 갔다.

그것은 고고하게 한 시대를 군림하였던 거대한 전설의 조용하고도 쓸쓸한, 그리고 영원한 퇴장이었다.

황제는 안문의 시신 앞에 무릎을 꿇고 있었다.

피와 뇌수로 범벅이 된 안문의 머리는 황제의 무릎을 베고 있었다.

그 바람에 황제의 용포는 검붉은 피로 흥건히 젖어 있었다.

황제는 망연한 눈빛으로, 그때까지도 부릅뜬 채로 있는 망자(亡者)의 눈과 시선을 맞추고 있었다.

소산은 조용히 침전에서 물러 나왔다.

그 뒤를 소소와 예령, 당고와 염동, 그리고 마지막으로 쌍맹이 따랐다.

침궁의 정원에서는 천하의 기변(奇變)이 펼쳐지고 있었다.

그것은 지금 이곳에 있는 사람들 대부분이 일평생 다시는 볼 수 없을 일대의 장관이기도 했다.

지상으로부터 오 장여 높이의 허공에 거대한 물체가 하나 떠 있었다.

그것은 백색 투명의 동체를 지닌 한 마리 새였다.

활짝 펼쳐진 양 날개의 길이가 자그마치 십여 장에 이르는 거대무비의 새.

전설의 대붕(大鵬)이 현신한 것인가?

그러나 새의 생김새는 대붕의 신령스러운 모습과는 한참이나 딴판이었다.

영판 박쥐의 형상이었던 것이다.

더욱 기이한 것은 그 거대한 박쥐가 거의 날개를 파닥이지도 않고, 그 엄청난 동체를 가볍게 허공에다 띄워놓고 있다는 점이었다.

예령과 당고는 각기 소소의 한 팔씩을 부축하여 가볍게 오 장여 허공을 날아올랐다.

소산과 염동은 서로 시선을 교환하는 순간 사람들의 시야에서 사라져 버렸다.

다음 순간 두 사람은 백아의 등 위에 있었다.

마지막으로 남은 쌍맹은 돌연 달리기 시작했다.

곧바로 나직한 우렛소리가 일었다.

우릉! 우르릉!

소리는 바로 이어 벼락치는 소리까지 더해가며 요란해졌다.

우르릉! 쾅!

우르르릉! 콰앙!

그리고 정원에는 돌연 한가닥의 세찬 소용돌이가 일었고, 그 회오리의 정점에서 쌍맹의 두 거구가 허공으로 치솟고 있었다.

그 전대미문의 기이한 광경에 금의위들 사이에서는 어쩔 수 없는 탄성들이 터지고 있었다.

"아아!"

"와아아!"

황제는 여전히 광채 잃은 안문의 눈과 시선을 맞추고 있었다.

황제의 눈에서 언뜻 반짝임이 보였다.

황제의 눈물이었다.

그것은 용의 눈물[龍淚]인가?

아니면 세상에서 그 자신을 가장 잘 이해해 주었으며, 또한 가장 높이 인정해 주었던 한 사내의 충심을 배반한 배덕자가 흘리는 통한과 참회의 눈물인가?

第九章
마지막 대결

지존
석산평전

　황도에서 삼백여 리 떨어진 평원이었다.

　예령과 소소 등은 보이지 않았고, 소산과 염동 두 사람만이 그 황량한 들판에 마주 서 있었다.

　모두는 알고 있었다.

　아직도 마지막의 승부 하나가 남아 있다는 것을.

　또한 그 승부가 바로 소산과 염동, 아니, 강호가 천공이라 칭하는 절대자 간의 승부임을.

　두 절대자는 자신들의 승부에 대해 어느 누구도 지켜보기를 원하지 않았다.

　오로지 둘만의 승부를 원한 것이다.

"누구십니까?"

소산의 그 담담한 물음에 대해 염동은 털털하게 웃으며 가볍게 반문했다.

"허허! 가주! 그 무슨 말씀이오?"

"얼마 전에 본 가의 진짜 염동 공봉에게서 연락을 받았습니다."

그에 염동이 짐짓 당황스럽다는 시늉을 하였다.

그러나 그는 이내 사실은 대수롭지도 않다는 듯이 소탈하게 웃으며 말했다.

"허허허! 그랬군! 일이 그렇게 되어버렸어! 한데 그렇다면 가주는 이미 노부가 누구인지 알고 있다는 것인데, 노부에게 새삼스레 누구냐고 물을 필요는 없지 않겠나?"

소산이 가볍게 미소를 떠올리며 답했다.

"그렇군요. 한데 어르신께서는 이제 염동이 아닌데, 어찌하여 여전히 저를 가주라 하십니까?"

염동, 아니, 천공이 빙그레 마주 미소 지으며 답했다.

"그냥 그게 편해서이네. 지금까지 그렇게 부르다가 이제와 달리 부르기에 마땅한 말이 언뜻 생각나지도 않거니와. 허허! 노부의 나이쯤 되어보면 사리나 이치를 따지기보다는 대충 편한 대로 말하기를 즐기게 되는 법일세!"

소산이 가만히 천공과 시선을 맞추고 있다가 다시 물었다.

"왜 그러셨던 것입니까?"

왜 천공 같은 전설의 주인공이 신분을 속여가며 자신과 함께 다녔던 것인지를 묻는 것이리라.

천공이 잠시 하늘 저편으로 시선을 주었다가 거두며 가벼운 투로 대답했다.

"사실 처음에는 가주가 아니라 당고 때문이었네. 그 아이의 독특한 체질에 늙은이의 괜한 호기심이 동했거든? 그때부터 슬그머니 가주의 뒤를 쫓아다니기 시작했지, 그런데 가주 주변의 인물들 하나하나가 다들 한결같이 독특하지 않은 이가 없더란 말이지. 예령의 자질이 그렇지, 또 소소 그 아이의 내미지상이 그렇지. 그리고 맹씨 형제며, 주치며 안문이며… 허허허! 노부가 근 이백 평생을 살아오는 동안 그처럼 독특한 자질과 개성을 지닌 인물들을 셋 이상 한자리에서 만난 적이 없었는데, 이건 한꺼번에……. 허허허!"

"한데 어찌 저희 가문의 공봉인 염동의 행세를 그처럼 태연하게 할 수가 있으셨습니까? 사실 저희 가문에 다섯의 가외(家外) 공봉이 존재한다는 사실은 가문 내에서도 아는 이가 많지 않은데……."

"석가장의 전전대(前前代) 가주, 그러니까 가주에게는 증조부가 되겠군. 그이와 노부 사이에 자그마한 인연이 있었네. 그리고 노부 또한 한때는 천 년 이상을 세상에 드러나게 혹은 드러나지 않게 무비(無比)의 부(富)를 이어 내려오는 전설의 석가장이 가진 진정한 역량이 과연 얼마만큼인가에 호기심이

있었지. 하여 지밀사항(至密事項) 몇 개쯤은 쉽게 주워섬길 수
있었던 거지."

그때 소산이 다시 뭔가를 물을 듯하자 천공이 얼른 말머리
를 가로챘다.

"그런데 말일세……."

그러나 소산은 양보하지 않고 물었다.

"무엇 때문입니까?"

천공이 슬쩍 어깨를 추어올려 보였다.

천공의 그 같은 모습은 그가 소산의 질문에 대해서가 아니
라, 자신이 원래 하고자 했던 말을 계속하겠다는 고집스러움
으로 비쳤다.

천공이 짐짓 장난스러운 미소를 머금으며 입을 열었다.

"정작 재미있는 대상이 바로 가주라는 걸 안 것은, 노부가
일행에 직접 끼어들고 나서였네. 가주의 흥미로움은 직접 마
주 대하지 않고는 잘 드러나지 않는 데가 있더란 말이지. 허
허허!"

그리고 천공은 문득 말을 멈추고서 잠시 가만히 소산의 시
선을 받아들였다.

그러나 그는 이내 정색으로 되며 진지한 투로 다시 말을 이
었다.

"얼마 지나지 않아 가주에게 숨겨진 특별한 가능성들을 보
게 되었네. 허허허! 가주의 잠재 능력은 남은 여생 동안 더 이

상 놀랄 일이 없을 줄 알았던 노부에게 가슴 뛰는 흥분을 일으킬 만큼 참으로 특별하고도 경이로웠네. 그리고 그때 노부는 문득 한 가지 엉뚱한 생각을 하게 되었지. 그건 어쩌면 쓸데없이 세상을 오래 산 늙은이의, 쓸데없는 호기심이었을 걸세. 어쩌면 도저히 떼놓지 못해 무덤까지도 달고 갈 어리석은 집착일 테고. 바로 가주의 그 가능성이 오롯이 발현된다면, 그때 가주의 능력은 과연 어떤 경지까지 다다를 수 있을까? 허허허! 일은 그렇게 시작된 것일세. 이후 노부는 가주의 가능성이 실제의 능력으로 발현될 수 있도록 나름의 노력을 기울인 것이지. 그리고 팔왕과 또 팔종들을 만나면서 가주가 이루어낸 성취란… 허허허! 과연 노부의 기대를 충족시키고도 남아, 가히 상상을 초월할 정도였었네."

천공이 다시 말을 멈추었다. 아마도 스스로의 생각을 정리하기 위해 잠시 틈을 두는 듯했다.

잠시 후, 천공은 문득 빙그레 미소를 떠올리며 느긋하게 다시 말문을 열었다.

"지금 노부는 또 하나의 쓸데없는, 그러나 아마도 노부 인생의 마지막이 될 궁금증 하나를 가지고 있네."

이번에 소산은 묻지 않았다.

그 물음에 대한 답은 이미 처음부터 정해져 있었으니까.

"지금 가주가 도달해 있는 경지가 과연 어떤 것인지 직접 확인해 보고 싶다는 것이지."

순간 천공은 두 눈에 눈부시도록 맑은 광채를 담으며 진지하게 덧붙였다.

"가주, 진심으로 부탁하겠네. 부디 노부의 마지막 적수가 되어주게!"

그것은 도전이었다.

올해로 일백하고도 다시 팔십 년을 더 살아온 초인.

백여 년 그 이전에 이미 고금제일인의 소리를 들은 강호무림의 전설.

천하가 그를 우러러 추종하였으나 막상 단 한 번도, 그리고 단 하나의 휘하도 세력도 두지 않았던 진정한 독행인(獨行人).

무적이었으나, 언제나 무의 극점을 향해서만 달려온 절대무인.

바로 천공의 도전이었다.

그것은 또한 한 사람의 무인으로서의 어쩔 수 없이 가질 수밖에 없는 천공의 집착이기도 했다.

더 이상의 적수가 없는 무기력함에서 벗어나기 위한, 스스로 적수를 만들어서라도 새로운 목표를 세우고 싶은 그런 지독한 집착.

그들의 승부에서 굳이 시작이라는 시점은 필요치 않았다.

그들은 그저 막연한 시선으로 서로를 바라보고 있을 뿐, 그 어떤 움직임도 취하지 않았다.

뿐만 아니라 그들을 둘러싸고는 그 어떤 격돌의 조짐도 일어나지 않았다.

만약 누군가 지금 두 사람을 보고 있다 하더라도, 그는 결코 두 사람이 승부를 벌이고 있음을 알지 못할 것이다.

그렇게 고금제일인 천공과 그 천공이 인정한 또 다른 절대자인 소산의 개세일전은 너무나 평범하고도 밋밋하였다.

천공은 자신의 내공과 또 그 내공을 운용하는 내가(內家)의 능력에 있어서 가히 고금제일의 경지에 올라 있음을 자부하고 있었다.

그리고 천공의 그런 자부는 지금 이 순간에도 마찬가지였다.

그럼에도 천공은 지금 감히 어떤 시도를 할 엄두를 내지 못하고 있었다.

천공은 느낄 수 있었다.

감히 상상조차 해보지 못했던 거대무비의 힘이 보이지 않는 가운데, 그리고 느껴지지도 않는 가운데, 그가 속해 있는 공간을 이미 완전히 지배하고 있다는 사실을.

그럼으로써 그가 어떤 시도를 하는 바로 그 순간, 그 거대무비의 힘은 그대로 그를 한 줌의 가루로 화하게 할 수도 있을 것이며, 혹은 아예 꼼짝도 하지 못하도록 가두어 버릴 수도 있을 것이라는 사실을.

소산의 능력은 그의 예상을 넘어 이미 미증유의 경지에 이르러 있었던 것이다.

소산의 그런 능력은 아예 내공의 단계를 훨씬 초월해 버린 것이었다.

소산은 이미 그가 지금껏 상상해 오던 무공의 극한을 아예 초월한, 전혀 다른 차원의 경지에 도달해 있는 것이다.

그것은 천공이 감히 추측해 볼 수 있는 것이 아닌, 그야말로 무한대의 힘이었다.

그다지 오래지 않아 천공은 비로소 실감할 수 있었다.

그 자신에 비해 그다지 큰 차이를 둘 수는 없을 인극이, 그리고 지백이 소산에게 왜 그처럼 무력할 수밖에 없었는지에 대해.

그럼으로써 천공은 자신의 패배를 인정하지 않을 수 없었다.

그것은 조금의 미련도 남기지 않는 아주 깨끗한 인정이었고, 동시에 완전한 허무였다.

무시무종(無始無終)!

비롯된 적도 없고, 마칠 때도 없다.

천공은 그 글귀를 생각하며 이윽고 자신의 마지막을 결정했다.

아주 담담한, 한 점의 미련도 허무도 없는 자연스러움이었다.

'그저 한 줌 고운 가루로 바람에 흩어지면 족할 것이다. 그 것이야말로 일백팔십 년, 길고 길었던 여정의 더할 수 없이 훌륭한 마무리가 될 것이다.'

그때였다.

누군가 아주 담담한 목소리로, 그리고 그저 지나가는 투로 가볍게 말을 던졌다.

"신기하군요!"

소산이었다.

천공은 문득 의문이 생겼다.

그 의문은 모든 것을 버린 완전한 공백 상태에서 마치 티끌 처럼 가볍게 생겨난 것이었다.

전혀 걸리는 데가 없어 조금도 부담스럽지 않은 그저 있는 그대로의 작은 의문일 뿐이었다.

천공은 그 의문에 대해 잠시 충실해 보기로 했다. 그야말로 자유롭게.

"무엇이 말인가?"

소산이 빙그레 웃으면서 대답했다.

"어르신의 그 모습 말입니다."

그제야 천공은 자신이 지금 원래의 모습이 되어 있음을 알 수 있었다.

그러나 그 스스로도 본 지 오래되었기에 어떤 형상이 되어 있을지 짐작하기는 어려웠다.

다음 순간 천공의 모습은 순식간에 전혀 다른 모습으로 화했다.

염동의 모습도 아니었고, 방금 그의 본래 모습과도 확연히 다른, 허리가 다소 구부정한 평범한 촌로(村老)의 모습이었다.

"호! 과연 신기하군요. 그런데 그건 대체 뭐라는 무공입니까?"

소산이 감탄을 숨기지 않으며 다시 물었다.

그때였다.

천공은 문득 자신의 의식 저 밑바닥에서부터 무어라고 표현하기 어려운 묘한 홍미가 슬금슬금 기어오르는 기이한 쾌감을 느꼈다.

그것은 참으로 낯선 느낌이었다.

순간 천공은 퍼뜩 생각했다.

'이것은 혹시 그의 절대삼음인가? 그때 그가 지백에게 말하기를 절대삼음 중의 마지막 음인 조화음은 소리 하나로 만물의 생사와 조화의 이치를 지배할 수 있다고 하였는데……?'

그러나 천공이 지금 조금이라도 경계하거나, 혹은 거부의 의지를 가지는 것은 아니었다.

지금 그의 마음 중에 생겨나는 낯선 느낌들이 설혹 소산의 조화음에 의한 작용이라고 할지라도, 그러면 또 그런 대로 받아들이면 그만일 터였다.

어차피 지금의 그는 여전히 천공이되, 또한 이미 천공이 아닌 것이다.

천공이 문득 저절로 피어오르는 입가의 미소를 애써 참으며 대답했다.

"천변만환술(千變萬換術)이라는 마도(魔道)의 잔재주일세."

그때 소산이 잠시 무언가 생각하는 기색이더니, 문득 정색을 하며 말했다.

"어르신! 이참에 저와 한 가지 거래를 해보시면 어떻겠습니까?"

천공의 얼굴로 빠르게 짙은 흥미가 스쳤다. 그러나 그는 짐짓 의아한 빛으로 반문했다.

"거래를 말인가?"

"그렇습니다."

"흠!"

천공이 짐짓 마땅찮다는 듯 헛기침을 하며 잠시 생각을 해보는 시늉을 했다.

그러나 그의 표정에서는 벌써부터 숨길 수 없는 묘한 기꺼움이 스멀스멀 피어오르고 있는 중이었다.

그때 소산이 다시금 정중하게 말했다.

"어르신께서 아시다시피 거래는 저희 가문과 저의 본업이 아니겠습니까? 또한 어르신께서도 아시는 바일 테지만, 저희 가문은 예로부터 거래를 함에 있어서 그것이 어떤 종류의 거래일지라도 반드시 서로에게 이득이 되도록 힘써왔습니다. 그러니 이제 어르신께서 저와 정식으로 거래의 계약을 맺으신다면, 저는 결코 어르신께 손해가 가지 않도록 할 것입니다. 이는 석가장의 가주로서 드리는 말씀이니 믿으셔도 좋습니다."

천공이 이제는 짐짓 노골적으로 흥미를 드러내며 넌지시 말을 받았다.

"뭐, 우선은 무슨 거래인지나 들어보도록 하지."

소산이 빙그레 미소 지으며 말했다.

"저희 가문의 공봉이 되어주십사 하는 것입니다."

"석가장에 이미 다섯의 공봉이 있는데, 또다시 공봉이 소용될 일이 무엇일꼬?"

"무공 사부입니다."

그에 천공이 슬며시 이마에 주름을 잡으며 짐짓 노기를 드러냈다.

"무공 사부라… 허허! 이제는 아주 대놓고 이 늙은이를 희롱하겠다는 것인가? 이 늙은이가 이미 자네에게 패한 바 있는데, 어떻게 사부될 자격이 있을 것인가?"

그러자 소산이 펄쩍 뛰는 시늉으로 말을 받았다.

"제가 이기다니요? 천부당만부당하신 말씀입니다. 제가 언제 어르신과 승부를 겨룬 적이 있으며, 감히 그럴 엄두라도 내어보았겠습니까?"

전혀 뜻밖의 노골적인 내숭에 천공이 잠시 당혹스러워할 때, 소산이 진지한 기색으로 다시 말했다.

"그렇지 않습니까? 제게 무슨 무공이며 재주가 있어 감히 고금제일의 고수이신 어르신을 넘보겠습니까? 저는 신법도 펼치지 못하며, 전음도 구사하지 못하며, 천변만환술 같은 신기한 무공이 존재한다는 사실도 오늘에야 처음으로 알았으며, 무공 초식이라고는 겨우 몇 초의, 그나마도 완전치 못한 검초에 불과할 뿐이며……."

그때 천공이 두 손을 내저으며 나직이 외쳤다.

"그만 하게!"

천공은 잔뜩 인상을 찡그리고 있었다.

그러나 그가 소산의 말에 대해 딱히 반박할 여지가 있는 것은 또 아니었다.

소산의 말이 얼추 다 사실이라는 것을 그도 이미 말고 있는 것이다.

그러나 그것이 다 사실이라고 인정하기에는 천공 그 자신이 참으로 이상하게 되어버리지 않는가.

그처럼 형편없는 무공과 재주를 지닌, 그것도 고손자뻘도 아니 되는 새파란 후대에게, 그것도 제 놈이 거꾸로 가져다 붙인 대로 감히 승부를 내볼 엄두조차 내보지 못한 자신이 말이다.

다음 순간 천공은 허탈한 헛웃음을 흘리고 말았다.

"허허허!"

그것이 그냥 저절로 새어 나와 버린 웃음이었기에 천공은 이내 쑥스럽게 헛기침을 하며 슬쩍 다른 질문을 내놓았다.

"흠! 그거야 뭐, 대충 그렇다고 해두세. 그러나 거래의 계약이라는 것은 본래 상세해야 하는 법. 그래, 자네는 구체적으로 어떤 종류의 무공을 배우고 싶다는 것인가?"

그러자 소산이 빙긋이 웃으며 고개를 가로저었다.

"저야 본래 무공에 그다지 자질도 없거니와 또한 아직까지는 가업에 힘쓰기도 바쁜 터인데 어떻게 어르신의 개세지학을 익힐 욕심을 감히 부리려 하겠습니까?"

천공이 진정으로 궁금해하며 물었다.

"음… 자네가 아니면, 그럼 노부더러 대체 누구의 사부가 되란 말인가?"

그러자 소산이 짐짓 쑥스러운 듯이 대답했다.

"그것이… 사실은 제가 단출하게 자랐기에 후대의 생산에 대해서는 성실히 임할 작정입니다."

천공이 잠시 무슨 소리인가 의아해하다가는, 금방 큰 웃음을 터뜨리고 말았다.

"으하하하하!"

이어 천공이 흔쾌한 목소리로 물었다.

"그런가? 그렇다면 노부가 감히 장담할 수 있겠네. 비록 당고가 아깝게 되기는 하였으나, 그래도 소소나 예령 낭자의 신상(身像)을 볼 때, 능히 대여섯씩은 쑥쑥 빼놓고도 남을 것이야. 그러니 자네가 게으름만 피우지 않는다면, 최소한 열 손가락으로는 다 세지 못할 정도는 될 걸세."

그러다 천공은 소산이 궁극적으로 무엇을 말하고자 하는지에 대해 문득 되새긴 듯했다.

"아니, 뭔가? 그러니까 지금 노부더러 자네 후세들의 무공 사부가 되라는 것인가?"

소산이 겸연쩍게 웃으며 대답했다.

"그렇습니다."

천공이 일시 망연해진 듯 헛웃음소리를 내며 차라리 탄식조로 물었다.

"허허! 천하무적, 아니, 고금무적의 아비를 둔 아이들에게 왜 노부가 스승이 되어야 하며, 또한 그 복받은 놈들이 이리 잘난 제 아비를 제쳐 두고서 기껏 하잘것없는 이 늙은이를 사부로 삼으려 하기나 하겠는가?"

그러자 소산이 짐짓 이마를 찡그리며 조금은 번거롭다는 듯이 목소리를 돋우었다.

"같은 말씀을 또다시 드려야겠습니까? 저는 신법도 펼치지 못하며, 전음도 구사하지 못하며, 천변만환술 같은 신기한 무공이 존재한다는 사실도 오늘에야 처음으로 알았으며, 무공

초식이라고는 겨우 몇 초의, 그나마도 완전치 못한 검초에 불과할 뿐이며……."

그러자 천공이 훼훼 손을 내저으며 소산의 주저리를 잘랐다.

"아아! 그만 하게, 그만 해! 노부는 자네의 뜻이 무엇인지 충분히 알겠네."

소산이 싱긋 웃으며 독촉했다.

"하면 저와의 거래에 동의하시는 것입니까?

그에 천공이 어쩔 수 없다는 듯이 짐짓 한숨까지 내쉬며, 그러나 영 달갑지 않다는 얼굴로 물었다.

"휴우! 그래, 자네는 노부에게 얼마 동안이나 그 짓을 시키려는가?"

소산이 문득 정색을 하며 답했다.

"저희 석가장의 공봉은 일단 영구직(永久職)입니다. 그러니 원하신다면 어르신의 후대에까지도 세습이 가능합니다."

천공이 문득 눈빛을 반짝였다.

이어 그가 기껍게 웃으며 말했다.

"허허허! 그럼 되었소!"

그때 천공의 말투는 변해 있었다.

소산과의 거래가 이미 성사되었고, 그래서 자신은 피고용자로서 고용자인 소산을 대한다는 의미이리라.

이어 천공은 소산을 향해 가볍게 허리까지 숙여 보이며 다시 말했다.

"가주, 노부는 이제부터 남은 여생 동안 가주의 공봉으로서 진정과 성의를 다할 것이오."

"하하하! 좋습니다! 그럼 이것으로 우리 두 사람 간의 거래는 분명히 성립이 된 것입니다?"

"물론이오. 가주! 하지만 녹봉은 섭섭치 않게 쳐주어야 하오?"

*   *   *

결과적으로 그들의 승부에는 승패가 없었다.

그리고 세상 사람들은 그들 두 절대자 사이에 그런 승부가 있었는지조차 알지 못했다.

다만 그럼에도 그들 둘을 잘 아는 몇몇 사람들 중에는 그들 둘 사이에 반드시 승부가 있었으며, 또한 그 승부에서 반드시 소산이 승리하였으리라는 추측을 하였다.

그러나 그들 몇몇 사람들 또한 그런 사실에 관해 함부로 말을 전할 사람들은 아니었다.

第十章
고마워, 석산!

지존
석산평전

"전 유소(柳逍)예요!"

소소가 말했다.

당고는 조금 쑥스러운 듯이 말했다.

"난 당서서(唐瑞瑞)!"

예령은 잔잔히 웃고만 있었다.

그녀는 새삼 밝힐 새로운 이름이 없기 때문이리라.

그러나 예령도 말했다.

"난 예령이야!"

전음이었다, 소산에게만 들리는.

소산의 얼굴이 대번에 환하게 밝아졌다.

소산이 갑자기 말했다. 사뭇 들뜬 목소리였다.

"예령! 예령! 예령!"

그리고 나서 소산은 또다시 말했다.

"좋아! 예령! 예령! 예령!"

그렇게 소산은 예령의 이름을 잇달아 세 번, 그리고 '좋
다!' 는 말 다음에 또다시 세 번, 도합 여섯 번이나 잇달아 불
렀다.

유소와 당서서가 일시 의아한 얼굴로 될 때, 예령의 얼굴은
발그레하게 물들어 있었다.

그러나 이내 예령의 얼굴에는 밝고 고운 미소가 떠올랐다.

행복에 겨운 미소였다.

불쑥!

소산이 손을 내밀었다, 양손을 다.

예령은 부끄러운 듯이 망설였다.

그러나 그런 것은 아주 잠깐이었고, 그녀는 이내 마주 두
손을 내밀어 소산의 손을 잡았다.

서로의 손이 주는 느낌은 참으로 따뜻하였다.

십여 년 전 예령이 한 손으로는 소산에게 동경을 건네주고,
또 한 손으로는 선뜻 소산의 다른 한 손을 잡아주었던 그때처
럼.

소산이 문득 활짝 웃으며 말했다.

"난… 석산(石山)! 석산! 석산!"

소산은 이번에도 세 번을 반복해서 말했다.

예령이 곱게 웃으며 입술을 달싹였다.

"고마워, 석산!"

第十一章
지존 석산

지존
석산평전

　천하는 벌써 십 년 이상이나 태평한 시절을 누리고 있었
다.

　태평 시절임에도 불구하고, 아니, 어쩌면 태평 시절이기에
세상 사람들은 진정한 천하제일인(天下第一人)이 누구냐 하는
것 따위에 대해 한가로이 논쟁하기를 즐겼다.

　천하의 주인인 황제야말로 두말할 것도 없이 진정한 천하
제일인이라는 사람도 있었다.

　팔종(八宗)에 대해 얘기하는 사람도 있었다.

　혹은 모든 분야에서 완벽하게 천하제일인 사람은 있을 수
없으니, 분야별로 천하제일을 가릴 수밖에 없다고 주장하는

사람도 있었다.

경륜과 지혜가 있다는 사람들은 그러한 논쟁 자체가 무의미한 것이라고 일축하였다.

'세상에 천하제일이란 것은 애초부터 존재할 수 없는 것이다. 만약 오늘 잠깐 천하제일의 소리를 듣는다고 해도, 세상은 한없이 넓고 끊임없이 새로운 영웅호걸들이 탄생하는 곳이니, 내일이면 이미 천하제일이 아닐 것이다.

그러니 천하제일을 논한다는 자체가 부질없지 않겠는가?'

*   *   *

세상에 알려지지 않았고, 스스로도 세상 밖으로 나아가려 하지도 않는 은둔자들 중에도 경륜과 지혜가 뛰어난 사람들은 있게 마련이다.

그러한 은둔현자(隱遁賢者)들 중에는 세사(世事)에 관심이 없으나, 세상에 우뚝한 인걸(人傑)에는 유독 관심이 많은 사람들이 또한 있게 마련이다.

그들은 당금 천하(當今天下)의 천하제일인에 대해 별 고민하지 않고 한 사람을 꼽았다.

"당금 천하에서 오로지 그 한 사람만이 명실공히 천하제일 지존(天下第一至尊)의 소리를 들을 수 있다!"

그러나 그 사람은 막상 그 어떤 한 분야에서도 천하제일로 부각되어 본 적이 없는 사람이었다.

다만 그는 능히 천하제일을 다툴 만한 배경과 주변을 가지기는 했다.

비록 세상에는 그러한 사실마저도 거의 알려진 바가 없었지만.

그가 가진 재산은 천하에서 능히 첫째, 둘째를 다툴 만큼이 되었다.

그 사람이야말로 대륙상가(大陸商家)와 함께 천하이대재벌(天下二大財閥)로 불리는 은둔의 재벌 석가장(石家莊)의 당대 가주였으니까.

그는 천하에서 가장 많은 절대자들을 식솔 혹은 친구로 두고 있는 사람이었다.

우선 그는 세 명의 아내를 두었는데, 그 셋이 각각 후(后)의 칭호를 받고 있는 강호의 절대자들이었다.

하나는 천하제일미인인 동시에 천하제일검(天下第一劍)인 검후(劍后)이며, 또 하나는 천하제일독(天下第一毒)인 독후(毒后)이며, 나머지 하나는 천하제일약(天下第一藥)인 약후(藥后)였다.

하니 그 세 명의 부인만으로도 그는 능히 천하를 죽이고 살릴 수 있는 능력을 가졌다고 할 수 있지 않겠는가?

그는 천하에서 가장 용맹한 두 사람을 호위로 두었다.

이전까지 무림 최강의 전투 집단이라 불리던 전단(戰團)을 도끼 네 자루로 부수어 버린 무적쌍맹(無敵雙猛)이 바로 그들이다.

그는 당금 강호에 우뚝한 두 불세출의 영웅을 절친한 친구로 두었다.

그 하나는 무당 출신의 천하제일협(天下第一俠) 일준(一俊) 능운상(陵雲祥)이고, 다른 하나는 소림사 제일의 기재로 이미 소림 무학의 최고 경지에 달했다는 평가를 받고 있으며, 향후 소림 무학의 새로운 신기원을 이룰 것으로 기대받는 천하제일권(天下第一拳) 일승(一僧) 무무(無無)이다.

그는 당금의 황제인 융제(隆帝)와 호형호제(呼兄呼弟)하는 사이다.

천하의 어느 누구도 감히 자신의 권위에 조금이라도 비견되는 것을 용납하지 않는 절대권력의 철혈황제(鐵血皇帝)인 융제였지만, 그의 석가장에 대해서만큼은 기꺼이 천하제일가(天下第一家)의 칭호를 하사한 바 있다.

다른 누가 있어 그가 가진 배경과 주변들 중 다만 하나라도 가졌다면, 천하의 그 누구도 감히 그 사람을 함부로 여기지 못할 것이다.

그러나 천하의 은둔현자들이 그를 두고서, 당금 천하(當今天下)에서 오로지 그 한 사람만이 명실공히 천하제일지존의 소리를 들을 수 있다고 한 것은, 사실은 그러한 그의 배

경과 주변 때문이 아니라 전적으로 그가 가진 신비 때문이
었다.

그렇지 않고 다만 그가 가진 배경과 주변 때문만이었다면,
그는 다만 천하제일의 부와 명예, 혹은 권력, 또 혹은 행운아
일 뿐이지, 진정한 천하제일지존의 소리를 들을 자격은 없다
고 해야 하지 않겠는가.

자세히 밝혀진 바 없으며, 확인할 수 있는 방법은 더욱이
없어 다만 극히 일부에서 소문으로만 도는 것이었으나, 그에
게는 몇 가지의 추측들이 따라다녔다.

그중의 하나는 그의 본신무공(本身武功)이 이미 더 이상 올
라갈 수 없는 궁극의 경지에 달해, 그야말로 고금에 필적할
자가 없는 절대무적지경(絶對無敵之境)일 것이라는 추측이었
다.

세상에 알려지지 않았지만, 사실은 그가 팔왕(八王) 중의
인물들과는 물론, 팔종(八宗) 중의 인물들과도 승부를 결한
바가 있다는 것이었다.

결코 믿기 어려운 것은, 그가 강호인들이 서슴없이 고금제
일인이라고 인정하는, 바로 팔종 중의 수좌(首座)인 천공(天
公)마저도 패배시켰다는 것이다.

더욱이 천공은 이후 진심으로 그에게 굴복해 나이와 배분
을 초월한 평생지기로서 그의 곁에 머물고 있다는 것이었
다.

물론 그런 사실은 전혀 실체가 없는, 다만 추측일 뿐이었다.

그나마도 절대다수의 천하인(天下人)들은 소문으로라도 들어본 적이 없는 내용일 뿐이었다.

『지존석산평전』終

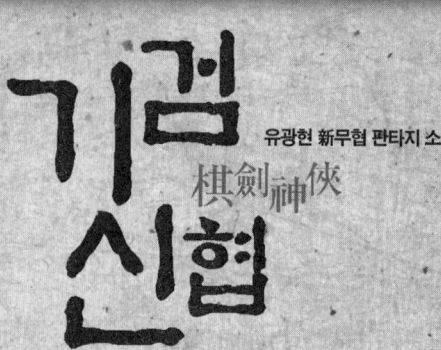
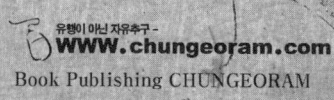

潛行武士
잠행무사

김문형 新무협 판타지 소설

"흑랑성에 들어간 사람 중에
다시 강호에 나온 이는 없다."

서장 구륜사와의 결전을 승리로 이끌며 중원무림에
홀연히 나타난 문파 흑랑성(黑狼城).
그러나 흉흉한 소문이 사실로 드러나 무림맹으로부터
사파로 지목받고 멸문당한다.

그로부터 일 년 뒤.
강호의 은원을 정리하고 금분세수를 하려는 청위표국의 국주 송현은
마지막으로 무림맹의 의뢰를 받아들인다.
그것은 바로 금지 구역 흑랑성에 잠행하는 일.

송현은 무림에서 외면받는 무사 네 명을 선출하여
소림승 진광과 함께 흑랑성에 들어간다.
흑랑성의 비밀이 하나씩 드러나면서 밝혀지는 진실은
그들을 목숨을 건 사투로 끌어들여 가는데……

**액션스릴러로 만나는 무협
잠행무사!**

유행이 아닌 자유추구 ♭
WWW.chungeoram.com
Book Publishing CHUNGEORAM

무영무쌍

김수겸
新무협 판타지 소설

그림자도 찾기 힘들고[無影],
가히 대적할 자도 없다[無雙]!
강호의 절대고수 무영무쌍!

청설위국의 위사 진세인,
그를 찾아오는 수많은 사람들.
그를 원하는 수많은 세력들.

거대한 음모의 소용돌이 속에서
그는 그를 버렸던 용부를 지켰고,
그에게 검을 겨눴던 무림맹과 십만마교를 구해냈다.

모든 것을 가졌던 황제가 끝까지
갖지 못했던 단 한 사람!
위사 진세인과 동료들의
강호행이 시작된다!

유행이 아닌 자유추구 -
WWW.chungeoram.com
Book Publishing CHUNGEORAM

몽월
新무협 판타지 소설

대법왕
大法王

'중놈이 될 바에야 차라리 죽겠다!'

소주의 개고기[犬肉]라 불리는 동천몽.
십육 세 생일을 맞아 거하게 놀려던 찰나, 네 명의 승려가 난입한다.
그렇게 본의 아니게 활불이자 영생불사의 존재인 대법왕이 되어버리는데……

절대 중놈으로 살 수 없다는 주인공 동천몽과
악착같이 대법왕으로 모시려는 포달랍궁 사이의
밀고 당기는 싸움.

**과연 그는 대법왕이 되어 군림할 것인가,
아니면 소주의 개고기로 돌아올 것인가!!**

유행이 아닌 자유추구 -
WWW.chungeoram.com

Book Publishing CHUNGEORAM

뉴월드
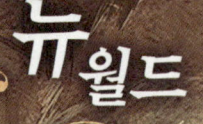
New World

김형신 게임 판타지 소설

**검이라는 지휘봉을 바람에 흩날리며, 피의 악보와
비명의 화음으로 죽음을 지휘하는 자… 마에스트로.**

최초의 가상현실 게임의 뒤를 잇는 뉴 월드의 출현.
마법과 기사, 신관, 몬스터의 서대륙. 주술과 검사, 무녀, 요괴의 동대륙.
현실과 또 다른 현실, 그 경계선에서 숨 쉬는 유저들.
그런 뉴 월드에 한 유저가 나타났다!

레벨 업을 위해서라면 잠도 포기한다!
아이템을 위해서라면 한자리에서 보름 내내 움직이지 않는다!
자신을 위해서라면 아부는 필수! 꼼수는 센스!

그가 뉴 월드에서 얻게 된 직업은 죽음의 지휘자…
마에스트로.

유행이 아닌 자유추구 -
WWW.chungeoram.com

Book Publishing CHUNGEORAM